愿有深情可回首

方不见和你讲个故事

方不见——著

北京联合出版公司
Beijing United Publishing Co.,Ltd.

图书在版编目（CIP）数据

愿有深情可回首：方不见和你讲个故事 / 方不见著．— 北京：北京联合出版公司，2017.4（2020.12重印）

ISBN 978-7-5502-9783-8

Ⅰ．①愿… Ⅱ．①方… Ⅲ．①短篇小说—小说集—中国—当代 Ⅳ．① I247.7

中国版本图书馆 CIP 数据核字（2017）第 024005 号

愿有深情可回首：方不见和你讲个故事

作　　者：方不见
出 品 人：赵红仕
选题策划：北京时代光华图书有限公司
责任编辑：李艳芬　徐秀琴
特约编辑：太井玉
封面设计：零创意文化

北京联合出版公司出版
（北京市西城区德外大街 83 号楼 9 层　100088）
北京时代光华图书有限公司发行
北京雁林吉兆印刷有限公司印刷　新华书店经销
字数 249 千字　787 毫米 × 1092 毫米　1/32　9.75 印张
2017 年 4 月第 1 版　2020 年 12 月第 3 次印刷
ISBN 978-7-5502-9783-8
定价：49.80元

目　录

愿有深情可回首

序　想和你讲个故事 / 05

第一章
你同意我喜欢你了吗

不管别人怎么看，反正我喜欢你 / 003
最美好的年纪 / 009
你同意我喜欢你了吗 / 019
那么倔强的你，一定比我过得好吧 / 023
时间会淡忘一切，只是世间最无助的说辞 / 032
二十岁之前，你有没有好好爱过一个女孩 / 042
真的，和我谈一场日久生情的恋爱好吗 / 047
总有一个人会明白你的坚强 / 051
不是所有的过往总有歌声相伴 / 057

第二章

我们天各一方，有彼此情深

和你讲一个蛮不讲理的故事　/ 067
这是一个连短篇小说都嫌长的年代　/ 072
后来，他们像风里的故事　/ 074
一个文身师见证的爱情　/ 080
所谓相爱，就是嘴巴上老死不相往来，心里面缴械投降　/ 084
我们天各一方，有彼此情深 / 091
早知道追你这么耗体力，我就应该多吃点 / 094
既然这么能吃，那就谈个恋爱呗 / 100
那我去你的城市养你吧 / 107
没有买买买的小幸福，一样让人感动　/ 109
不爱你是嘴巴上的倔强，等你是心里面的执着　/ 114
别救我了，让我在你的爱情里完蛋 / 120
每一个好男人都有一个故事 / 124

第三章

最怕我爱你，却爱不起你

我还有机会喜欢你么 / 129
你走后，我发现每一天都是纪念日　/ 135
空荡荡的记事本　/ 151
最怕我爱你，却爱不起你　/ 158
好想你再骂骂我　/ 166

你是我人生的 BUG，但我一生也不想修复　/ 173
姑娘，你那么独立谁敢爱你　/ 178
有一个女孩为了我，从来没有穿过高跟鞋　/ 182
穿上裤子，我们还是朋友　/ 189

第四章
还是很爱你，想到就心痛

喜欢你，是我一个人的事　/ 195
愿你还记得曾经这样一个我　/ 203
你偷偷喜欢我的样子，其实一点也不酷　/ 209
以前被人缠着很烦，后来却逃不开无边寂寞　/ 213
我知道很难，可你别说放弃　/ 216
那个自称“东亚醋王”的家伙，再也不会为我吃醋了　/ 221
我喜欢你是真的，我傻也是真的　/ 229
后来，我们拉黑彼此成了陌生人　/ 234
不找了，找不到的　/ 238
我想和你在一起　/ 243
等我六年的姑娘今天结婚了　/ 248

第五章
关于少年苍凉成长，关于友谊地久天长

曾经掉过眼泪，如今善良依旧　/ 259

闭上眼，忍一忍就过去了 / 263

少年们的桑塔纳 / 270

关于少爷的青春时光 / 275

曾经那么文艺的你，如今是否也在随波逐流 / 286

没有结局的故事 / 290

你还记得你曾经的样子吗 / 295

你一定要努力，不要把眼泪挂脸上 / 297

我们都需要再等等 / 301

序

想和你讲个故事

当你拿到这本书的时候，我不知道你曾经是不是我的读者，有没有看过我写的故事，但都要谢谢你，能够翻开这第一页。

其实我是个再平凡不过的人，这些如风如尘般匆匆忙忙走过的路，我一直以为它们很快就会被风沙掩埋，那些朋友也只是我一个人的记忆，随着时光流逝也会慢慢变得稀薄，可是它们现在会留下脚印，用铅墨镌刻留在白纸之间，像一片落叶，不知道有谁可以读懂它的过往。

我的家乡在内陆一个很偏的地方，我一个人漂泊在城市，遇见很多人，有些人擦肩而过，我几乎忘记了他们的名字，有些人陪我走过一程然后又匆匆忙忙地离开，城市灯火永远辉煌，无数人来人走，欢笑的、痛苦的，都会被遗忘。有一天，我想记录点什么，我知道一个人最不可靠的是记忆，遗忘是一条无法回避的道路，于是我开了一个公众号，慢慢把那些故事记录下来，后来看的人渐渐多了，我才发现，在每一座城市，都有如我一样的人，有些人拥抱不了，有些人挽留不住，我们只能不停地挥手，却在心里一遍又一遍地希望可以再遇见。

地铁的灯箱广告每隔一段时间会换新，破败的城中村不停地消失变成高楼，身边的朋友匆匆来往，有些人富贵了，有些人落魄了，有些人结婚了，有些人离婚了，所有的悲欢爱恨最后都在红色消夜摊前变成一地空啤酒瓶，每个人都要前行，不能一直醉下去。

有人说，不见，你总是在讲你朋友的故事，你什么时候能讲讲自己的故事？

其实我的所有故事我都把它揉碎了，每一个人流的眼泪我也流过，每一个人笑出的皱纹也夹杂了我走过的岁月，它们像碎片一样被我遗弃，却又在无数人的故事里慢慢艰难地拼凑起来，在某一个路口，在某一行文字里，我也会驻足留在回忆里深深回望。

这座城市时常大雨，伞檐的雨滴会落在脚尖，打在肩头，我们都在孤独地等待，等待一个可以和你肩并肩一同走进屋檐的人，如果TA还没来，别怕，我会陪你，记得，方不见会一直和你讲故事。

方不见

第一章

你同意我喜欢你了吗

愿 有 深 情 可 回 首 ▶

爱情本可以很彻底很干净，

拿着10份薯条就可以缅怀一次，

因为曾经你们的世界琐碎却也美好，

可能是冬日午后草坪上的阳光，

也可能是夏日夜晚抱着西瓜开怀大笑，

过去的爱情参照物简单却又温暖，

在一无所有的年纪可以全心全意爱一个人多好。

不管别人怎么看，反正我喜欢你

▷ 我一个人坐在操场后面的亭子里，
看着秦平骑摩托车带着姚姗消失在视野里，
明明是薄薄的夏日气息，
却感觉心头滴满夏日微凉的露水。

前几天，一个读者给我留言说，不见，我喜欢上我哥们儿的女朋友了，怎么办？

我一听，气愤啊，就马上回他说，你真是个禽兽。

他说，别啊，你别骂我啊，我知道自己这样不对，但是我那哥们儿不爱她，就是习惯她对他好，有时候还会打她。

我一听，更气愤了，立刻鼓励他说，喜欢就追啊，坚持不懈地去追。

过了会儿，他可能是在犹豫怎么和我说，毕竟这样的事搁谁那儿也不敢大大咧咧就说出来。大概过了十分钟，他说，不见，我怕啊，我怕说出来，就像和全世界为敌一样。

本来我是想鼓励他说不管别人怎么看，喜欢就去追。后来我删掉了。

接着我又在电脑上打出一行字：不管怎么样，就算不去追，也要让女孩和你那个混蛋哥们儿分手。后来我也删了。

我还没到 20 岁的时候，喜欢当别人爱情里的军师，那时候自恃有点写作天赋，谁要是想追女孩，只要请我吃一顿饭，我就帮他把情书写好，一封不行就写两封，两封不行就写四封，反正好人做到底，帮人帮到家。

我会写藏头诗，会写朦胧诗，婉约的、豪迈的，看女孩是什么类型的就写什么样的。

20 岁一过，我就不想写了，总觉得客串了太多别人爱情剧的戏码，自己就永远当不了主角。也是 20 岁以后，我看着别人的悲欢离合，就像一个陌路的旁观者走过热闹的市集。热闹是他们的，眼泪也是他们的，我静静地看着，然后落寞地离开，我只是从他们的世界经过，再也不想自作聪明地去改变什么。

你相信吗?

当然这中间少了一个故事。

毕业的时候，一个女生喝得大醉跑到我们班聚会的豪华 KTV 大包间里，像头小野兽一样抱着摇麦大声说，方不见，你不是很会写情书吗？你给我写了那么多，说了那么多滚烫的情话，为什么没有一封敢用你自己的名字写？说完就抱着摇麦哭。那是我们高中毕业前的最后一夜，我永远也忘不掉。

因为我也一直喜欢她。

女孩叫姚姗，追她的是我的一个哥们儿，叫秦平。

姚姗是 6 班的班花，漂亮知性。这两个词是在我高中时代所能想到的对女孩最好的赞美之词。

有一天打完篮球，秦平请我喝可乐，我们坐在篮球场的石阶上，姚姗抱着书本走在去图书馆的路上。秦平和我说，不见，我觉得我喜欢上姚姗了。我一口可乐呛进鼻子里，眼泪马上就涌了出来。

秦平哈哈大笑说，不见，别这样啊，我只是说说，有必要就流眼泪吗?

我说，屁，你别痴心妄想了，就你也想喜欢她，她可是 6 班的班花啊，她可是小提琴 10 级啊，她可是全校前 10 名啊。

秦平说，不追追看怎么知道呢。

我说，你还是别追了，别到时候丢人。

秦平说，你是不是也喜欢她?

我说，我才没有呢。

秦平说，那你就帮我追她。

我说，你追别人我帮，追她我不帮。万一她告诉老师，咱俩就玩完了。

秦平说，你不帮就说明你也喜欢她。

我说，没有。

秦平说，请你吃一顿香辣虾。

我说，难度太大，得两顿。

秦平说，成交。

这可能是我此生最后悔的交易了，其实那时候我不是不喜欢姚姗，只是觉得自己和姚姗之间的距离很远，远到我根本看不到未来。那时候我根本不相信秦平真的可以追到姚姗，想的只是也许这样我可以通过秦平这个不知天高地厚的家伙多了解一点姚姗。

那段日子我甚至是幸福的，我可以名正言顺地搜集姚姗的信息，要是别人问我是不是喜欢姚姗，赶紧就推给秦平。秦平大大咧咧，每次遇到这样的问题就说，是啊，是啊，姚姗迟早是我的女朋友，你们谁也没有机会。

知道姚姗感冒了，那时候没手机、没网络，我就一个人跑到网吧去查资料，然后写信告诉她感冒了有哪些注意事项。

知道姚姗喜欢吃甜橙，就告诉秦平，然后秦平买了很多很多甜橙送到姚姗的班上，知道姚姗喜欢天蓝色的水笔芯，然后秦平就跑到小卖部把那几盒都买回来偷偷放到姚姗的抽屉里。当然无论是甜橙也好，水笔芯也好，我都会附上一张信纸夹在里面。

知道姚姗的脚扭了，我告诉秦平，秦平就去借了一辆摩托车。下课的时候，我跟着秦平。秦平说，不见，你跟着我干吗啊！我说，去接姚姗啊。秦平说，你不用去了，再说这摩托也不好坐三个人。我说，哦。秦平咧嘴笑着说，不见，我觉得我快成功了。我说，哦。然后我一个人坐在操场后面的亭子里，看着秦平骑摩托车带着姚姗消失在视野里，明明是薄薄的夏日气息，却感觉心头滴满夏日微凉的露水。

第二天，秦平要请我吃饭，不是小龙虾，而是小龙虾的升级版——大闸蟹。

我说，你已经请我吃了两顿小龙虾了。

秦平说，姚姗答应做我女朋友了，我必须感谢你，这一顿大闸蟹是犒劳你的。

我说，我不想吃大闸蟹。

秦平说，那还吃小龙虾。

我说，我也不喜欢吃小龙虾了。

秦平说，那你想吃什么？

我说，我想绝食。

姚姗就这样成了我哥们儿的女朋友，我们经常一起下课，一起吃饭，那以后我也渐渐习惯了把她当作哥们儿的女朋友。姚姗说，听说你帮很多人追到过女朋友。我说，没有。姚姗说，秦平那时候写给我的情诗是不是你写的啊？秦平马上插嘴说，才不是呢。姚姗看着我，我一笑，挤眉瞪了一下秦平说，你别小看秦平哦，我写情诗是给别人写，秦平可只是为你一个人写哦。秦平赞许地偷偷把拇指贴着腰间竖起来。

高三的时候，秦平和姚姗吵架，吵得很厉害，两个人谁也不让谁。秦平说，你可不可以别吃臭豆腐，我闻着就想吐；秦平说，你可不可以别因为一点小事就发脾气，我很累；秦平说，你约会的时候可不可以准时点儿，我等得真的很烦。

姚姗看着秦平说，你当初追我的时候说的那些都是屁话吗？你说会珍惜我的一切优点，会包容我的一切缺点，我那时候想，一个连我喜欢用天蓝色笔芯都知道的男孩儿一定会用心爱我的，可是现在你又是一副什么模样？

高中毕业后，我们再无联系。我有时候会去做这样一个假设，要是那天她趁着醉酒抱着摇麦哭的时候我能上去抱住她，而不是被随后赶来的秦平半哄半扯地拉走，或许现在也会有那么一个温暖的面孔可以和我朝夕相处。但是后来我发现，我们的命运弯曲缠绕着，有些人注定要避开，有些人注定会迎面撞个满怀。

2013 年，我和姚姗在上海相遇。姚姗说，不见，我早知道那些情书是你写的。

我“啊”了一声。

姚姗说，要是你能勇敢些就好了。

我看着姚姗。

姚姗笑了笑说，现在勇敢可晚了。

我说，我知道，要是能回到过去，就在 KTV 里，我才不管别人怎么看，反正我喜欢你就可以了。

姚姗哈哈笑起来，就算再回到过去你真的敢吗?

给我留言的那个少年，不见在爱情里面充其量也只是个狗头军师。

最后说句屁话，祝你幸福吧。

最美好的年纪

▷ 在荒凉的列车上，
你提前下了车，
我就一直等啊等啊……

小时候大师给我算过，说我此生要背负情债。可是我等了二十多年，现在除了写写别人的爱情，就是每天晚上自己“汪汪汪”地叫，所以大师的话是骗人的，我很伤心。

我小时候做过最 man 的事，就是喜欢邻居肖娜。

朋友都说我很有勇气，我觉得肖娜除了龅牙有点夸张，还是一个很可爱的女孩。但是那时候没人相信肖娜会是个美女，我作为肖娜唯一的朋友，他们都说我勇敢，就好像他们把一坨大便摔到我脸上，而我以为是巧克力一样，他们是在幸灾乐祸。

我记得初中的时候，我们在县城上寄宿学校，每个周末约好下课一起坐公交车回家。有次她和我说，不见，我钱掉了。

我赶紧捂着自己的口袋说，你肯定嘴馋买吃的用掉了。

她把裤袋翻出来说，我没买吃的，真的丢掉了，我没钱坐车了。

我紧紧捏着口袋说，我只有自己的车费，没你的。

她耷拉着脑袋，然后眼泪挂在眼角和我说，不见，那你回去吧，我不回去了。说着她背着书包像只可怜的小猫一样往回走。

我生气地扯住她的书包。她回过头看着我，我把唯一的两块钱拿出来给她说，真是受够你了，拿去。

肖娜说，那你怎么办?

我特大男子主义地挥了挥手，没事，老子跑回去。

肖娜哈哈一笑一把抓过我的钱说，我封你做“飞毛腿将军”。

我嚓。我说，我才不要做将军。

肖娜说，那你要做什么?

我说，做皇帝。

肖娜想了想说，不行，因为我是皇后。

我说，那我为什么不能做皇帝?

肖娜说，因为我不喜欢你呀。

我说，那你不做皇后不就得了。

大胆！肖娜怒目而视。

我说，不做就不做，那我想陪着你怎么办?

肖娜想了想说，那你可以做公公啊。

我去你大爷。我骂肖娜。

肖娜就撵我。

我跑了一会儿，比了一个暂停的动作和肖娜说，不跑了，我等会儿还要跑回去。

肖娜愣了一下说，那你快跑吧，等会儿天黑了。

我点点头。

在跑回去的路上，我越想越觉得冤枉，心里一直骂着，你他妈是我亲姐啊。

肖娜前段日子失恋，从武汉坐飞机到深圳来见我。

在电话里她哭得好像世界末日一样。

我自然不敢怠慢，请了一下午的假跑去机场候着她。

她出了接机口，我马上迎上去，她摘掉眼镜说，不见，你怎么才来呀。

我立马喊冤，我的姑奶奶哟，我可是等了你一下午，你在武汉还没登机，我在深圳已经候着了。

她睁着鲜红的眼睛看着我，然后说，你有病吧，想见我想疯了。

我一听差点急火攻心，大骂她没良心。以前在家乡的时候一有事就找我，后来一起在南昌有事也找我，现在好了，我跑到深圳，以为可以天高任鸟飞了，还来找我。

肖娜一屁股坐到旁边的椅子上说，方不见，我都失恋了，你就这样对一个失恋的女孩吗?

我说，我想失恋还没机会呢。

肖娜说，你这是在挖苦我。

我说，没有。

她说，那你这几天得带我好好散散心。

我说，我要上班，也没钱。

她看了我一眼说，那你不怕我自杀啊?

我被她那一眼看得心里发飘，嘴里随意地说，你不会的。

肖娜哼了一声，然后自己抓起手提包大步往前走。

我追上去。她说，老娘自己玩，不用你管。

我算是败下阵来了，连连双手合十告饶，我的姑奶奶，陪你还不行吗？

肖娜把手机关机扔进包里，两天里该怎么疯就怎么疯，拉我去坐过山车，我吓成狗，拉我去坐大摆锤，我又吐成狗。肖娜倒是玩得很嗨，后来她说想体验一下跳伞，我就扒着座椅死活不动。她说，去不去？我说，不去。她说，那我跳的时候就带把刀割断绳子。我说，那恰好事故赔偿我来领。她说，方不见，你要拿我的命去换钱是吧？我说，是你自己说的。她说，不管怎么样你都要陪我，要割绳我也先割你的。我说，为什么啊？她说，我先看看你死得难看不，难看我就不割了，我可不想死了还被一群人像看怪物似的看。

我斜着眼看着肖娜。

肖娜说，看也没用。

我说，要不我们去大梅沙玩滑翔伞吧。

肖娜说，那和跳伞有什么不一样？

我说，差不多，都是伞嘛。

肖娜想了一下说，好。

其实我想的是滑翔伞是在海面上玩的，也不高，不会那么吓人。

第三天，我去酒店找肖娜，问她今天去哪儿野。肖娜说不玩了，没劲，累死了。谢天谢地，她知道累了说明差不多了。

她把手机打开，然后听见一连串的短信提示，她看了一眼，嘴角浮出一丝得意的笑。

我说，把男朋友急疯了吧。

肖娜一嘟嘴把手机往床上一抛说，他活该。

我说，对，欺负皇后就应该让他付出惨痛的代价。

肖娜拍了一下我的肩膀说，还是你挺我。

我一甩头，那必须的。

过了会儿，肖娜问我，我们玩的时候你有没有拍照啊？

我说没有。

肖娜食指贴着嘴唇想了想，然后一只手抓起手机，另一只手拉过我。

我说，干吗啊，想非礼我啊。

肖娜说，去你大爷的，过来拍张照。

然后她咔嚓咔嚓连拍了几张，接着选了一张好些的发了心情，竟然还输入了地址。

我说，你干吗啊？被你男朋友看到还不砍了我，我们在宾馆里合影，怎么解释啊？肖娜，你这回玩儿大了。

肖娜说，你个千年“单身汪”怕什么，要坏也是坏了老娘的名声。

很快，肖娜的电话就响了。

我战战兢兢地听着。

是，就在宾馆怎么样？你他妈管是谁啊，是我情人。不但深圳，我全国各地都有情人，你管得着吗？你公司的那个小秘书不是很合你心意吗？我误会？难道捉奸在床才不叫误会？我不回去，你有本事来找我啊。好，我等着，我在机场等着你。

说着，肖娜把电话丢在一边。

我说，你干吗啊？你直接和他解释清楚不就得了。

肖娜说，你傻啊，让我一个女孩子服输，那以后我还是皇后吗？

我想了想，也对，必须好好惩罚。

中午，我们在酒店的四楼吃了粤菜，她吃不惯，吃了两口直说没味道。

然后带她去购物公园转了转。三点的时候，她突然说，去机场。

我说，怎么突然想回去了呢？

肖娜说，我家那个差不多快到了。

我说，他也来深圳了？

肖娜说，那肯定。

我说，你怎么知道？

肖娜说，我了解他，我都和你在宾馆了，他不疯也差不多。

我故意气她说，那不见得哦，万一他无所谓呢。

肖娜却对我挤眉一笑说，那你不就有机会了。

我一愣，尴尬得不知所措。

肖娜一只手勾过我的肩膀说，好了，不见，和你开个玩笑。

我带她坐地铁，深圳的机场在宝安区，离购物公园很远，一路上，地铁一会儿在地下穿行，一会儿在地上飞驰。在隧道里的时候，对面的玻璃倒映着肖娜的样子，她微微闭着眼似乎有些困了。我把肩膀抬了抬，每一次到站的时候，地铁刹车，她总会滑着靠近我一点，我看着她。到宝体站的时候她突然睁开眼睛，一伸手抹掉流下来的口水，重重给了我一拳，然后把手上的口水往我身上擦，你干吗不叫醒我啊！丢死人了。

我想说其实我没看见，我一直在看你，但一想这样显得我超级猥琐，索性就笑笑。

肖娜说，不见，你有没有拍照？我告诉你，你要是敢把我的丑样子拍下来，我铁定不会放过你。

我举双手投降，绝对没有。

下了地铁，我说，肖娜，你进去吧，我在外面等你，我后背发凉。

肖娜扯着我的衣服把我往里拉，边拉边说，不怕，他没那个胆。

我说，他当然不会对你下手啊。你当然不怕啊。我怕啊，万一他来黑的，从后面给我一下，我就冤死了，我跟你清清白白的，我不想就这么冤死。

肖娜双目瞪着我说，那你想干吗？

我连连把目光甩向一边说，肖娜，你说我要不要去买个头盔啊？

肖娜白了我一眼，你最好去买个防弹衣来。

我一听，往后一蹦，我靠，你男朋友是黑社会啊，还玩儿枪。

肖娜吐舌翻白眼，冷冷地爆出一个字，滚。

我还是有些怕，趁着肖娜叫我滚的劲头，赶紧一屁股坐到旁边的椅子上，冒充路人甲乙丙丁。

飞机晚点，我玩游戏玩到手机都没电了，然后站起来伸了个懒腰说，肖娜，要不先去吃点晚餐吧。

肖娜说，不饿。

我看她两手绞在一起像是有些担心。

飞机到七点才降落，在出口有很多人举着牌子，写着各式各样的名字。肖娜踮着脚在人群里。

我坐在冰凉的银色椅子上，看着人群聚散。

一直到人都散去，肖娜双手紧紧捏紧成拳头。

我走过去说，哈哈，果然没来吧。

肖娜一转头，我就为刚才的话后悔了，肖娜的眼泪一下就花了妆。

肖娜说，他为什么没来？

我心里想，我哪知道啊？不过嘴巴上说，可能堵车了，没赶上飞机。

肖娜说，是不是他真的生气了，我把那照片删了还不行吗？

说着她拿出手机就要去删照片，可是手抖得几次都没有成功解锁。

我刚想伸出双手去给肖娜一个拥抱，心里想着今天的一小步，人生的一大步啊。

可是，妈蛋。出口那里又走出了一个人成功吸引了我的注意，那个人竟然一身花花的小丑打扮，连脸都是花的。

肖娜看着，突然间双手捂着脸哭了起来。

那个小丑走过来。

我知道那就是肖娜的男朋友了。

肖娜说，你怎么这么晚才出来，我以为你不来了。

他说，我下飞机要先换装啊。

肖娜说，换装干吗？

他说，你不是说过吗，我犯错就要用最丑的方式向你认错。

肖娜说，幼稚。

我说，是，老把戏。

他走到我面前，我双手连连做出防御的架势。

他笑了笑说，你就是方不见吧？

我说，是。

他说，你干吗啊？

我说，你别想偷袭我。

他说，我偷袭你干吗，我还要谢谢你帮我照顾娜娜。

我说，你真的谢我？

他拉过肖娜说，我是你的粉丝呀，你写的那些故事我都看了。肖娜总是提起你，说你小时候还说要当太监陪在她这个皇后身边。

他和肖娜捂着嘴笑。

我请他们在机场旁边吃了些东西，他们选了最近的航班直接回去了。我本想留他们玩两天，但她男朋友明早还得上班。送他们上了飞机，我就直接蹿进了地铁站。一个人坐在空荡荡的地铁车厢里，格外寂寞，我看着对面黑黢黢的玻璃，旁边已经没有了肖娜，心里的酸楚又有谁能够明白？地铁隧道里的风格外响，外面整座城市灯火辉煌。

过了会儿，肖娜给我发信息。

肖娜：不见，飞机要起飞了。

我：哦。

肖娜：不见，你答应我一件事好吗？

我：说。

肖娜：等我三十岁还没结婚你就娶我。

我：等你三十岁还没结婚你别说认识我，我嫌丢人。

肖娜：广告不是这样的啊，超感人的，我刚才还在想有你陪着一点也不比广告差，真扫兴。

我：可是我不用等到你三十岁啊。

过了很久，肖娜没有回，地铁过了很多站，这个时间上车的人很少，下车的人也很少，地铁安静得只能听见隧道里的风声。

我回到家里，想着也许肖娜生气了。于是去洗澡，把脏衣服一股脑儿洗了，然后打开电脑想看一部电影，却发现自己的 VIP 会员到期了，也罢，想着就早些睡吧。

躺在床上刷微博时，肖娜回我了，她应该下了飞机。

肖娜：不见，那你答应我，一定在我结婚之后再结婚，我怕你结了婚我难过就再不能找你了。

你同意我喜欢你了吗

▷ 你同意我喜欢你了吗？
你这个混蛋，我等了八年，你知道吗？
说完这句话，大强紧拥抱着豆豆。

2013年，我和大强在广州相遇。两个人都是出差，只是匆匆见了一面。我本想说一起去深圳玩玩，他说有事，第二天必须走，我们就在路边的小店点了几个小菜，连酒都没有喝，因为他回酒店还要写报告。我也算不上会聊天的人，只是问他还打魔兽吗，他说早就不玩了。我连连叹息说，太可惜了。

大强是我们整栋宿舍楼里魔兽玩得最好的，暗夜精灵族里面的几个英雄他总有自己的办法迅速升到满级，然后把我们虐得有砸电脑的冲动。后来我们组队打他，两个宿舍的一起围着他的老窝打，可还是没有赢过。

我笑了笑和他说，你看看现在那些电竞高手，都挣得盆满钵满啊，像你这样的高手，怎么就埋没了呢？

他摆了摆手说，不行啦，很久都没玩了，现在连个中等难度的都打不过了。

我问了问他和豆豆怎么样，他说是很好的朋友呀。

我笑着看着他说，还只是很好的朋友啊。

他倒叹了口气说，是呀，很好的朋友，都这么多年了，怎么感觉就像原地踏步似的，一步也没往前进。

我说，这得你加把劲儿呀，难道等着豆豆来和你说，喂，大强，你狗日的到底喜不喜欢我呀?

他夹了一口菜，抬头看了一眼远处的高楼说，现在豆豆有自己的事业，开了一家甜品小屋。我每天下班去帮帮忙，陪她一起收拾桌椅，然后一起关门，沿着小街送她回家。路上寂静无人，两个人并肩走着，就像走过了很长的岁月。你知道吗?当两个人太熟悉了，“爱”字说出口都会觉得肤浅。

我不知道大强是什么狗屁逻辑，就告诉他，连李大仁和程又青最后都在一起了，你们还有什么不可能呢?

他呵呵哈哈地笑起来说，就是就是，我们有什么不可能呢?

2015 年，国庆节，大强打电话给我说，不见，来佛山一趟。

我问他做什么，他说决定和豆豆表白了。

我在电话里狠狠骂了他一通，说他特么的原来一直还没表白，真是忍者神龟啊。

他说，少废话，来不来?

我说来。

等我坐着长途客车到佛山的时候，他把我拉到为我准备的酒店里，非常焦躁地来回踱着步说，不见，我紧张啊，你说我该怎么和她表白？

我拿起矿泉水喝了一口说，就说我爱你呗。

他一屁股坐在床沿摇摇头说，不能，不能太草率了，一定要整个印象深刻的告白。

我双手张开躺在床上，望着天花板说，那你包下一个广场呗，然后用小型直升机运送钻戒，保证不但你自己印象深刻，连全体佛山人民都印象深刻。

他伸着舌头看着我说，你给我整点现实的好吧。

我直起身子坐在床沿，垂着脑袋双手交叉着看着大强说，八年的陪伴，怎么表白都是绝唱。

他抓了一把头发说，得了，问你也是白问，写那么多小说也不过是纸上谈兵，你先休息吧，等我电话。然后他呼啦地风驰电掣般往门外走去，我张了张嘴，还是砰的仰头躺在床上。

第二天，我在宾馆一个人看电视，中午叫了一份外卖，下午躺在床上，发了几条微信给大强，但他一直没有回复。我刷了会儿微博，百无聊赖地竟然又睡着了。等一觉醒来，外面天色灰蒙蒙的，我一时间有些蒙，不知道是黄昏还是清晨。赶紧从床上跳起来，看了下手机，确定是在晚上，但是一想，大强那狗日的，竟然没给我打电话，也没回我微信，我在宾馆已经整整待了一天。我心里骂了大强一万句“狗带”，然后拿起手机给他打电话。

电话刚通，没等我开口，大强就火急火燎地说，不见，刚要打电话给你呢，快过来，我在微信上给你个位置。

我一个字还没说出口，大强一句“见面说”就把电话挂了。

我捏紧拳头，哪有这样的，叫人大老远跑到佛山，然后把人撂到酒店一天不吱声，接着一个电话叫我去哪我就得去?

一边穿衣服一边嘴里念念叨叨，一定要让那小子知道我方不见不是可以被呼来唤去的。

直到坐上出租车我还咬牙切齿的，司机师傅看我一副冰冷的面孔，连连在反光镜里偷瞄，担心我是不是有什么不轨企图。

到了大强给我的位置，很多人欢呼着围绕着，烟花在寂寞的天空绽放，一个很蹩脚的街头乐队弹唱着欢快的歌曲，灯光潦草地挂在树上。我隔着汹涌的人群，在彼此肩与肩的间隙，远远地听见大强对豆豆说：

“你同意我喜欢你了吗？”

“你这个混蛋，我等了你八年，你知道吗？”

听到这句话，大强紧紧拥抱着豆豆，两个人的眼泪落在彼此的肩膀上。

我的心被微微触动了片刻，抬头望着远处静谧的城市，心里想着，真特么太狗血剧了。我一个人伫立在热闹的人群之外，却也被这一刻的温馨感动得有些不知所措。

愿世界没有等待，愿爱情都有归宿。

那么倔强的你，一定比我过得好吧

▷这个世上只有两种女孩，
一种是把眼泪在脸颊上挂着，
一种是任其流在心间，
但是没有女孩累了不需要一个肩膀去依靠。

去年暑假，和土豆去了趟三亚。阳光沙滩，美女泳装，我们在海滩上围着篝火跳舞，夜幕下的海是深蓝色的。

有个三亚的老同学过来接待我们，晒得跟菲律宾人似的，开着越野车霸气地停在沙滩外围，老粗的金链子在脖子上晃着，加上花衬衫、沙滩裤，典型的暴发户配置。他老远就吭哧吭哧跑过来给了我和土豆每人一个巨大的拥抱。

土豆上下打量了他一圈，然后一蹦，退后一步说，老野，你可以啊，土豪啊。

老野摆摆手说，小本生意，混口饭吃。

我看着老野冷不丁说了一句，大晚上戴墨镜，非奸即盗。

老野把墨镜一摘，眼角一道很深的疤痕哪怕是在夜晚微弱的灯光下也看得清清楚楚。老野把墨镜抓在手上，然后拍了一下我的肩膀说，不见，几年没见了，不能说些好的吗?

我笑了笑，老野一屁股坐在篝火前，拿起啤酒就喝起来，猛灌了两口，然后双手搭在拱起的膝盖上说，不见，土豆，你们来这儿待几天?

土豆说，后天回去。

老野扭过头看着土豆说，这么急。

土豆说，我们还得上班，哪像你，自己当起了老板。

老野手里的啤酒罐子斜了过来，淡黄色的啤酒哗啦掉进沙堆里，叹了口气说，你们别看我风风火火的，真正静下来，连个可以掏心窝子喝酒的人都找不到。

老野在这一带吃得开，自己开了一家比较有名气的餐厅。那天晚上篝火到很晚才熄灭，老野说，走，上我那儿去。我说，酒店已经订好了呀。老野说，退了。我说，可以报销的干吗退呀，不住白不住，再说钱都交了怎么退。老野就不开心地瞪我着说，不见，不就几百块钱的事嘛，你怎么还是这样拨不开手脚。我说，几百块钱不是钱啊，几百块钱也是我两天的工资呢。老野就哈哈笑起来，拍着我的肩膀说，这一点你真得向土豆学习，大学那会儿土豆就不在乎钱，你呢，活活一个掉钱眼儿里的人。我说，他有钱。老野说，不管怎么样，今晚就去我那儿住，别搞得好像我不待见老同学似的。

后来没办法，老野把车直接开到酒店大门口，然后大大咧咧地走到酒店前台说，把我这俩哥们的房退了。

两个小姑娘看着老野肯定以为是黑社会的，吓了一跳。

小姑娘说，现在退房也只能退押金，房费不能退了。

老野说，人都还没住进去，怎么不能退？我说能退就能退。

小姑娘说，真不能退，酒店是这么规定的，要不您叫我们经理来。

老野脾气大，一巴掌拍在大理石台面上，也不算响，但加上老野那副门神相，小姑娘吓得往后退了一大步，快靠着墙了，活脱脱一副遇见抢劫的模样。

我赶紧拉住老野说，好了，你再这样别人就报警了。然后我笑着和小姑娘说，没事，把押金退给我就是了。

老野回去的时候说，不见，不能这么好说话。

我说，那要怎么样，闹到警察局去？

老野说，在三亚这个地方，都是宰游客宰惯了的，没几个横的，就让那些王八羔子不知道自己姓啥了。

我说，全国都一样。

老野气愤地一巴掌拍在方向盘上说，都不知道那些监管部门是干吗的，不整出点事儿来，就一个个得过且过。

我看着老野，像看外星人一样。

老野一扭头说，不见，你干吗啊，别一副色眯眯的样子，我知道你崇拜我，但我不喜欢男的。

要不是老野在开车，我铁定一脚踹飞了他，憋了半天只说了一句滚。然后想了会儿才想起下半句，我说，老野，搞的你的餐厅不宰客似的。

老野把车子拐上一个坡道，哈哈大笑起来说，宰啊，我当然也宰，不过我从不宰像你们这样老老实实的游客，我专宰那些自以为是的家伙。你知道有些游客根本就不是来旅游的，一个个是跑过来装逼的，到我的餐厅来吃个饭，那牛皮吹的，不知道的人还以为他们是多大的人物呢。什么这个虾还算不错，不过比起我在秦皇岛吃的还是要差点，这个莴笋呢，勉勉强强，那个清蒸鲫鱼，火候控制得太差，最差的就是这个驴肉了，哎，真是没法下咽。我一听能不生气吗？然后这样的人一般最后都会做个总结说，海南嘛，能吃到这味已经不错了。你听听这话。老野自己咂了咂嘴和我们说，不宰这样的宰哪样的啊？明明脸上大写着，宰我、宰我。

我笑起来，然后回头看了一下坐在后排的土豆，那小子竟然睡着了。

第二天，老野请我们去他的餐厅吃饭。

餐厅的装潢还是不错的，在深圳也可以算得上中高档，不过菜的口味我也是吃不惯的，我和土豆都被川菜调教了几年，也就自然跟川菜亲了。

老野说，好吃不？

我和土豆说，好吃。

老野说，真的好吃？

我和土豆连连点头。

老野高兴地一拍桌子说，就是说嘛，看来那些口出狂言的家伙我真是宰对了。

我和土豆张口结舌地看着老野。

我说，老野，全国各地的人口味都不一样，有不喜欢的也很正常嘛，没必要为这个气愤。

老野举杯自顾自喝了一口，然后捻起筷子说，连你们两个川菜的忠实粉丝都说好吃，那些王八羔子一看就是找碴儿。

这下我和土豆目瞪口呆，我就想，要是哪天老野因为餐厅的菜好不好吃的问题和别人打架，会不会一边打得头破血流一边说，让你说不好吃，连不见和土豆两个吃川菜的家伙都对我家的海南菜赞不绝口。

一想到这个画面我就脊背发凉。

老野吃着吃着突然说，喂，你们两个在深圳知不知道林小白呢？

我和土豆相互望了一眼然后对老野摇头。

老野说，你们两个怎么连校友也一点都不关心？

我说，校友聚会没看见林小白啊。

老野把筷子搁在碗上叹了口气说，唉，这个林小白就是一头倔驴，知道你们认识我，连校友会都不去参加。

我和土豆莫名其妙地看着老野。林小白我们都认识，算不上熟，大学里有过几面之缘，她也不是特别优秀的女生，不过是出了名的“拼命三郎”，当然不是指的读书，是指挣钱拼命。老野那时候明里暗里追过林小白一段时间，差不多也就两三个月的样子吧。林小白就像一座铜墙铁壁，任凭老野十八般武艺轮番上阵依然岿然不动。

想到这里，我看着老野说，我去，那个林小白不是没搭理你吗？

土豆也想起来了，说，你那次还说失恋了请我们喝酒，其实你失恋个屁，人家林小白根本就没和你恋过好吧。

老野双手交叉着插在腋下看着我和土豆，一副有胆你就继续讲的表情。

我拍了土豆一下，土豆识趣地闭嘴。

我们看着老野。老野说，到海南的地界了，都是兄弟，给点面子好不？

我和土豆哈哈笑着看着老野。

老野重新拿起筷子夹了一块文昌鸡扔进嘴里，吧唧吧唧吃得巨响，然后说，其实呢，你们不知道，林小白是喜欢我的，只是她有她的苦衷。

我心想老野哪来的自信啊？那时候的老野整个就一个地痞流氓啊，你说帅成陈浩南那样也可以理解，现实是他还长得跟李逵似的。

老野说，不见，土豆，你们别不信，林小白绝对绝对是喜欢我的，我敢打包票。

我和土豆用曾小贤翻白眼的目光看着老野。

老野把鸡肉咽进肚里说，那时候林小白去学校后面倒腾袜子卖，就是十块钱三双那种。她有个哥哥在浙江义乌那边的工厂工作，她就把他们生产的袜子拿来在学校后面卖。可是偏有人不让她卖，要卖可以，一个月要交五百块，这不是明显欺负人吗？

土豆说，你就去英雄救美了？

老野哈哈笑起来，没有，那算不上英雄救美，那叫路见不平。说着老野又在嘴里嚼着重复了一遍，顶多算个路见不平。

我说，老野，得了吧，你那时候可不是会路见不平拔刀相助的人。

老野说，不和你们争论这个了。当时我看到林小白一个人背着一大书包袜子站在学校后面的风口不知所措，管理处的人就在那里说她，说的超难听，我就气愤啊，上前就推了那犊子，那犊子一愣，一看是我，底气就降下去了，我那时候可凶神恶煞了，同学叫我什么来着，“鬼见愁”。以前还觉得这是别人夸我来着，现在才明白你们这帮孙子是在笑话我长得丑。

土豆说，就这样？林小白就对你感恩戴德，然后爱你爱得一发不可收拾？你在编故事吧。

老野生气地勾着食指，用指关节敲了几下桌子说，真是这样的女孩我老野会喜欢吗？那时候我要去拿她的书包说我帮你卖。她扭头就走，连搭理都不搭理我。后来她不卖袜子，去食堂擦桌子。那是很丢人的事啊，我就不开心了，每天她擦桌子的时候我就帮她。她说，你有病吧。我皮厚说，我喜欢你。她说，可是你真不是我喜欢的类型。我说，你是“拼命三郎”，我是“鬼见愁”，我们绝配啊。她就把黑油黑油的抹布丢在我的脸上。

我和土豆笑。

老野继续说，后来，她不擦桌子了，送外卖。你说大热天的要一个女孩子去男生宿舍送外卖像什么样子？一个个都是穿着大裤衩光膀子的家伙，女孩子怎么送嘛，所以她每天就在男生宿舍门外等人来取餐。你说夏天的太阳多热啊，加上那些玩游戏的兔崽子，吃饭哪有个准点，我看不下去，就去帮林小白送。林小白说不要，我说那我就陪你等，她一扭头不理我，我就站在太阳下面陪着她等。后来那几个小兔崽子来的时候，我很愤怒地教训了一下他们，后来就没人敢再叫林小白上班的那家外卖了。

我说，你真是太可恶了，林小白是不是特想杀了你？

老野的语气忽然间黯淡下来，他叹了口气说，是啊，我那时候真是蠢啊，我以为不让自己喜欢的女孩受到伤害自己就牛气哄哄了，我只能看到她明面里受到了委屈，却不知道暗地里她是在流泪啊。有一天林小白来找我，她说，韩野，我欠你的吗？我看着她双眼肿得像核桃似的就吓了一跳，说，没有。她说，那你可不可以放过我呢？我说，我是喜欢你啊。她就冷冷笑了下说，哼，喜欢？我说，我真是喜欢啊。她说，那就请你不要喜欢我。我说，我做不到。她就蹲在地上哭起来，说，韩野，你知道吗，喜欢一个人真不是这样的。我一看她哭就慌了，赶紧蹲下去想抱她，刚碰到她的肩膀，她就用力一推，我一屁股坐到地上。她说，你了解我吗？你知道我为什么要去卖袜子，为什么要去擦桌子，为什么要去送外卖吗？你觉得我不喜欢和其他人一样上课看看小说，下课看看电影，周末再去逛下街买几件新衣服，我就喜欢穿得像菜市场大妈一样，就喜欢下课去摆地摊，就喜欢别人说我看见钱就像“拼命三郎”一样？可我有什么办法，人和人为什么就这么不一样？

老野说着抬手给自己的酒杯倒满高度数的白酒一仰脖子喝下一满杯，整张脸像一张皱掉的台布，缓了会儿接着说，其实林小白比我们想象的都要苦，这都要怪她那个不争气的老爹，没个屁本事，喝酒赌博，欠了一屁股债，害得本来身体就不好的老娘又住了医院。林小白就忍着自己想办法挣钱，给老娘治病，替家里还债。

土豆说，就她做兼职那点钱能还什么啊？

老野突然把筷子往桌上一拍说，那他妈又有什么办法呢？

我和土豆吓了一跳，差点就要站起来防备老野发癫。

老野抓了一下自然卷的头发说，林小白那个人喜欢瞎逞强，明明每个班都有贫困生补助名额，她不申请。问她为什么，她说有其他同学争得脸红耳赤了，其他同学更需要。我告诉她那些人困难个屁，都是恬不知耻的家伙，拿着贫困生补助不是交给酒店就是拿给餐馆。林小白听了还不高兴，说我把人想得太坏。她不是需要钱嘛，我说我帮你借。她说不要。我说不要你喜欢我，没有附加条件。她说，她自己能挺过去。

我说，老野，这个世上只有两种女孩，一种是把眼泪在脸颊上挂着，一种是任其流在心间，但是没有女孩累了不需要一个肩膀去依靠。

老野举杯和我碰了一下说，那时候我真的是走不进她的内心啊，看着她一个人下课后跑到学校外面的餐厅去当服务员，然后很晚回来，就怕她出什么事，快下班的时候就去守她，还不敢让她知道。周末的时候她又跑到市区去发传单，100 块钱一天。有一次我在她的空间偷偷发现她想看《泰坦尼克号》3D 版，就买了两张票然后骗她说有个朋友参加活动中了两张票但有事去不了，一起去吧。她说，不去。我就假装满不在意地说，就一张啦，反正我不喜欢看，你拿去看看吧。说着就给了她一张，她犹豫了一下。我就从她手上把要发的传单拿过来说，我帮你发，你去看吧。她很高兴，那是我第一次看她那么高兴。

老野笑了笑说，那天下午我就坐在电影院外面的椅子上，手里拽着剩下的那张票不知道要不要进去，后来还是没进去，那张票我现在还留着，总觉得会是个念想。

我敬了老野一杯说，老野，是条汉子。

老野哈哈一笑说，是个屁，是条汉子我早就去找林小白了，还会像个娘们一样看着电影票在那里缅怀什么狗屁青春?

就像你我，在这条奋斗的路上倔强不认输，虽然再未谋面，也祝你过得比我幸福。

时间会淡忘一切，只是世间最无助的说辞

▷ 我忽然有些喜悦，又有些伤感，
不知道这是什么样一种感觉。
我们曾经在彼此的岁月里左突右冲总是想找一个出口，
后来头破血流心灰意冷，
有一天曾经的困局却猛然打开，
只希望你还是你，我还是我，
都站在原来的地方，
时间像停滞和凝固了。

宋景小寒那天夜里打电话给我说，不见，你可以帮我个忙吗？

我和宋景已经很久没有联系了，久到一只手已经数不过来的年限，他突然打电话给我让我诧异不已，那时候我正嗑着瓜子看电视。

我先寒暄了几句，问他在哪儿，现在混得怎么样。

他说一切都还好，下个星期准备从加拿大回来。

我一听加拿大，又是一个“海归”。仿佛在曾经的岁月里面，所有人都是逆流而上的鱼群，只有我随着时光的暗涌漂流而下。

我说，宋景，这么多年不见，你要是没有难处也不会找我，你说吧。

宋景笑了笑说，你还记得阿黎吗？

当宋景说出阿黎名字的时候，我不由得笑起来。我当然不会忘记

阿黎，在青春岁月里那么多年一起走过，一起翻墙逃课，一起抽烟滑冰，一起站在教室外面罚站。但是再盛大的宴席一旦散了，也会落得四下凉薄。

我和宋景开玩笑说，怎么，是要请我出来做你们婚事的见证人呀。

宋景顿了片刻说，不见，四年了，我和阿黎还是输给了时间，我现在想明白了，不管怎么样我都要回来。四年前我以为在加拿大可以忘掉一切，可是说时间会让人淡忘一切，原来只是这世间最无助的说辞罢了。你不知道，每一天我看着阿黎的朋友圈，我在她的心情下面其实评论了很长很长，但是写好了只是自己默默把图截下来，当作自己的私人记忆。

我望着窗外繁华的夜景，多少人还在这夜幕里奔波。我和宋景说，回忆的事等见面再说，这次回来我应该怎么帮你？

宋景说，我想要给阿黎一个惊喜，你还记得那时候我们几个一起滑冰吗？阿黎总是和我说，宋景，你不要放开我好吗？那时候我就喜欢逗她，就喜欢看她跌坐在地上然后哈哈大笑。

我说，你不会想来个溜冰场求婚吧？我可不陪你玩哦，以前学的那点技能，现在都忘光了，再说这个年纪再滑冰那不是嫌骨头痒吗。

宋景只是和我说，不见，等我回来，你帮我出出主意，从小到大你的主意最多。

我不知道该怎么拒绝宋景，其实从高中毕业我就告诉自己再也不要去别人的爱情里面当军师了。

小时候，阿黎个儿大，我和宋景身子弱。学校每个周五打扫卫生的时候，扫地要抬桌子，擦玻璃要提水。每次宋景抬桌子的时候，阿黎就跑过来说，哎哟，宋景，这个我来。宋景提水的时候，阿黎就哒哒哒像小马驹似的跑到宋景面前抢过水桶说，你休息一下，我来。

有时候我和宋景一起干活，阿黎就去帮宋景。宋景说不用，阿黎说没事。宋景就抓着小水桶不放，我看不过去，就去和阿黎说，阿黎，那你帮我提吧。阿黎就用她的大白眼瞪我。我说，宋景要锻炼身体，我不用锻炼。阿黎哼了一声气鼓鼓地双手叉腰不理我。

初中的时候，情窦初开，从课桌下面开始传递一些稚嫩的情书。有次阿黎就找我说，不见，你帮我一个忙。我看着阿黎，想不出有什么地方可以帮她的。她说，你别盯着我看，你到底帮不帮？我说，你先告诉我是什么忙呀。她在地上蹦跳了几下，然后双手做了一个气运丹田的动作说，帮我写封情书给宋景。

阿黎突然这样说的时候我吓了一跳，缓过神来就对着阿黎笑。阿黎说，你到底帮还是不帮啊？我说，不用写，我直接和宋景说你喜欢他就是了。阿黎跳起来说，那可不行，万一宋景要是没准备好，吓了一跳怎么办。我说，放心，肯定是惊喜。

有次放学，我叫阿黎去给我们买糖葫芦吃。阿黎说，凭什么啊？我就把她拉到一边说，我准备帮你和宋景说了。阿黎一听马上满脸红光地说，那你要吃什么味道的？我说，要那种草莓的，不要山楂的，更不要苹果的。阿黎说好。等阿黎回来，我们一起坐在操场的台阶上吃糖葫芦，阿黎一会儿羞涩地看着我，一会儿羞涩地看着宋景。宋景被阿黎看得有些莫名其妙就说，你干吗总看我啊？我突然想起来忘记和宋景说阿黎喜欢他这件事了。就一边咬着糖葫芦一边和宋景说，阿黎喜欢你呀。

宋景突地从水泥地上站起来，看着我说，可是我不喜欢她呀。

那天阿黎哭了，一个人把糖葫芦扔在地上哇哇大哭。我抓着糖葫芦超级难过地看着阿黎，我知道自己做错了事情。我安慰阿黎说，阿黎，我喜欢你呀。阿黎说，你滚蛋，我不喜欢你。我就扮着鬼脸看着阿黎说，看到了吧，这下扯平了，你不要难过了。

高中的时候，我们三个是很好的朋友，那些情呀爱呀我们都不想去谈 ，反正就觉得友情万岁。我们几个抽烟喝酒去溜冰场玩到学校宿舍快要关门才回去。那时候的溜冰场是青春荷尔蒙爆棚的地方，会有争风吃醋，会有啤酒碎渣，会有欢笑，也会有眼泪。

在溜冰场打过一次架，是和几个醉酒的小混混。先是宋景挨了一脚，穿着溜冰鞋在地板上趔趔趄趄倒退了好几步总算站稳了脚。溜冰场上的人多，那时候的溜冰场还不像电视里演的那样窗明几净，灯光是舞台灯，旋转着明明灭灭。等我发现那边打起来的时候，赶紧跑过去，就看见阿黎脱掉了溜冰鞋猛往那人头上砸。那天阿黎也受伤了，下巴那里留下了一道疤。

宋景回国的时候，我坐在航站楼里等他。

远远看见他忽然间不知道该说些什么，毕竟这么多年过去了，突然要开口发现内心早已经是一片空茫。

我们坐在出租车上，穿过拥挤的城市，他望着车窗外，突然扭头对我说，不见，深圳人真多呀。

我看着他，然后说，在加拿大待久了，不习惯热闹了吗？

宋景笑了一笑说，哪有什么热闹，从来都是一个人的狂欢。

那天晚上我带宋景到处走了走，去了东门有名的小吃街。他喜欢吃辣，一下子买了50块钱的鱿鱼，然后抓着一把巨大的竹签在人群中走着。我说，没见过你这样吃的，喜欢吃也得矜持。宋景笑起来说，矜持什么呀，我在加拿大从来都没吃过这些，这个辣味真是爽，在那边都快忘记祖国是什么样的了。

然后我带他从东门穿过人行天桥走到国贸，一路上他说在加拿大的故事，我说在深圳的爱恨。后来我问他，原来你也是喜欢阿黎的吧。

宋景双手插进风衣口袋，低着头迎风一直走着没有说话。无数人与我们擦肩而过，红灯绿灯交织变换着，天空的云彩聚成一团泛出微红，风吹着树叶盈盈晃动。宋景说，其实在西安的时候我和阿黎就在一起了。

我停下脚步，马上又把凌乱的步子整理了一下，也算不上吃惊，其实当阿黎悄悄把志愿从南昌改到西安的时候我就知道阿黎还是一直喜欢宋景的，只是初中的那一次拒绝让阿黎再也不敢把那份爱说出口了。

宋景突然微微仰起头望着远方的高楼说，不见，其实我们本来想等着毕业就结婚的，但是后来却不得不分开。

这个世上有太多的分分合合，我看得有些累了，便和宋景说，我相信你们当初分开已经想了一百种最好的结果，既然已经选择了分开，为什么又要挽回？

宋景说，不，不见，我们放弃了最好的选择，我们以为最好的选择其实从一开始就是一个伪命题。

我说，在曾经的岁月里，我们一起走过这么多年。我太了解阿黎，她要是放弃你一定是内心挣扎煎熬了太久。

宋景低着头踢着路边的石子，走了很长一段路，路边公交站台的灯箱上是新上映的电影海报。宋景微侧着脸，我看不清他的眉目，他叹了一口气说，不见，你知道我家的，就我一个儿子，我的爸妈又是老传统，传宗接代这件事情上我真的没办法让他们理解。

我倒吸了一口凉气，目瞪口呆地看着宋景，宋景闭上眼睛对我点了点头说，不见，阿黎没办法生孩子。

我不知道说什么，喏喏地几次想开口又都被卡在喉咙里。

在一个路口，白色的斑马线上映衬着城市的灯光，对岸忽然间变得渺茫。我说，现在的医学这么发达，肯定可以医好的。绿灯亮起来，我们像提线木偶一般被摁下开关，随着熙攘的人群走到马路对岸。宋景说，没用的，我们去了北京，在加拿大我也把阿黎的病例拿到最好的医院去问了最权威的专家。

我赶紧把话接过来说，现在不行，过几年说不定就可以，反正你们也还年轻。

宋景突然一把勾住我的肩膀说，不见，不等了，我这次来不管以后会怎样都要爱阿黎。

我看着宋景说，你有没有想过要是伯父和伯母不同意的话，你能够全心全意爱阿黎吗？

宋景咂了咂嘴，却被我抢了话。我说，你别和我说电视剧里的那些台词，这是一个很现实的问题，没有人在家长极力反对下能获得多少幸福的，我想就算阿黎知道你一个人偷偷从加拿大跑回来为了和她在一起，也只是又把当初的难题再特别残忍地抛给阿黎一次。

宋景往我的胸口擂了一拳说，方不见，你以为就你最伟大呀，你喜欢肖娜那么多年，现在不还是个常年备胎。

我一愣，不知所措地望着宋景，然后尴尬地说，喂，你扯这些干吗？

宋景哈哈笑起来说，不见，你不会还喜欢肖娜吧？说着他掰起指头来，数完了一双手，又数了一遍，然后在右手的大拇指位置停住说，不见，这少说也有 16 年了吧？

我站在夜幕之中，宋景在离我一米远的地方望着我笑，我伸出脚去要踹他，他闪到一旁。我说，你到底怎么打算的？要是你爸妈反对，我觉得那些已经尘埃落定的情感就让它随风散去吧。

宋景拿出手机，然后凑到我面前给我看，那是宋景的爸妈给阿黎说的话，他们已经完全接受阿黎，也同意去领养一个小孩。

我忽然有些喜悦，又有些伤感，不知道这是什么样一种感觉。我们曾经在彼此的岁月里左突右冲总是想找一个出口，后来头破血流心灰意冷，有一天曾经的困局却猛然打开，只希望你还是你，我还是我，都站在原来的地方，时间像停滞和凝固了。

宋景第二天帮我订了和他一起回故乡的机票，先到了南昌，然后转高铁回到故乡那个小县城，草木依旧，城春深深。

宋景在从高铁上下来的时候就一直问我说，不见，我好紧张，你说我要怎么表白啊？

我说，包下广场的显示屏，然后高调地说爱她。

宋景一哆嗦说，没必要那么高调吧。

我笑了下说，那就直接跑到她家，死赖着不走。

宋景说，有没有 C 选项？

我想了想说，你还记得初中的时候阿黎让我和你说她喜欢你的那次吗？

宋景想了想就打了我一拳说，当时你好像说你忘记了，弄得阿黎还大哭了一场。

我哈哈笑着，那次我只是想骗她的草莓糖葫芦吃。

宋景一耷拉脸望着我说，难道你是想叫我把全县的糖葫芦都包下来送到阿黎家表白？

我说，有什么不可以，鱼塘都可以，你糖葫芦更高级一点。

宋景把脸耷拉得更厉害瞪我。

我说，好了，和你开个玩笑，我先回去一趟，你等我通知。然后我招手拦下一辆出租车坐进去。

宋景扒住出租车的窗口说，不见，你干吗去啊，我去哪儿啊？

我掰开他的手说，你自己随便找个酒店先住下。然后我让司机开车，从后视镜里看见宋景一副不知所措的样子。

晚上我叫了在家乡的老同学聚会，当然也叫了阿黎，一起先吃饭，然后吃完饭去 KTV 唱歌。

宋景不断打电话给我，我不接也不理。

一直到开好包房，我打电话给宋景。宋景一接电话就开骂，他说，方不见，你去哪儿了？老子饿死了。

我说，你傻啊，在酒店都能饿到你。

宋景说，你到底去哪儿了？老子紧张啊。

我说，赶快打个车过来，嘉年华 KTV8605 房。

宋景说，你干吗啊，一来就唱歌？

我说，阿黎也在，快表白。

宋景哇地一声像是从床上摔到了地上，然后说，方不见，我没准备好啊。

我说，自己看着办。

半个小时后，宋景抱着一束花站在 KTV 一楼，硬要我下去接他。

我跑下去，他说，我超级紧张。

我说，没事，我帮你试探了，她还是喜欢你的。

宋景说，真的吗？

我对着他认真地点点头。

宋景走进包厢的时候，脚下一个趔趄，手里的花嗖地飞了出去，刚好打在竖起的酒杯上，酒杯掉在地毯上，酒杯里的酒又刚好倒在阿黎的裤子上。旁边的同学赶紧抽纸巾帮着阿黎擦酒水。

阿黎就呆呆地看着宋景。

宋景错愕地看着阿黎。

我跑过去将音乐关了，把话筒递给宋景，所有人这个时候才看见这个从加拿大回来的“海归”。

我用指头捅了捅宋景的肩膀说，喂，你快说话啊。

宋景“啊”了一声，声音从话筒里传出来，大家抿着嘴笑了笑。

我说，你傻愣着干吗啊，你大老远从加拿大回来，现在人就站在你的面前了。

宋景闭上眼睛，然后大声说，黎春花，我想你，很想很想，我再也不会放开你了。

宋景说的时候断断续续，说完这一句突然卡住了。阿黎站起来，眼里蓄满了泪花。

我们看着宋景，宋景突然单膝跪地，然后从大衣袋里拿出一个钻戒。

我一看，哇，这小子竟然隔着 KTV 的桌子就跪着求婚，赶紧叫其他两个同学把桌子抬走。

宋景说，黎春花，嫁给我好吗？

阿黎抹了一把眼泪，却摇了摇头。

所有人都屏住呼吸，我一看差点晕倒。

宋景低着头淌下眼泪。

阿黎说，你个混蛋，和你说了多少次了，不要叫我黎春花，这么土的名字你再叫我就揍你。阿黎说着抹着眼泪笑起来。

所有人都欢呼起来，宋景愣在那里不知所措。

我抬脚给了他一脚说，你个傻缺，愣着干吗？

你知道吗，有些人注定是会在一起的，只要你足够勇敢。

二十岁之前，你有没有好好爱过一个女孩

▷ 二十岁以前，
你喜欢一个人，对方也喜欢你，
你们就可以在一起；
二十岁过后，
你们光是喜欢已不构成可以在一起的充分理由了，
这叫成长的代价。

周末约了一个朋友，去的是肯德基，很嘈杂的地方。我找了一个靠角落的位子坐下，朋友去排队点餐，等了很长时间，他端着餐盘坐在我对面，我看了一眼餐盘大叫起来，你丫的有病啊，你点这么多薯条干吗?

我算了一下，10份。

朋友笑了一下说，我前面那个姑娘点了5份。

我白了他一眼，和你有关系吗?

他说，和我的前女友一样，都特别喜欢吃薯条，看着她就想到我的前女友了，所以今天其他的都不点，我们就吃薯条好吗?

我站起来说，你和那姑娘去吃吧，我去点些其他的。

朋友拉住我说，那怎么可以，那姑娘是和男朋友一起来的，他男朋友比我好多了。

我坐下来看着他。他说，刚才那个姑娘在我前面和服务员说要 5 份薯条。男孩马上说，别要那么多吃不完的。姑娘杏眼一瞪说，我吃得完，我就要。男孩挠了挠姑娘的头发说，反正我是一份都不会吃，你吃那么多会发胖的。姑娘打开男孩的手说，要你管啊。这时候女孩有个电话打进来，走到一旁去接，服务员问男孩怎么下单，男孩侧头看了一眼接电话的女孩说，给她拿 5 份，再拿一杯九珍果汁饮料，打包。等女孩接完电话，男孩勾了勾手里的袋子说，5 份，一份不少。看他们背着书包的模样，真让人有点羡慕。

我听后感到有些温暖，可是这种温暖在我们这个年纪却莫名听出了一些伤感，我和朋友说，我们都开始缅怀了。

朋友把番茄酱包撕开挤在餐纸上，一连撕掉了四包。他说，不见，我在网上看到一段话特别好，那个博主说，二十岁以前，你喜欢一个人，对方也喜欢你，你们就可以在一起；二十岁过后，你们光是喜欢已不构成可以在一起的充分理由了，这叫成长的代价。不见，我真觉得很有道理啊，其实最美好的爱情就是二十岁之前的那段，你喜欢我，我喜欢你，就是爱情。现在呢，爱情需要太多太多前提了。

我拿着薯条蘸着番茄酱看着朋友说，二十岁以前的爱情可以很彻底很干净，你拿着 10 份薯条就可以缅怀一次，因为曾经你们的世界琐碎却也美好，可能是冬日午后草坪上的阳光，也可能是夏日夜晚抱着西瓜开怀大笑，过去的爱情参照物简单却又温暖，在一无所有的年纪可以全心全意爱一个人多好。

二十岁以前，爱了，就要玩儿命爱，以后你终会发现，你最好的岁月其实遇见过最好的人，只是你们都还没有一颗想要安定的心。我想起大学时候的同学老五，他曾经和我说，不见，从来没有可以全身而退的爱情，爱一个人就是一场没有退路的跋涉。那时候谁又懂爱情，觉得只要喜欢了，在一起开心就觉得是爱情的全部，毕业的分离只是人生的小别，我会为你仗剑天涯闯出一番天地，后来却在人海之中尝尽了物是人非，谁也没承想当初连一个好好的拥抱都没有，却也一别经年无处觅踪影了。

老五喜欢一个女孩，那时候老五大三，相貌平平，成绩平平。我想来想去，他真的没有什么能拿得出手，连和我一起玩游戏都是拖后腿的那个，每一次总能听见他大声喊救援，性子也胆小，在篮球场上永远是息事宁人的那个。

他喜欢的女孩是他高中的同学，老五从高中起就一直暗恋她，只是不敢说，现在也是，两个人因为是高中同学所以关系很好。我有时候和老五说，喜欢她就追呗，成功了就是你的，失败了反正也不是你的。老五嘿嘿嘿笑着说，等等，等等，等我有一样拿得出手了就去追。

老五大四去了上海实习，女孩在南昌的一家公司实习。老五当时是很不愿意去的，他纠结了好久，我们都劝他这可是千载难逢的机会，现在就是你镀金升值的时候，等你有了好工作好事业再回来和女孩表白，这不是你一直梦寐以求的吗？老五还是纠结，他去和女孩说，我要去上海了。女孩说，恭喜你啊，我就知道你很厉害。老五说，其实我不大想去上海，我更想留在南昌。女孩吃惊地看着老五，然后站起来非常认真地和老五说，你疯了吧，为什么不去？南昌有什么好，夏天是个火炉，冬天又冷得要死，换作我，想都不想马上收拾行李走人。老五看着女孩有些难过地笑了笑，心里想着，你终不明白，南昌再不好，但是有喜欢的人在就是一座最好的城市。老五看着女孩替自己前途着急的样子，知道在女孩的世界他永远只有一个好朋友的位子。

半年后，老五从上海回来参加毕业典礼，女孩还是一个人，只是有一个外系的男孩在追求她，女孩一直没有答应。毕业酒会的晚上，夜空晴朗，我们都穿上自己最好的衣服，然后打车去了市区的酒店。

毕业典礼进行到一半的时候，外系的男生突然大张旗鼓地表白，然后整个酒会迅速就被推向了高潮，无数嘈杂的人声在喊着在一起，男生方阵推着那个男生，女生这边都推着女孩。老五一个人坐在席位上有些不知所措，站起来越过嘈杂的人群看着女孩，女孩一直在闪躲对面那个男生即将扑面而来的拥抱。

老五终于勇敢了一次，像一头咆哮的猛兽一样拨开人群，然后一把抓住女孩的手把她往外拉，所有人都目瞪口呆，那个男生抓着空酒瓶一副要和老五拼命的样子，被耗子和胖子拉了下来。

后来老五说，那是他这一辈子最美好的时光，他拉着女孩跑了很远，把那晚喝的酒都蒸发干了。他一直拉着女孩的手，跑到两个人实在跑不动了，才气喘吁吁地停下来。老五和女孩表白，老五说，本来想等有一天变成更好的自己再和你表白的，可是现在我不想等了。你看看刚才，差一点就被别人抢走了，就算你现在不答应我，我也等你，反正已经等了你这么多年，再等几年也可以。我今年二十岁，你十九岁，我曾经义无反顾爱你，就算你不喜欢我，也没关系，青春都和你在一起也赚够了。

老五说完有些难过，他抬头看了一眼路灯，然后低着头看着脚下的影子，缓缓转过头去，往前走了几步，然后回过头来说，喂，其实我也十九岁，今天也是我的生日，过完今天我才二十岁。你忘了吧，没关系，我只是说说，班上同学那么多，我也记不得别人的生日。老五说着自言自语嘀咕，除了你的。

女孩从手提包里拿出一个盒子说，喏，送给你的。

老五突然不知所措，女孩把手往前一伸说，喏，看你那小气的样子，给你的礼物。

老五突然有种泪崩的感觉，但是又很开心地笑起来，走过去拿过礼盒，然后出其不意地抱紧女孩，女孩的身体僵硬了一会儿，然后柔软地贴着老五。

老五说，那真是一生最大的一次冒险，幸好，赢了。

会让你心酸的回忆，都是因为曾经有过辜负。

真的，和我谈一场日久生情的恋爱好吗

▷ 我没有本事让你一见钟情，
只能傻傻地希望能和你日久生情。

2013 年，老夏说给我一个 surprise，我那时候在肯德基吃着鸡腿喝着冰镇可乐，那是我跑了一天吃的唯一一顿，所以吃得特别认真。我没有理他，把电话开着免提扔在餐桌上。

老夏在电话里大喊，你别吃了！

我大口嚼着说，不吃饿的是我不是你，老子今天两条腿都跑断了，一毛钱都没挣到，再不吃饱点怎么有力气难过。

老夏说，我来深圳了，请你吃大餐，想吃什么都可以。

我赶紧把嘴里的一大口鸡肉吐在餐盘上，心里痛恨着本来能装下一只烤乳猪的胃现在只能装下半只了。

老夏发了位置给我，我没有打车，坐了地铁过去。那时候刚毕业，很穷，不像老夏高中毕业就出去闯荡，混得风生水起。每一次我为自己大学生的学历自豪时，一想到老夏，就感觉到这个世界充满了深深的恶意。

地铁在黑暗的隧道里穿行，空调开得很大，我望着玻璃上有些憔悴的自己，用力抓了抓本来已经很乱的头发，然后傻傻地对着玻璃笑了笑。

老夏在地铁出口等我，头发很长扎在脑后，光洁的额头露在外面。他见到我上下打量了一番，然后手指捏着下巴说，不见，还是老样子。

我想了想，在记忆里搜索着老夏的老样子，他应该是小平头，大眼睛，棕色的皮肤，喜欢穿李宁运动鞋的少年，现在活脱脱一个艺术家的范儿。我拍了拍老夏的肩膀说，你却变了很多。

我们打车去了酒店，老夏有钱，拿着菜单瞄了一眼然后对我说，随便点就是了。

我倒也没客气，点了小龙虾、鲈鱼，还有大闸蟹，老夏又加了几道很贵的菜，然后把菜单递给服务员的时候问我，你喝什么？啤酒还是红酒？

我说，这种地方喝酒没意思，下次一起去大排档喝起来。

老夏笑了笑说，好，反正我也留在深圳不走了。

我有些惊讶地问他，在杭州不是好好的，这是要来深圳开分公司吗？

老夏说，想你这个老朋友了呗。

我抓起桌上的一粒瓜子扔他说，得了吧，少贫嘴。

老夏哈哈笑起来，然后双手交叉着搁在桌上说，你还记得舒静依吗？

我想了想说，记得啊，高中时候不是和你关系特别好，后来好像考广州去了。

老夏点了点头说，现在她在深圳，我们一直有联系，这次来深圳的机会我争取了很久，上面终于批下来了。

我去。我看着老夏说，你小子真会演戏啊，原来你喜欢舒静依，当年怎么一点儿没看出来，大家都觉得你们只是好朋友。

老夏说，以朋友的名义爱着一个人才能长久，不然我们现在早就连朋友都做不成了。

我大快朵颐地一边剥着小龙虾一边和老夏说，怎么，这次来是要表白了还是想继续做她身边的男闺蜜？说着我哈哈笑起来，酒店这个时候人不多，我望着远处落地窗外整个城市灯光闪闪。老夏说，从认识舒静依那天起，我就知道这辈子没有能力让她一见钟情，只能在岁月的长河里，陪伴守护日久生情。

其实一见钟情对于我们来说只是遥远的故事，就算在身边上演也是一场盛大的冒险，我更喜欢日久生情式的陪伴，把彼此身上所有的棱角磨平，变成最合适的自己，然后水到渠成相守一生。

常常听人说所谓一见钟情只是见色起意，所谓日久生情只是权衡利弊。见色起意会随着激情退去变成彼此都厌恶陌生的样子，而权衡利弊没什么不好，在一起要一辈子，不是一时心血来潮就可以决定的事情。

与其在无法挽回的时候发现这条路走错了，不如一开始把答案交给时间做选择。结婚终究不是小孩子过家家，错了可以笑着换过，年轻的时候两个人喜欢了就可以在一起，现在两个人要在一起，权衡一下现实的利弊也没什么不好，毕竟我们都不是生活在童话故事里的人。

霍建华和林心如大婚时，我在微信上和老夏说，老夏，你看看，霍建华和林心如都结婚了，十年啊，听说请柬上写的是：十年至交终成挚爱，懂你是我此生最好的告白！老子都感动了，是不是老天会把最好的缘分留到最后，最爱的人终会留在你身边？

过了会儿老夏说，我和舒静依也刚好十年了，高中三年，她大学四年，到现在她工作第三年。

我说，也该给她个家了。

老夏发了一个笑脸过来。

那时候我坐在从公司回家的公交车上，手机刷着霍建华和林心如大婚的新闻。车窗外行人熙攘，巨大的广告屏幕贴在高楼上，循环播放着新上映的青春剧宣传片。每一天从电视屏幕里看着这座城市上演着无数关于爱情的故事，而我是个过客。就像公车到站，鱼贯上下的乘客来不及微笑，等不到故事，就这样擦肩消失在城市的海洋里。

时光匆匆，我却想和你日久生情。

总有一个人会明白你的坚强

▷ 有些姑娘如鲜花，
永远像一场戏的主角，
有些姑娘却天生野草，
学会了含着眼泪努力，
学会了一个人在孤独中坚强。

在网上看到一个段子：因为上帝过于忌惮女人的力量，所以给她们设定了一个每个月持续掉血的系统，导致HP值常年不满，打怪得的钱都用来买药买零食导致装备和经验跟不上。想象一下小学时候，还没有掉血的她们把我们男的欺负成什么样。

看到这里我浑身一个战栗，然后复制粘贴给“斯巴达克斯”。

过了会儿“斯巴达克斯”一个电话打过来说，不见，你丫找死是吧，发个什么鬼给我。

我说，“斯巴达克斯”你别生气。

她说，你再说一句，信不信我废了你?

好嘛好嘛。我赶紧改口说，慧姐，不准啊，你怎么这么大了还不掉血，你是终极怪吗？真是纯爷们，这么多爷们里面我就服你。

她说，不见，过几天收拾你，老娘现在正忙。

然后把电话挂了。

"斯巴达克斯"其实有个很好听的名字，叫韩佳慧。小学的时候我才一米二，她就蹿到了一米六，她是家里的老大，她家又重男轻女得很，所以别看小，农活干了不少，在我还娇生惯养的时候，她力大无穷。

那时候我喜欢看书，看了很多很多成语故事，她喜欢我讲成语故事给她听，可是我从来不白讲。

她说，不见，你给我讲个成语故事呗。

我说，那你帮我扫地。

她说，好，成交。

她扫完地，又看着我说，不见，反正回家还早，你再讲个呗。

我说，那你帮我抄写生字。

她说，好，成交。

每天她都等我一起回去，她说我会变成一个很厉害的诗人。

我说，反正我不会给你写诗。

她有些失望说，就写一首嘛。

我说，那你给我当一辈子保镖。

她一蹦三尺高说，成交。

我们的班主任是个大胖子，我一直想要是把他踹翻了会不会像翻壳的乌龟。因为他可恶，每个周五让我们这些小孩子做体力劳动。有一次是给学校光秃秃的黄土地铺草坪，草皮就从附近的山坡上拔，让我们运回学校。我从小体力不好，一块草皮也抬不动。韩佳慧厉害，把家里的农具拿来，一根扁担，两个大箩筐，然后一挑两筐，我目瞪口呆地看着她，她汗流浃背地笑着走到我身边停下来，把我手里的草皮放进她的筐里说，不见，你是个诗人，这些活儿不用你干，我来就可以。我感动地看着韩佳慧。

那时候我们的课本里正在讲斯巴达克斯领导的奴隶起义，斯巴达克斯是个力大无穷的勇士，看着韩佳慧挑着两箩筐草皮健步如飞的样子，她就这样成了我们班的“斯巴达克斯”。

三年级的时候，有人说我和韩佳慧是一对，在谈恋爱，我生气地和他打了一架。我说，我才不会喜欢韩佳慧，她又丑又黑力气又大。我一边哭着和那个小男生打架一边喊着韩佳慧是你老婆，是你老婆。

韩佳慧什么时候出现的谁也不知道，当她黑着脸把我们俩拉开的时候，我吃惊地看着韩佳慧，心里想这下死定了，肯定要被她揍死了。可是她只是用力扇了那个男生一个耳光，然后大步走开，那个男生绷着脸一直不敢哭，一直看着韩佳慧的背影消失在教学楼的拐角处，才傻乎乎地问我，不见，她为什么不打你？我说，我不知道。然后他哇地大声哭出来。

那以后韩佳慧就很少再和我一起上学放学了，后来有一天，我看见她把大麻花辫子改成了马尾辫，突然觉得她其实也挺好看的。小学毕业，我考了全校第一，她送我一支钢笔，我接过的时候说我买不起。她笑了笑说，送给你的。我说，不要我拿钱是吗？她说，送给你的还要你的钱干吗？再说我知道你没钱。我说，那我以后有钱了我也不会还给你的。她说，不用还。我说，你真好。

初中我们没在一个学校，我在县城最好的初中，而她在最差的学校混日子。那时候我们都不明白生活，就像深海里食物链底端的两尾小鱼，随着鱼群不知目的地游，我这样，韩佳慧也这样，只是我们的方向不一样。

初中毕业，韩佳慧去了义乌，我上高中，读大学。她就像我生命里的很多人一样，来来走走，不可望，不可及。毕业之后我来了深圳，走投无路，穷困潦倒，就像深海里的那尾鱼突然间发现，依然要小心翼翼地生存。

有一天，一个陌生号码打电话给我说，不见，你缺钱吗？

我气呼呼地说，不贷款。

电话那头大骂，你个傻逼，你要是缺钱我借给你。

我更气，现在电话销售都可以这么嚣张吗？

她说，我是韩佳慧。

我一听，差点哽咽起来，“斯巴达克斯”。

她说，你再说一遍，我撕烂你。

我说，慧姐，我想吃小龙虾，想吃大螃蟹，还想吃油吱吱放了很多蒜瓣的生蚝。

她说，瞧你那点出息。

我说，我是没出息，我现在就想吃一顿好的。

她说，发个定位给我。

我说，好。

我等了三个小时，韩佳慧开着车过来。我说，你丫的从义乌过来吗？

她说，广州啊，几年前来了广州。

那天她请我吃了很多好吃的，我说，“斯巴达克斯”，我以前觉得成绩好就好，后来觉得长得帅就好，再后来又觉得学历高就好，现在我才明白，有钱才是真的好。

韩佳慧双手紧紧捏成拳头看着我说，你要是再叫我“斯巴达克斯”，信不信我揍你？

我说，“斯巴达克斯”有什么不好，那是个大英雄。

韩佳慧说，那我叫你杜十娘好不好，还是个烈女呢。

我说，你这么有钱一定包养了小白脸。

她说，那可不，包养了一群大学生。

我说，再加我一个好不？我想每天有肉吃。

她双手叉腰上下打量了一下我，然后摇了摇头说，不行，你太弱了。

我叫起来，你喜欢猛男啊。

她白了我一眼说，毕业了，社会不好混吧。

我说，你有男朋友了吗？

她拿起桌上餐碟里的一粒花生丢我说，我和你说认真的。

我一撇头躲过她的袭击说，我也是认真的。

她叹了口气，然后笑了笑。

路旁停靠着一排车，路灯昏黄地打在地面上，有些情侣牵着手快步走过，一连串的红色顶棚夜宵摊在夜色里热热闹闹，邻桌有划拳的，有摇骰子的。韩佳慧望着我说，不见，谁会喜欢我呢？又没文凭，长得又不好看，再说我这么高，那些小男生在我面前像儿子似的。我还是随缘，现在就多挣些钱，让爸妈弟弟妹妹过得好点。

我说，别急别急，总有一个人是为你专属定制的，喜欢你的一切，只是有些人要等长久一点。

韩佳慧扑哧笑了，说，得了吧，方不见，你那些话只能骗骗小女生，我早不吃这一套了。

我有些尴尬地笑了笑。

那天我们聊到很晚，她云淡风轻地聊起那些不堪的往事，这些年的风雨像一个音符飘进了回忆，这些年颠簸的路蜿蜒成了生命的脉络。有些姑娘如鲜花，永远像一场戏的主角，有些姑娘却天生像野草，学会了含着眼泪努力，学会了一个人在孤独中坚强。

韩佳慧送我回家，到家已经是夜里一点钟了，我说，你在附近酒店开个房睡一晚吧。

她笑了笑说，没事，以前一个人半夜从广州开到义乌，深圳到广州一个小时就到。

我比了一个 OK 的姿势，然后和她说，你现在的小波浪发型挺好看的。

她眼角笑了一下，说，真的吗?

我说，比以前的麻花辫要好看多了。

她拍了一下方向盘然后伸出一只手指着我说，你丫的闭嘴。

第二天，我的支付宝里多了一万块。

我一直到第二年才还清。

有一个人会用沾满清晨阳光的笔，

写出你孤独岁月里的叹息。

不是所有的过往总有歌声相伴

▷ 年轻的时候我们总觉得感人的是生死和血泪，
等我们慢慢长大了，
就会明白真正感人的可能只是多年前你午后不经意间的一个笑容，
而那笑容像邂逅一般被我轻轻撷取在心里开了花，
从此我念念不忘，
心里长出一片花园。

我想和大家说说我高中时候的故事，年轻的时候有很多人像我这样从他们的青春路过，是没有留下痕迹的甲乙丙丁，而他们却成了我很多年后的今天，追忆往昔时无法略过的回忆。

我高中时的一个朋友是徐太宇那样的“校园老大”，他叫陈猛。

早恋、抽烟、喝酒、文身、染发、打架，成绩差得让班主任抓狂，一到下课就让教室鸡飞狗跳。要不是他喜欢肖娜，我都要被他揍几次了，但是看在肖娜的面子上，他说，不见，让你跟我混。

我说，我不和你混，我和肖娜混。

陈猛就上前抓着我的衣领说，你和大嫂混个球。

我说，谁是大嫂？

陈猛说，肖娜啊，她是我女朋友，不就是你大嫂吗？

我说，屁，肖娜才不会和你这种混混在一起。

陈猛就要打我，我就跑，直接往肖娜的教室跑，站在肖娜教室门口的时候，陈猛像只笨重的犀牛一样才从楼梯的拐角冲出来，然后两只手撑着膝盖，整个身子像张弓似的气喘吁吁。

陈猛跑不过我，我一直以来跑步就很快，不知道是肖娜经常莫名其妙地要我跑腿，还是陈猛经常吓唬我的缘故，反正后来在打架这件事上我是从来没吃过亏，一看风向不对我就跑。也因为这样，陈猛每次出去都喜欢带上我，一遇到其他敌对的混混就说，不见，你快跑，去叫兄弟们。

我就撒腿跑，有些时候我故意慢点，因为他总是骚扰肖娜让我很不爽，我先去买点吃的，一边吃一边散着步去叫陈猛的兄弟。走着走着就想万一陈猛真的被揍死了怎么办，虽然我讨厌他，但是有他在至少没人敢欺负我，再说他对肖娜只是嘴巴上说说，从来不敢过分。想来想去还是觉得陈猛活着好，怎么算都是利大于弊，就把吃的一股脑儿塞进嘴里，然后发挥我神行太保的潜力去报信。

高二的时候，因为一个女孩，陈猛和五中的人结下了梁子。其实那根本不关陈猛的事，要不是那女孩穿着我们一中的校服，陈猛连看都不会看一眼。那次回家的路上，陈猛本来是想带我去喝啤酒吃小龙虾的。他有一辆钱江摩托，油门声超大的那种，一下课就拉上我说，走，去玩。我说，不去。他对我从来都是相当霸道的，一听我说不去，就把车熄了火，然后把头盔和手套一样一样摘下来，像慢动作回放似的。当他伸出手去摘墨镜的时候，我说，好，我去。然后他就把头盔丢给我说，下次叫你，别他妈磨叽，耽误我时间。

陈猛喜欢飙车，把那辆烂摩托开得跟兰博基尼似的，大路不走喜欢穿弄堂，等我脸色铁青了，他就飙够了。有次在弄堂里看见一群“杀马特”男孩在敲诈一个女孩，陈猛一加油门，摩托车像火箭一样蹿过去，油门声大得和打雷似的。本来陈猛只是想恶作剧一下，那几个“杀马特”对着陈猛说，干你老母，操。

陈猛一听，一个急刹。

我说，你干吗啊？

陈猛说，有人骂我们。

我说，是骂你好不？

陈猛说，那我就更不能当作没听到了。

我说，别惹事好不？

陈猛从摩托车上跳下来说，老规矩，不见，你骑摩托车去叫人。

我说，你大爷的，我哪会骑啊！

陈猛说，也对，你只会跑步，那你快跑。

我说，你说得轻巧，这里离县城十来公里，我回来你都死翘翘了。

陈猛一想说，也对。然后对我笑了一下说，不见，你不能每次一打架就跑啊，这样坐老二的位子没人服你啊，得了，这次就教你打架。陈猛下了摩托，右手抓着两只手套不停地往左手砸，我戴着头盔跟上来。陈猛拿手套砸在我头上，说，你戴头盔干吗啊？

我使劲把头盔摘下来说，安全啊。

“杀马特”说，你他妈谁啊，干你屁事啊？

陈猛走到女孩面前从上到下仔仔细细看她，说，你一中的？

女孩说是。

陈猛对“杀马特”说，一中是我的地盘，一中的女生要敲诈也是我敲诈。

“杀马特”说，今天不拿出50块钱来，她就别想走，还有你俩，要滚快滚，不然揍你们。

陈猛把两只手套放在我手上说，不见，你带她先走。

我“啊”了一声。

陈猛说，叫你带这个胖妹走。

我“哦”了一声，然后就对女生说，快走。

女生双手把书包抱在胸前跟我走。一个“杀马特”拦住我，陈猛飞起一脚踹过去，然后我梗着头跑，女生跟在我后面。我听见陈猛在后面说，操，还是跑得那么快。我跑到大路上，女孩跑出来的时候气喘吁吁，我一看，真丑。

女孩对我说谢谢。

我说，真要谢哪天请我们吃饭吧。

她说，好。

我说，你认识我们?

她说，一中还有谁不认识陈猛啊。

我说，那我呢?

她说，你不是陈猛的跟班吗?

我目光灼灼地白了她无数眼。

她笑起来，你是方不见呗。

那天我坐在那个弄堂口，一直歪着头看陈猛打架。陈猛五大三粗，膀阔腰圆，甚是厉害，那几个“杀马特”因为头发的劣势，总是被陈猛一把抓住一个，然后顺带一个耳光，像是打地鼠一样。最后陈猛全胜而归，我站起来拍拍裤管走到陈猛面前。

陈猛说，你跑哪儿去了？

我指了指弄堂口说，我一直坐在那里看啊。

陈猛说，你也不过来帮下忙。

我说，我不打架。

陈猛说，为什么？

我说，因为我怕挨打。

陈猛就大笑起来，他说，好，不见，下次一打架你还是跑，跑越远越好。

我说，这个不用你教。

那个女孩叫何静，胖胖的，一脸青春痘，但是她有个好家庭，她爸爸是公安局副局长。她说她喜欢陈猛。听到这个新闻的时候，我们笑得在地上打滚，陈猛说，谁敢在外面乱讲我就揍谁。

何静后来每天给陈猛写一封情书。陈猛从来不看。

我就和陈猛说，陈猛，何静挺好的，他爸是公安局副局长耶，以后你就不怕进局子了。

陈猛说，还是肖娜漂亮，我喜欢漂亮的。

我说，你滚，肖娜才不喜欢你。

陈猛说，我喜欢她就可以了啊。

我说，你就只配喜欢何静。

陈猛说，老子就喜欢肖娜，你能把我怎么地？

我气得踢了陈猛一脚。

陈猛说，好小子，和我打架是吧？

我又踢了他一脚，他就来追我，我就跑，这次我没往肖娜那儿跑，往何静教室跑。他跑得没我快，等他快要追到我的时候，我已经站在何静班级的讲台上，对着何静大声说，何静，陈猛喜欢你。何静的脸蛋绯红，陈猛刚好一个急刹车扒着教室的门。何静含情脉脉地走到陈猛面前，我站在教室的后门看着，被陈猛的表情笑晕。

后来，我就笑不出来了，因为陈猛竟然答应何静做他的女朋友。

我跟着陈猛走出教室，走过操场，走到体育馆。我说，陈猛，当着那么多人的面别开这样的玩笑啊。

陈猛说，我没开玩笑。

我说，你怎么可能会喜欢她?

陈猛说，因为她爸是副局长啊。

我说，你骗人。

陈猛说，因为她给我写了那么多情书啊。

我说，你放屁。

他突然双手抓起我的衣领说，方不见，这个玩笑是你先开的。

我不知所措地站着，陈猛把我松开，对着墙壁打了一拳，骂了一声，操。

陈猛和何静的爱情，是我心里一直胆战心惊的结，我不知道他们之间到底是怎样一种关系，我很害怕。

肖娜知道陈猛和何静在一起的时候愣了一下，然后接下来的日子便很少说话，后来我才知道，肖娜是喜欢过陈猛的，但是以肖娜的成绩和性格又是绝对不可能和陈猛在一起的，知道这些已经是大学时候的事了。

后来我想，陈猛和何静在一起只是想帮肖娜做出选择，而我却莫名其妙地点燃了导火索。

我和陈猛那次之后就很少见面了。高三，我努力学习，肖娜更加优秀，仿佛之前的日子只是一场没长大的游戏，一直到毕业，我和肖娜选择了南昌，陈猛选择了去新疆当兵。

毕业酒会上，陈猛过来找我和肖娜。

陈猛说，不见，你得好好照顾肖娜啊。

我说，肯定的。

陈猛说，不见，下次打架不能跑得比兔子还快啊，要让肖娜先跑。

我说，我死也不跑。

陈猛笑起来，没命的时候还是要跑的。

我低着头捏着手里的易拉罐。

陈猛说，我和何静分手了。

其实我一点也不惊讶。

肖娜说，你一个人去新疆要当心呀，听说那边很乱。

陈猛把手里的罐装啤酒一口气喝掉，然后站起来一甩臂把空罐子扔出老远，说，我还用人担心吗？

第二章

我们天各一方，有彼此情深

愿　有　深　情　可　回　首 ▶

有些记忆只是你执意用俗世的喧嚣来掩盖，
风一吹，
你依旧会一败涂地缴械投降。
你所有颠沛流离的岁月，
只是一个人的内心戏，
现实里你依旧不堪一击。
万水千山，
岁月流转，
磨不掉温馨过往，
情深意长。

和你讲一个蛮不讲理的故事

▷ 那时候不懂爱情，
就想一心地对你好。

大学里特同情一个朋友，名字就不说了，怕他看见了打我，再说影响他们夫妻感情我也是罪过。名字给他取个虚的，就叫他大羽啦。

大羽其实还是很帅的，除了眼睛和杜海涛有的一拼，人缘也很好，成天嘻嘻哈哈的。那时候我们就很奇怪，总觉得大羽应该是一个饱受凌辱然后内心扭曲的家伙，至少有点变态才比较符合他的人生轨迹。

他有一个女朋友，娇小可爱，脾气巨大。

有次大羽跑到我们宿舍痛哭流涕地说，兄弟们，这日子没法过了。

我们宿舍四个齐齐把目光从电脑上转到大羽身上。

胖子说，大羽，说出来，让哥几个高兴高兴。

大羽抓起桌上的烟却被胖子一把抢了回去。大羽说，有必要那么抠吗？拿来，就抽一根。

胖子说，先说事，看你到底值不值得同情。

大羽说，这次真的是很惨。

土豆说，你前面 159 次也是说自己很惨，到头来发现是来虐我们这些“单身狗”的。

大羽站起来，拇指摁进掌心，四指笔直靠着太阳穴说，我发誓，这次我真的要爆了。

大羽拿过耗子的烟抖出一根叼在嘴巴上说，我和我女朋友吵架了。

土豆说，又怎么惹到你家的娘娘了？

大羽说，这次我是坚决要和她抗争到底的，这不是个人荣辱的问题，这是替所有男同胞挽回尊严，太气人了。大羽一边说着一边摸过胖子的打火机把烟点上。

我们赞同地点头然后目光直直地望着大羽。

大羽说，这样看我干吗？

胖子说，有屁就放啊。

大羽说，你们这样盯着就是有屁也放不出来。

胖子说，我们还是玩游戏吧。

土豆正过身子去看电脑，我和耗子也仰靠在椅子上。大羽说，别啊，听我讲啊，你说上下五千年的男权社会关我屁事啊。

我一听，历史啊，就扭过头来看着大羽说，可以啊，你们俩开始学术交流了啊，这不是马上就要举案齐眉了嘛。

大羽说，扯，她是要对我进行文化的摧残、精神的蹂躏。那天我们在看古装剧，看着看着她就突然和我说，大羽啊，以后你要对我言听计从，我说东你就不能往西，我说西呢哪怕是黄河你也要游过去，我不高兴了你就要比我先哭，我要是高兴了，你残废了也要笑。我一听，大惊，剪着指甲的手一抖指甲钳都掉到沙发槽里去了。我说，凭什么啊？她就手一挥指着电视说，你看看，你们男人干的好事，以为自己很了不起是吧，不把女人当人是吧？我一看电视屏幕，是皇帝在教训妃子。我说，这是那个时代呀，现在不也没有了吗？她杏眼圆睁瞪着我说，那你现在还想有是吧，你是不是也想做做皇帝呀？说着她就赤脚站在沙发上居高临下地看着我。我一看，赶紧从沙发上跳到地上。

土豆看着大羽的表情，双手搭在椅背上说，然后呢？

大羽说，然后啊，然后我当然要据理力争，我说，你们古代不也有武则天吗，她不一样养男宠？不争还好，一争她就急了。她说，好啊，要和我清算是不？那历史上有几个武则天，又有几个后宫女人一大筐的皇帝？还有古代为什么女的要受罪裹脚，而你们男的不要？女的吃了几千年的哑巴亏，都是你们这帮男的干的，我现在要把女人失去的要回来，所以你作为一个男的不应该赎罪补偿吗？

我们一听都笑起来，然后整齐地对大羽竖起拇指说，完美，天衣无缝的理论。

大羽狠狠地抽了一口烟说，我就喊冤啊，我说，这关我什么事啊。她说，那你是不是男的？我说，是男的也不关我的事啊，我还没出生的时候女的就被这样欺负了几千年了，我一出生才过了二十年就被你欺负上了。她说，别狡辩，我想想就气，你说你们男的凭什么看不起女的？我说，我真没有啊。她说，这不关你的事。我说，是啊，不关我的事。她说，但是你必须为古今中外天下的男人赎罪。我双腿一软就坐在了地上。她说，下跪也没用。

土豆说，真丢人，还以为你真长本事了。

大羽说，我怎么就没长本事？这一次我是豁出去了。她说，喂，去把本娘娘的袜子洗了。我说，凭什么啊？她说，那去把客厅的地拖一下。我说，凭什么啊？她白了我一眼说，那去给我带个哈根达斯回来吃。我大叫，凭什么啊？她把手里的遥控器往旁边一放说，那你给我出去。我说，凭什么啊？她双手一撩袖子说，我不想看到你。我说，不想看到我你看电视啊。我捡起指甲钳准备继续剪指甲。她说，你出不出去？我说，不出去。她站起来说，好，你不出去，我出去。我一听我一个大老爷们怎么能让女朋友出去呢，就说好男不跟女斗，我出去。

胖子说，然后你就到我们这来了。

大羽说，我是没用的人吗？这么一点小事就跑到你们这里来，我还怎么混？我就出去买了一个哈根达斯准备回去哄她开门。网上不是说，吵完架出去，然后回来顺便买个菜，这才是温暖的爱情，我买了哈根达斯就往家里跑，可是我很快就发现网上都是骗人的，丫的她竟然拿走了哈根达斯还是不让我进门。

我们哈哈大笑起来，然后很快镇定地看着大羽。

胖子说，你还回去不？

大羽说，她不主动找我，我绝对不回去。

土豆说，就算她主动找你，你也不能轻易回去，除非她过来接你。

我说，是的，就把我们这里当作娘家。

大羽说，还是你们够兄弟，我觉得下学期我一定得搬回宿舍住。

胖子说，放心，娘家人会无条件支持你。

下午六点，大羽的女朋友打电话过来。

胖子说，别接。

大羽就把电话往身后的床上一扔。

电话响第二次的时候，大羽扭着头看了一眼。

电话响第三次的时候，大羽一转身扑到了电话上。

我们四个目瞪口呆地看着大羽。

大羽拿起电话说：

好。

没有。

怎么敢。

要吃什么，我买回来。

真没想饿死你啊。

马上马上。

大羽一挂掉电话就跑出门去，然后扒着门扭过头和我们说，我先回去了，下次再来找你们。

我们面面相觑。

胖子说，下次还让他进来吗？

我们齐齐摇头，再让这孙子进来我们就是他玄孙。

那时候不懂爱情，就想一心地对你好。

这是一个连短篇小说都嫌长的年代

▷ 在楼道口，
他女朋友穿着拖鞋健步如飞奔下来，
对他又推又骂，
看出来真是担心怕了，
他就在那里不解释傻笑着。
等骂累了，
他紧紧抱住女朋友，
女朋友挣扎了两下，
像只小猫一样窝进他怀里。

有天，一个朋友开车跑了六十公里来找我，连白酒都准备好了，推门提着两瓶五粮液往桌上一摆说，今天不回去了，给我整个地铺就行。

家里没下酒菜，我就带他去楼下的烧烤店边吃烤串边喝酒。

开始几杯的时候他大吐苦水说女朋友的不好，什么小家子气，脾气暴躁，回来晚点就生一晚上闷气。

多喝几杯声音就渐渐小了，说女朋友其实也不容易，刚在一起的时候买一件衣服都不敢去商场，在商场看好了，然后去淘宝买便宜的；看场电影不是选自己喜欢的，而是看美团网哪部影片有特价；去外面玩住酒店也是在美团上找便宜的，有些时候要找几个小时才能在旮旯里找到酒店。这四五年里，她从来没有在物质上抱怨我一次，她原来在公司追求的人多了去了，有房有车有金链子的她一个都没看上，怎么就看上我了？

喝得差不多有些醉了的时候，他往裤袋里摸了摸，然后像受到惊吓一样地把桌边的酒杯碰倒了。

他妈的，我手机呢？

别管什么手机，今天醉了去我那里就是了。

老子要回去的，不回去她又要一晚上睡不着了。

剩下的半瓶酒他说不喝了，然后拿着车钥匙就要去路边开车。他这副样子怎么开车，只能我送他回去，走高速四十分钟也就到了。在高速上，他打开窗子，对着冷风吹，吐了两次。那样子有点可笑，领带皱巴巴地偏在一侧，整个脖子通红像根萝卜。他躺在后座上开始絮叨起来，说自己真是亏待了女朋友，今天这样出来女朋友在家不知道要担心成什么样子，这么晚手机打不通，她会不会一个人傻傻地出去找，最近新闻那么多可怕的事情……他越想越急，脑门都是汗水，他开始焦躁不安地在后座催我快点，每遇到一个红灯就破口大骂。

到他住宅小区的门口时，他的酒已经完全醒了，理了理衣服。我本来该打道回府的，他非要拉着我上楼去和他女朋友解释。在楼道口，他女朋友穿着拖鞋健步如飞奔下来，对他又推又骂，看出来真是担心怕了，他就在那里不解释傻笑着。等骂累了，他紧紧抱住女朋友，女朋友挣扎了两下，像只小猫一样窝进他怀里。

后来，他们像风里的故事

▷ 很多时候我都觉得时间就像一个扬谷机，
把回忆这件事拎得一清二楚，
重的终归会落在你的眼前，
轻的就随风散去。

我在上大学的时候写过一些小说，大多发在一本叫《后来》的小杂志上，当然那时候我还不叫“方不见”。这些都不重要，我记得那时候我写过一篇小说，写的是一个甲亢女孩，是我在勤工俭学的时候认识的，真有其人，不过小说写得有些虚了，以致真发表的时候，都不敢叫人知道。

现在我想再写一写她和大成的故事，她叫楚娇，是我见过的女孩里为数不多几个有趣的。

很多时候我都觉得时间就像一个扬谷机，把回忆这件事拎得一清二楚，重的终归会落在你的眼前，轻的就随风散去。

那时候我大三，在学校后面的商业街找了一家手机店做兼职，楚娇也在，她也是兼职，但似乎并不受欢迎。她长得真不算好看，个子不高，脸大，而且脸蛋常年是通红的。我问她是不是高原人，她说不是，是江苏人。我印象里，江苏秦淮一带都是美女，可能她就是突变的那一个。

后来在一起共事几天，才知道她有甲亢，所以脸上总是通红。也因为甲亢，她特别闹，根本停不下来的那种，嗓门超大。讲个冷笑话，自己哈哈哈大笑起来。一起吃大排档，她划拳像江湖好汉。看场电影，她要哭就哭要笑就笑。

楚娇有个男朋友，叫大成，我认识，所以在手机店上班的时候我多少也会对楚娇有些照顾，加上几个活宝室友经常来玩，所以大伙都认为楚娇是我们一伙的，多半也客气了不少。

大成是怎么喜欢楚娇的，鬼知道。两个人看上去是极不般配的，大成人高马大，体育系，家境也好，什么勤工俭学的事在他眼里就是四个字：关我屁事。

其实我认识大成也是个巧合，和体育系的相识本来应该是在球场上，但是和大成相识却是在路边的大排档。事情是这样的，我得了一笔稿费，请宿舍几个兄弟去吃香辣蟹，后来喝大了，胖子摇摇晃晃撞到了旁边一个“绿茶婊”，“绿茶婊”用标志性的声音尖叫了起来，硬说胖子趁机非礼了她。

和“绿茶婊”一起的是一些街头混混，事情变得有些难堪。打架我们四个也不是对手，耗子和胖子还可以，我和土豆基本可以归为妇孺类别。

“绿茶婊”说，要不赔 1000 块，要不就去警察局。

胖子说，你有病啊，你这种货色也要1000块?

“绿茶婊”的脸马上绿了，然后旁边的几个混混抓着酒瓶站起来。

土豆说，你们这是敲诈。

其中一个混混说，老子就敲诈你怎么了？他把手里的酒瓶横过来对着土豆。

土豆那时候就是一个知道花钱消灾的主，他说，别拿酒瓶吓我，老子给你钱。

胖子说，嫖妓的钱和牌桌上的钱一样，老子可不还。

我看了一下那姑娘，她脸一阵红一阵白的。

胖子哈哈大笑，我也不禁一笑，也算是解气了。土豆把1000块钱数出来放在桌上，然后大成过来把钱塞回土豆手里，那时候我们还不认识大成，不过马上就认识了。

大成特帅地给了那个抓酒瓶的家伙一个耳光。大家都蒙了，不知道这是哪一出。那天还是打了一场架，我和土豆站在一边，其实大成一个人就可以搞定，但是耗子和胖子还是加入了战斗，后来他们说还是丢脸了，让友军成了主力军。

楚娇喜欢跑去看大成打球，可是大成超不愿意。

楚娇说，小成子，想不想让本小姐给你加油?

大成说，不想，给我加油的美女多了去了。

楚娇说，她们那小绵羊一样的加油声有个屁用。

大成说，求求你别去了。

楚娇说，滚。

楚娇是这么加油的，站在观众席上，挥着一条写着大成名字的红旗，又蹦又跳，而且声若洪钟。观众席上的人都特反感楚娇，楚娇只要一加油，对手那边的观众就嘘声一片，而自己这边的观众就哈哈笑着起哄。有一次，队友被惹毛了，觉得自己的球队就像被人当作猴子一样看，冲到楚娇面前大声地说，大成不说你，你还神经得没完没了了？

大成冲上来猛踹了队友，然后把队服脱下来学着楚娇的样子挥舞起来，一边挥一边大声喊着加油。楚娇笑了，眼睛里都是泪花，大成对楚娇抛了一个风骚的媚眼，然后把队服往台下一扔，拉着楚娇大摇大摆走出去。

大成的教练疯了。

大成的队友崩溃了。

大成成了全校的大笑话。

楚娇说，我不该去的。

大成说，说什么傻话，你不去我们队怎么可能赢？

楚娇说，我知道自己有病，对不起。

大成说，你那哪是病，你那是可爱，如果可爱都是病，那全天下人都希望自己有病。

后来，楚娇和我们说，哪有人把甲亢说成什么可爱病的，真要被他气死。有时候我一个人本来就很尴尬了，可是他硬要牵扯进来。有次去机场接他父母，我一时没有控制住，就大喊了一声，喊的什么我也忘了，反正声音超大，整个候机大厅的人都看着我，我尴尬死了。然后大成声音更大地喊了一声，接着伸出右手比出一个出招的姿势。我们俩就像傻子一样在候机大厅里比画了一下高手过招的姿势。

我们之前和朋友出去玩，大家玩一个游戏，输了就要表演小丑，我输了，大成说他来替我，可是朋友都不答应，我倒无所谓，就让他们在脸上乱画，其实也算不上乱画，给我画的是个学美术的。大成不高兴，一个人去了小屋。画好了我就和朋友们玩去了，把大成忘了，几分钟后大成张牙舞爪地从小屋出来，然后我们一起笑趴在地上，他自己给自己画了一个超级搞笑的大花脸。

去大理跟团游，我一激动就喜欢讲话，说话大声没分寸，一路上叽叽呱呱不停，想着一个笑话就讲，想着一件有趣的事我也讲，反正脑袋里有什么都讲。因为大成在，或者是大家接下来的旅行毕竟都是在一起也就都给面子，我一讲完，大家都会笑笑。我对面的、旁边的、隔壁的都很友好。后来我后面的人拍了拍我的头发，说，你是不是甲亢？神经病，吵死了。我当时真不知道怎么办，真是尴尬死了，大成站起来一把抓住那人拍我头发的手，给了他一拳说，你他妈才甲亢，你全家甲亢，你祖宗十八代都甲亢。后来我们被导游赶下了车，大成说，媳妇，世界上怎么会有那样的傻逼，一点幽默也不懂，活该长了一副驴脸。

毕业后，大成和楚娇在一起了，他们似乎也是大学的朋友里面唯一在一起的一对。2014 年他们结婚，我们宿舍四个都没去参加，不知道是因为距离远了，还是心构起了城墙。2015 年 6 月，我和耗子、土豆在酒吧小聚，耗子拿出手机说，我给你们放一段视频。

视频是楚娇的生产过程，一群医生护士围着楚娇，楚娇满头大汗，大成围着产房转来转去，他们不时有些对话。

大成：媳妇，拿出你的肺活量来，你当年可是有着狮吼功的。

楚娇：你大爷，肺活量你拿出来我看看，还有，你现在嫌弃我嗓门大了？

大成：媳妇啊，我唱首劲爆的歌给你听，大河……

医生：你别在这里瞎闹。

大成：媳妇，以前你声音大，别人瞎逼逼事多，现在吼出来，用力。

楚娇：闭嘴，你有本事来陪老娘生娃。

大成骨碌躺在地上，双手抱着肚子，声若洪钟地模仿楚娇的声音喊出来。

……

我们三个相望一眼，然后肆无忌惮地举起酒杯边喝边笑。

爱你就是站在你身前，然后和全世界说，要想伤害你，得先过我这一关。

一个文身师见证的爱情

▷ 其实每一个来文身的人都是想铭记一个人，
可是真正的铭记靠一个文身又能留下什么。

朋友是个文身师，超酷。满身的青龙白虎飞鸟走兽，一个人的身上文下了一个动物园。

他的工作室在闹市区的一条小巷子里，装潢一点也不走心，简直亵渎了文身这个自带装逼特效的行当，墙上没有一张花团锦簇的文身图案，只是在桌上放着一本装裱得像日记本似的样本画册。

朋友年轻的时候风流，人也长得极帅，一米八的大高个子，清秀的脸庞，什么发型都能很轻松地驾驭，穿衣搭配也随随便便就穿出韩版风格。不像我，穿个宽松的运动裤都像晨练的老大爷，所以和朋友走在一起，我很有压力。

朋友前年回到深圳，开起了这家文身馆。

开馆的时候他和我开玩笑说要给我文一个丘比特。我是对文身从来不感冒，连连拒绝。

他这里生意不好，每天闲着就在电脑上下下四国军棋，或者一个人跑到门口泡起工夫茶来。日子渐长，生意倒是没有，每天总有几个姑娘远远看着。

我下班早或者周末会去他那里坐坐。我和他说，何必呢，找个工作再怎么也比守着这个店强。

他说，自在惯了，厌倦了朝九晚五为生活奔波的日子。

我说，你这也能挣钱吗？

他笑了笑说，不见，其实每一个来文身的人都是想铭记一个人，可是真正的铭记靠一个文身又能留下什么。

然后他和我说其实他是想做一个爱情文身师，见证这座城市来来往往的爱情，然后在四十岁的时候写一本书。他告诉我有很多刚恋爱的情侣为了想让爱情天长地久总会来这里在彼此的身上文上对方的名字，然后几个月后又纷纷将彼此的名字洗掉。

我笑了笑和朋友说，那是他们年轻，谁年轻的时候遇见了类似爱情的东西不抱着飞蛾扑火的心啊。我高中那会儿，有男孩割破手指把血滴进许愿瓶许愿，现在看起来多么幼稚，可是在年轻的时候爱一场，又有什么可苛责的。

朋友尴尬地笑了笑说，不见，有些事情你不会明白的，我以前也不知道，开了这个小店的时候才明白，有些人在一起根本谈不上爱情。我现在看人可准了，一对情侣进来，只要看他们彼此在一起五分钟，基本上可以判断他们能在一起多久。

我奇怪地看着朋友。朋友说，其实两个人在一起，合适的时候彼此都是会放光的，不管是神情，还是说话方式都让人舒服，他们每说的一句话几乎都是脱口而出，那么自然，却能在彼此心头盘旋，安全着落于心间。而貌合神离的情侣则不一样了，彼此明明都是棱角，却努力收敛，每一句话都裹藏着心机，来这里刻上彼此名字，也只是临时起意，似乎不想留下不爱的话柄，两个人鼓着劲做一件彼此都心不甘情不愿的事。

屋子外面的阳光在门栏处停息，我和朋友说，你这本书肯定卖不出去，有太多世俗的爱情像一摊淤泥。

朋友笑起来，淤泥里也会有珍珠，我会为珍珠洗净淤泥。有一个女孩一个人来文另外一个人的名字。

我奇怪地看着朋友。

朋友说，她一个人来的，说要文一个男孩的名字。我和她聊了几句，无非就是刚失恋几天，心里忘不掉。这样的事我也见多了，很多姑娘都是刚分手那会儿以为整个世界塌了，要死要活的，后来时间一长，也就忘得一干二净。我就给姑娘 DIY 了一个文身贴，姑娘一看就是从来没有文过身的，好了的时候瞪着眼睛问我，好了？我差点笑出来，然后说是呀。她说一点都不痛。

我说，后来呢？

朋友说，两个月后，她回来找我，那个文身贴已经渐渐淡去，她一进来就和我说，你骗我。我说，没骗你呀。她指了指肩膀上的文身说，这是文身贴，我不要文身贴，我要你给我文上去。我坐在椅子上，望着她，姑娘的眼里含着眼泪。我和姑娘说这世上没有什么过不去的，既然都已经分手了就更没必要文上一个人的名字，你还年轻，还会有大把大把的追求者，要是你有什么故事可以和我讲。

你猜姑娘怎么说？朋友端起茶杯看着我笑。

我说，和你讲了一个感天动地的故事？

朋友说，姑娘说你先文上我再和你讲。

我说，你就给她文上了？

朋友说，是呀，我本来要按照老路子文在她肩膀上，可是她说这一次文在脚底。于是我就给她文，一边文她一边大叫，明明那么怕疼。我文得满头大汗，等过了两个小时，终于好了，她开口说了第一句清晰的话。

朋友停了一下，看着我，意思是，你该问我是什么话。

我偏没问，朋友憋了足足一分钟，然后自己接着说，姑娘大骂了一句，黄毅磊，你特么名字可以再恶心点吗？这么长，老娘这一次要把你封印在脚底板，每天把你踩在脚下，看你还能不能跑那么远，去了阿联酋了不起啊？把你封印在我脚下，你迟早会回来的！

我笑喷，朋友也哈哈哈笑起来，那个姑娘还说，这可是我姥姥告诉我的魔法，把爱人的名字文在脚底，他就一辈子逃不出你的世界了。

连分手都是彩蛋的爱情，曾经一定是欢笑多过眼泪。

所谓相爱，就是嘴巴上老死不相往来，心里面缴械投降

▷ 他媳妇在电话里哇地哭了出来，
说都是她的错，
不应该怀疑老徐，
其实她知道老徐老实，
没想怪他。
在医院里一直折腾到天亮，
他媳妇始终坐在病床前双手紧紧捧着他的手。

老徐是朋友里面唯一一个对酒精过敏的人，连啤酒也不能喝。

老徐是个实在人，大家一起聚会，酒桌上玩点小游戏，为了不扫大家的兴，老徐自己想了一个法子，喝啤酒的话，一杯啤酒顶一杯可乐，喝白酒的话，一杯白酒顶一杯火锅汤底。

老徐是广东湛江人，对辣椒有着先天的畏惧，每次干掉一杯火锅汤底，就要离座打一套莫名其妙的拳，最后总是以拍打胸脯结束。我和老徐开玩笑说，你的表情可以整出十几个表情包来了。老徐大度，他说只要红过尔康就行。

有天夜里，我快睡了，老徐电话过来说被媳妇轰出家门了。

我说，你烟酒不沾，嫖赌不靠，在家里玩个游戏也会被轰？

老徐说，你别说风凉话了，快下来接我，我得在你这待两天。

我操，这小子是先斩后奏，竟然已经到我家楼下了。

我穿着睡衣跑下去说，你和媳妇吵架干吗直奔我家啊，万一我约了人怎么办？

得了。老徐挤进电梯说，快上楼去，老子都快冻死了。

一进房间，老徐就跳到沙发上，说，不见，你先打个电话给我媳妇说我在你这。

我不打，要打你自己打。我拿起遥控器打开电视，然后站起来去冰箱拿了一盒牛奶掀开盖子喝了一口。

帮兄弟一个忙。老徐说，不然我媳妇万一担心怎么办？

我说，担心还把你轰出来，你别自恋了。

老徐一副鄙夷的表情望着我说，你这个“单身狗”懂个屁，相爱就是嘴巴上老死不相往来，心里面打开城门缴械投降。

OK。我把牛奶放回冰箱，走到老徐面前说，我算是明白了，你是来虐狗的，好，今晚你睡沙发，拜拜。

老徐使劲拍了一下沙发，不见，我不和你贫嘴，帮我打个电话，明天请你吃澳洲大闸蟹。

你早说嘛，别说是打给你媳妇，打给你情妇都可以。

我可没情妇。

别紧张。我看着老徐说，电话还没接通。

老徐的媳妇最后一句话是，让他死在你那儿就是了。

看来老徐是真惹出了事。

老徐抓着脑袋和我说了经过，我笑得扑倒在地。他媳妇晚上去外面做 SPA，老徐是个宅男，就在家里打游戏。他媳妇可能是想逗逗老徐，或者是一边 SPA 一边无聊翻手机发现 QQ 还有一个匿名聊天功能。

匿名：你现在还过得好吗？

老徐：你是谁？

匿名：你别误会，我知道你有女朋友了，我只是想知道你过得好不好。

老徐：你到底是谁？

匿名：我知道生活会让你忘记我，我不怪你，但我忘不了你，感谢你陪我度过整个大学时光。

发到这里的时候他媳妇已经笑得脸抽了，老徐却沉浸在了一段漫长美好的情愫中，他生平第一次冒着坑队友的坏名退出了战斗，然后内心汹涌澎湃地发出了一行字：你是何华吗？

他媳妇的脸立马阴了下来，然后用她心理学硕士严谨的逻辑思维为老徐布下了一张网。

匿名：我真的很开心你想起我了，说明你的心里还有我。

老徐：你怎么了，听说你不是已经结婚了吗？

匿名：是啊，可是离了，他对我不好，在外面花天酒地，现在我一个人无家可归。

……

匿名：我现在到了深圳，不知道该去哪儿。听说你也在深圳，你能帮帮我吗？我不要钱，只想你能帮我找一份工作。

老徐：找了住的地方吗？

匿名：没有，我现在想见见你。

……

匿名：你要是不方便的话就算了，我知道打搅你很不礼貌。

老徐：你不要想多了，你在哪儿，我过来。

他媳妇立马火冒三丈，掀掉脸上敷着的面膜，大步走出 SPA 馆，一边拦车一边发信息给老徐，地址就定在离家不远的咖啡馆。

老徐当然对这个圈套全然不知，还沉浸在对往事美好的回忆里不能自拔，他换了一身干净的衣服，该死的是竟然还一时激动拿起媳妇的香水往身上喷了一点。

老徐坐在咖啡馆靠窗的位子，然后就等来了自己的媳妇，后面的画面可以想象。

我笑得在沙发上打滚，老徐一脚把我踹下去说，不见，你倒是给我出个主意啊，这下我是彻底栽了，真没想到我媳妇竟然还有特务气质。

我双腿盘着坐在老徐的身边说，你还算幸运，哪天被“仙人跳”了才是玩完了。

老徐一脸困惑地看着我，啥是“仙人跳”？

然后我又和老徐解释了一下“仙人跳”的意思。

老徐听完后连连摆手说，我没那个意思，我就是想帮帮她，那方面想也没想。

两顿澳洲大闸蟹，要在四季酒店。

老徐一手抚着心口一边说，不见，我媳妇刺了我一刀，你还落井下石。

老徐，你说我容易吗？你看看现在都几点了，一点钟了，我想吃两顿大闸蟹怎么了？我声泪俱下地说，你知道老子已经吃快餐吃了两个月了，你永远不会明白一只“单身汪”的悲情历史，而且我忍着内心崩溃边缘的剧痛还要调节你们小两口鸡毛蒜皮的小事。

那不是鸡毛蒜皮的小事。老徐正色道。

好好，那不是小事。我说，那吃两顿澳洲大闸蟹就是大事，你看看你媳妇连两顿澳洲大闸蟹都比不上，我看你还是去找小华华算了。

老徐口讷，在自己的逻辑里迷失了方向，面红耳赤地说，我请你就是了。

要四季酒店的。我乘胜追击。

四季酒店就四季酒店。

我给老徐出了两条计策。

下策：整个小号让你媳妇就范，然后你就和她扯平了。

老徐听完又一脚把我踢下沙发，对我愤怒地吼，不见，你丫出的是什么狗屁主意？用这招我彻底死得快，你知道我媳妇吗？心理学硕士，跟她玩这个我还不如直接在门口长跪不起。

上策：我打电话给你媳妇说你悔恨交加，一时没忍住喝了一瓶二锅头。

老徐托着腮帮想了一会儿，然后还是一脚把我踹下沙发，说，方不见，我喝一瓶二锅头还不去了半条命。

又没让你真喝。我屈辱地再次从地上爬起来，要不是看在两顿四季酒店的澳洲大闸蟹的份上我早就暴揍这丫一顿，竟然在我的地盘上撒野。

我重新坐上沙发和他说，等你媳妇来了，你只管抱着她就行，然后扇自己几个耳光这事铁定就过去了。

老徐又托着腮帮想了一下，然后一抬手，我赶紧从沙发上跳起来退后两步。

你说的有道理。老徐的手落到沙发上，快点给我媳妇打电话。

我一看时间，一点半了。

老徐，你媳妇会不会睡着了？

老徐一仰头，她肯定没睡，老子不在她铁定失眠。

我打电话过去，他媳妇很快接了电话，听声音应该精神着，我就把想好的台词说了一遍，他媳妇在电话里骂了一句，这鳖孙，然后就挂了电话。

我和老徐坐在沙发上看午夜剧场，老徐焦躁地在房间内走来走去，突然和我说，不见，你这有白酒吗？

我说，你要干吗？

老徐说，我越想心里越不踏实，要是被我媳妇知道我又在骗她我肯定完了，不见，我追我媳妇苦啊，我真的是爱她的，现在一想到要是她一狠心和我断了，那我真是不活了。

你是不是男人啊？

我要媳妇。

你能不能有点尊严？

我要媳妇。

真是丢人现眼。

我要媳妇。

你安静点！

我要媳妇。

酒在柜子上。

老徐说着抹着眼泪去柜子上拿酒，然后喝了一大口，然后浑身猪肝红，脖子上手臂上起了一大排触目惊心的红色疹子。

我回过头去看着这副模样的老徐嘴里大骂一声。然后马上开车送他去医院，在路上的时候赶紧和他媳妇通电话说，老徐转院了，去了市人民医院。

他媳妇在电话里哇地哭了出来，说都是她的错，不应该怀疑老徐，其实她知道老徐老实，没想怪他。

在医院里一直折腾到天亮，他媳妇始终坐在病床前双手紧紧捧着他的手。

我开车回去的路上，望着这座晨光微曦的城市，忽然有一种从未有过的孤寂感，它像静伏于岁月暗角的猛兽，在这一刻将我猛然撕裂。

我们天各一方，有彼此情深

▷ 他在房间里走来走去，
一边抹着汗一边把《芈月传》的剧情乱讲一通，
就老洪那记性要是看两遍能记住剧情，
那就不是老洪了。

有个同事住在我隔壁，一天夜里差不多十一点的样子跑过来敲我的门说，不见，帮个忙。

我说怎么了？

他说你过来一下。说着就扯着我的衣服把我往他房里拽。

他房间到处凌乱，电脑开着，桌上摆着一些零食。他一屁股坐到电脑桌前，然后把旁边的 iPad 给我说，和我媳妇聊聊。

我去，老洪，你是不是傻啊？大半夜叫我到你宿舍和你媳妇聊微信，你还不如直接把她微信给我，我回去聊。

老洪拍了一下桌子说，不见，你丫的想哪去了？昨天答应我媳妇追《芈月传》的，可是我连《甄嬛传》都没看过，哪会去追剧，再说你看看我这边忙着呢，哪有时间看，你知道我不是坑队友的人。

那你就坑我?

老洪看着我，然后想了想说，难道我们兄弟之间还有一顿烤鱼解决不了的事?

成交。

然后老洪就戴着耳机玩游戏，我就以老洪的身份和他媳妇聊《芈月传》。幸好我昨儿看了，也还算应付得过来，他媳妇说一些敏感的话，我就大声读出来让老洪裁决。

他媳妇：老洪，我们也要生个像小芈月那样的丫头。

老洪：生个鬼丫头，给我生个大胖小子。

我就把原话打成字发过去。

他媳妇：老洪，你不是说你不重男轻女的吗?

老洪：带把的多威武，我就看不惯那些魔术师，尽使阴招。

我又把原话发过去。

这下老洪桌上的电话响了，他看了一下手机屏幕，然后一激灵从凳子上跳起来，接着从我手里抢过 iPad，翻了两页就崩溃了，然后赶紧把游戏退出来。

我说，你不玩了?

老洪打开百度，然后输入“芈月传”。

我说，你坑队友了。

老洪说，不见，我被你坑死了。

我说，是你说的，我写而已。

老洪抓了抓脑袋，然后把百度里的剧情念了两遍，接着回电话给媳妇。

他在房间里走来走去，一边抹着汗一边把《芈月传》的剧情乱讲一通，就老洪那记性要是看两遍能记住剧情，那就不是老洪了。

看着老洪越来越招架不住的样子，我都想笑了。他一会儿说东一会儿说西，撒个谎漏洞百出还要硬撑下去。

后来，老洪的声音越来越小，最后就变成了一连串的对不起，我不知道电话那头他媳妇说了什么，只听老洪说话。

老洪：我错了，我没看《芈月传》，我真的看不下去啊。

老洪：我在玩游戏，以后不玩了。

老洪：《芈月传》好看，游戏不好玩。

老洪：是发自内心的。

老洪：再阳奉阴违我五指残废，彻底告别游戏。

我对老洪竖起了拇指。

老洪：谢媳妇不杀之恩。

老洪：给娘娘跪安。

老洪挂掉电话，然后拍了拍胸脯说，妈呀，好险，吓死宝宝了。

我拿起 iPad 跟他说，大哥你看完好不，你往上翻一点好不？

其实他媳妇早就知道不是老洪在和她聊天。两个人在一起那么久，怎么会连说话的方式都分不出来。他媳妇只是想逗逗他，其实从一开始也没指望老洪会和她一起追剧。我呢，就顺带观摩一下小两口之间实力不对称的战争，然后被彻底虐成狗。

我们天各一方，有彼此情深。

早知道追你这么耗体力，我就应该多吃点

▷ 在所有温暖的爱情里，
没有什么比两个胖子相爱相闹更让人觉得世间美好了。

昨天土豆打电话和我说，不见，来，我请你吃饺子。

我说，不去。

土豆说，耗子从广西出差回来，过来一起聚一下。

我赶到新城市广场的时候，已经快八点了，土豆的车就停在路边，看来他们来得很早，不然这样的黄金停车位哪有那么容易碰到。我打电话给土豆问他们在哪，土豆说在车上，我上前敲了敲车门，土豆摇下车窗，里面放着音乐开着暖风，耗子坐在副驾驶的位子睡着了。

耗子和土豆下车就打了一个哆嗦。土豆说，妈的，真冷，还是车上舒服。

耗子说，深圳的冬天很短，都珍惜吧。

我抬头望了一眼这座灯火辉煌的城市，楼宇高得像迷光森林。

土豆说，别看了，快走。

我拍了一下耗子说，搞得老子差点伤感起来。

吃完饺子，身上有些热，我把轻羽绒服脱下来搭在椅子上。

耗子说，你们还记得大春和慧子吗？

土豆笑了起来，两个胖子。

我说，就是特意买了一个冰箱，把夏天的冰激凌一直放到冬天吃的那对活宝？

耗子说，我见到他们了。

土豆兴奋地问，他们是不是还拿冰激凌就着辣椒酱吃啊？

耗子说，这个我就不知道了，他们现在自己开了一家店，再也不愁吃了，前面是餐厅，后面是小卖部，也算是其乐融融。

大春是个游戏好手，可以坐在电脑前面一天不动一下，但是身子不动，嘴巴要动，而且是不能停的那种。一到周五，大春就呼啦啦去超市买来一大堆零食，两只手一边提着一个超市大号塑料袋满载而归。接着整个周末就是吃啊吃啊、玩啊玩啊。

大春和惠子是在吃自助餐的时候认识的。两个人本来是在两桌，不知道怎么吃着吃着就杠上了，都觉得天底下没有比老子更能吃的了。他们从吃丸子开始比试，吃着吃着，觉得丸子太胀人，划不来，就比吃虾，可是都还没吃过瘾，老板一看，这两个主不是善茬啊，就不上虾了。大春和慧子一看，老板牛啊，要是放之前我砸了你的店，但现在大敌当前就先放你一马。然后他们从豆腐吃到火腿吃到青菜接着喝饮料。后来大春说，不喝饮料了。慧子说，那吃什么？大春说，吃调料。慧子哈哈一笑，欣然应战。

吃了半碗，大春说，敢不敢用冰激凌蘸调料吃？

慧子说，不是我吹，这世上还没我不敢吃的。

那天老板受不了了，所有人都放下筷子看着大春和慧子。老板说，你们别吃了好吗？店小利薄，经不起你们吃啊。大春说，你这冰激凌是假的不好吃。慧子说，就是，牛奶含量太少。大春说，走，请你去吃正宗的。慧子说，谁怕谁。老板颤抖地拿出一百块钱给大春说，同学，下次别再来了，留条活路。

大春就那次爱上了慧子。他说，我以前也想娶一个刘亦菲那样的，可是现实却给了我一个贾玲那样的，我在慧子和我一起冰激凌蘸调料吃的时候就觉得这女生会和我在一起一辈子。

慧子其实开始的时候不喜欢大春。她的理由很简单，大春根本吃不过她。大春不服气，总想着找慧子再战，慧子无所谓，因为他们有言在先谁输了谁埋单，每次最后都是大春输。那段日子，他们转战南昌各个自助餐餐厅，到最后只要是自助餐餐厅都知道了这对“奇葩”。也是那时候大春被活活吃穷，以前每个周末是两大袋零食，后来每个周末都跑到干货店去称两斤瓜子，一边嗑一边玩游戏，反正他的嘴巴是绝对不可以停下来的，好像停下来身体的机能就会丧失一样。

后来有一次，吃着吃着，慧子突然脸色很难看。

大春就捧腹指着慧子哈哈大笑，不行了吧，我就说了，老子怎么可能一次都赢不了。

慧子说，我感觉不舒服，送我去医院。

大春说，少装蒜，除非你承认你输了。

然后慧子扑通就倒在了地上。

大春一看就慌了，然后抱起慧子就往外面跑。那个重啊，一个胖子抱着另外一个胖子，远远看去就像两坨肉在晃荡着。

大春非常勇敢地径直把慧子抱到了医院。

慧子醒来的时候没看见大春，过了会儿看见大春拿着两个烧饼边咬着边走进来。慧子说，你消化得怎么那么快？

大春狠狠白了慧子一眼说，老子直接把你抱到医院，你丫的知道自己有多重吗？消耗了我多少能量啊，那顿算是白吃了，下次记得要赔我。

大春忽然想起来，好像忘记问医生慧子是怎么回事了，就和慧子说，你是不是撑着了？我就知道你不行。

慧子说，放屁，我从来就不知道撑是什么感觉。

大春说，嚣张，敢不敢再比试？

慧子说，谁怕谁是孙子。

医生说，你们还吃，再那样吃就不要送医院了，直接打火葬场的电话吧。

大春说，有那么严重？

医生说，她的胃撑不住了，现在要多吃水果蔬菜调养。

慧子出院之后和大春说，还比不比？

大春说，不比了。

慧子说，我没事。

大春说，你要多吃水果。

慧子说，不吃。

大春说，你要多锻炼减肥。

慧子就笑，你个死胖子还好意思说我。

大春说，我们比减肥吧。

慧子说，那我要吃水果。

大春说，一起减肥就给你吃水果。

慧子说，那我要吃猕猴桃。

大春说，没问题。

慧子说，要吃哪种没熟透的，很硬的那种。

大春说，随便。

慧子说，你要帮我剥皮。

大春说，你得跑赢我。

慧子说，我从来没输过。

此后学校里每个夜晚，都有两个胖子在操场上像两座山似的移来移去，大春像个教练一样一边看着慧子一边倒着跑，嘴里一直喋喋不休，猕猴桃好吃，猕猴桃酸，猕猴桃子迷猴子，猴子迷上猕猴桃。慧子崩溃地追着大春打，一边追一边说，你给我闭嘴。

跑得实在太累了，他们就随地一躺，看着深灰色的天空，红色的跑道。大春将就着歇一下，然后哒哒哒跑去厕所洗个手出来帮慧子剥猕猴桃的皮。按照慧子的要求，那种猕猴桃超硬，要剥个皮几乎就是用指甲一小块一小块把皮掀了。

只是每次大春剥猕猴桃皮的时间都是晚上，其实被他剥过皮的猕猴桃都超级丑陋，表面坑坑洼洼的。慧子吃不出来，只有大春知道每次回宿舍指甲缝隙里钻心的疼。有一次剥着剥着，大春留着的指甲断了，他心一凉，但是慧子躺在跑道上催他，大春，你快点好不？剥个猕猴桃的皮都这么磨叽。大春一笑，别催了，马上好。然后一咬牙忍着疼痛继续剥，大春剥好给慧子的时候，慧子起脚踢了一下大春的背说，你个娘们，真慢。然后大咬了一口，说，咦，怎么有点腥味？

大春和慧子也是大学里面很让人羡慕的一对，虽然他们不是才子佳人，也不是帅哥美女。很多人都和大春说就追那样一个胖女孩用得着那么费心吗？大春说，早知道追女孩这么辛苦，就算是刘亦菲我也不追了。慧子说，你后悔了是不？大春说，能不后悔吗？每天要我从一楼把你背到六楼，我真后悔开始追你的时候没有再多吃点。

耗子说，不见，你知道大春和慧子现在天天在为什么事拌嘴吗？

我说，难道还在比食量？

土豆说，我觉得肯定为谁偷吃了薯片争吵不休。

耗子说，哪里，大春每天就念叨，慧子啊，你这个胖子怎么配得上这么小巧玲珑的名字啊？

我和土豆立马笑作一团。

在所有温暖的爱情里，没有什么比两个胖子相爱相闹更让人觉得世间美好了。

既然这么能吃，那就谈个恋爱呗

▷ 你去给别人庆祝，
你坐在昏暗的角落里，
吃得满嘴油腻，
举起酒杯在庆祝的同时却会偷偷祭奠还没有到来的爱情，
你装作满不在乎，
你想啊，一定要用食物填补内心的空洞，
你就吃吃吃，
你想体会那种感觉吗？

我同事老洪是个正儿八经的人，喜欢玩游戏，比我大两岁，有妻有儿。另一个同事也比我大两岁，却和老洪完全不同。他姓项，大伙就叫他大象。

大象白胖，喜欢冒充“90后”，是全公司出了名的吃货，两天不出去加个餐就觉得人生没了指望。四月份的时候公司效益不好，薪水可怜，大家都在缩衣减食的时候，大象每天依然满嘴油光。

我问他，大象，去和老母猪抢食了啊？

大象白了我一眼，说，滚。

我说，大象下次有大餐叫我一声啊。

大象说，组织上规定不带外人。

我想，天底下竟然还有这等混吃混喝的组织？就赶紧拉着大象说，象哥，和组织说说收了我。

老洪说，把我也收了。

大象断然拒绝了老洪，结婚了的不可能。

我就用一副单身光荣的表情看着大象说，那我呢？

大象打量了我一下说，不见，你小帅了一点，会吃亏的。

我嚓，我看着大象，想着难不成是个gay趴，或者什么见不得光的淫乱组织？就盯着大象看。

大象说，你丫的看什么啊？

我说，大象你弯的还是直的？

大象说，屁话，老子纯爷们。

我说，那你和老洪同龄，为什么他有妻有儿了，你还光棍？

老洪一副报仇雪耻的表情咬牙切齿了半天突然间词穷了，然后绷着脸，大象，你个娘炮。

大象急了，抓起桌上的书就要打老洪。我拉住他。他说，老洪人身攻击。老洪说，凭什么结婚了就不能混吃，你这是歧视。大象说，组织里都是单身的，你凑什么热闹？要虐一群狗啊，不怕被打死？老洪说，我可以说我是单身啊，难道会去查户口？大象说，进组织是要发毒誓的，要是骗人就妻离子散，永世不相见。老洪倒吸了一口凉气。我说，卧槽，这么狠，老洪你还是别掺和了。

大象哈哈大笑看着老洪说，还要来不？

老洪绷着猪肝脸说，来个屁，有必要玩这么大吗？

大象说，不是也没办法嘛，像你这样的人太多了。

老洪一副你牛你吃屎的表情转身回了自己的办公桌。

我好奇心上来就拉着大象说，这组织，我可以进，我单身啊。

大象说，不见，我目测你很快就会有女朋友，划不来。

我汗，盯着大象说，别瞎磨叽，快说那个神秘组织。

大象神秘一笑，然后手指电脑，点开 QQ，鼠标急速下滑，小箭头在一个名叫“脱单请客 5 群”的地方停住，接着双击进去。

我一看，好家伙，大象是群主。

我问大象为什么是 5 群。

大象感慨地说，因为 1、2、3、4 群已经牺牲了。

我说，怎么会牺牲呢？

大象说，你蠢啊，因为只剩下我这个群主一个人了。

我说，啥意思？

大象说，就是群里所有人都脱单了，就剩下我了。

我哈哈大笑起来说，至少还是个群主啊。

大象咧嘴哇地大哭，群主是上周老群主转给我的。

我笑趴。

过了会儿我说，这个 5 群你这么早就当上群主了，不错。

大象说，这群是我的心血，我的梦想是有一天能够将群主的位子转手。

我说，这些群是干吗的啊？

大象一笑，然后一副“风萧萧兮易水寒”的口气和我说，不见，本来是个相互庆祝鼓励群，但对我来说就是个蹭吃蹭喝群。

我看着大象满眼欣羡。

大象说，现在不是虐“单身狗”虐得厉害嘛，到处都是秀恩爱的，我们就成立了“单身狗联盟”，当然群成员都是深圳的，没谁会为了一顿饭飞到北京去是不？大家还是单身狗的时候就相互鼓励，有一天谁脱单了，就请群里的人大吃一顿。

我大惊，看着大象说，这都可以，作为资深单身狗的优越感瞬间爆棚啊。

大象说，不见，当你看着群成员一个一个减少，你从一个群跳到另一个群然后又看着群成员一个一个减少，最后你一个人守着荒芜的群，那种孤寂没有人会明白。你去给别人庆祝，你坐在昏暗的角落里，吃得满嘴油腻，举起酒杯在庆祝的同时却会偷偷祭奠还没有到来的爱情，你装作满不在乎，你想啊，一定要用食物填补内心的空洞，你就吃吃吃，不见，你想体会那种感觉吗？

我只听见“吃吃吃”三个字，就说，想啊，好久没体会吃大餐的感觉了，牛排、大虾、蟹黄、精致的糕点，还有红酒香槟，我去，想得流口水啊。

大象拉着脸看着我说，方不见，你有点情怀好吗？

我说，情怀能当饭吃？

大象说，亏你还是个作家。

我说，作家也要吃饭。

大象说，太肤浅。

我说，快带我进群。

大象说，别带着蹭吃的想法进群，你会后悔的。

我说，别废话了，我要为解放“单身狗”的事业奋斗不息。

大象说，好，群有群规，你必须每天在群里互动四个小时以上。

我说，我嚓，互动什么？

大象说，你应该擅长的，就是群里谁有追求的对象了，我们要群策群力帮助他，祝他当上 CEO，迎娶白富美，走上人生的巅峰。

我说，太难了吧。

大象说，不难，什么当上 CEO 啊，迎娶白富美啊，走上什么巅峰啊，算我瞎扯，他们能找个过日子的人就万事大吉了。

那个奇葩的群，我待了一个星期就快崩溃了。他们每天在群里分享泡妞案例，上至夕阳黄昏恋，下至小学生过家家。大象在里面穿针引线不亦乐乎，我实在看不下去了就跑去和大象说，象哥，你觉得这些能泡到姑娘吗？什么抄泰戈尔的诗，什么买九十九朵玫瑰，什么叫一百个人同时发信息说 ××× 我爱你，这些初中生都会的大人还玩？大象说，不见，写小说这叫狗血，但为什么狗血剧还有市场，就是因为这个社会很多人连狗血剧的人生都没有经历过，所以你不要小看这些幼稚的招数。那些看惯了风花雪月的姑娘也许会嗤之以鼻，但那些素雅乖巧的姑娘却铁定会为此心动。

我说，别扯，我不信。

大象说，你故事里的爱情要与众不同，但现实生活中哪有那么多精彩，在商场的大显示屏上投放告白广告不是每个人都能做到的，我们总是向上看向上看，看得觉得自己被这个社会抛弃了。

我实在受不了那个狗屁群规，什么每天要在群里泡四个小时以上，聊天动不动就喜欢 @ 全体，还不能屏蔽，一个星期后果断退群。大象十分不满地抱怨我，老洪站在我这边，他十分支持我把时间浪费在群里还不如陪他去打游戏，我断然纠正老洪说，那不是浪费时间的问题，那个群简直就有剧毒。老洪望着我满眼的不解，我说，你有没有看过《大话西游》？老洪说，看过啊。我说，那个唐僧烦不烦？老洪说，挺可爱的。我扭头就走，老洪说，你说完啊。我说，滚。

七月，大象恋爱了。

那时候群里只剩下了两个人，一个是大象，一个是女孩。

大象说，累了，这是我送走的第五个群。

女孩说，别和我说累，我相亲了136次，被人嫌弃了109次，还有27次是被人放鸽子。

大象说，你丑得惊天地泣鬼神吗？

女孩发了一个发怒的表情，然后啪啪啪发来一大串字，大致的意思就是，你他妈才丑，你全家都丑，老娘漂亮着，老娘美若天仙呢。

大象说，那你发一张照片来看看。

女孩说，滚，你们男生就喜欢在网上骗姑娘的照片，好看的继续聊，不好看的就哧溜消失了。

大象发了一串省略号过去。

女孩说，周日10点，购物公园星巴克，敢不敢见上一面？

大象推开键盘起身去上了个厕所缓缓心情，然后回来的时候，看见女孩发了一大串文字过来，对大象各种咒骂，最后说，反正也不是被放鸽子一两次了，周日是条汉子就来。

大象瞬间有种“风萧萧兮易水寒”的沧桑感，其实大象一直喜欢的是高圆圆那样的，知性大方。但是女孩这样一说，大象觉得哪怕是刀山也得爬，火海也得趟。

大象说，WHO怕WHO。

女孩没有回音。

大象说，喂，还没说暗号呢？

女孩还是没有回音。

大象说，卧槽。

女孩说，你穿个红色沙滩大裤衩去吧。

大象发了一个囧的表情。

女孩说，我有事先拜拜了。

大象说，那你呢，我怎么知道哪个是你啊？

女孩的头像呼啦就灰了。

后来我也不知道大象怎么就和女孩在一起了。

大象说，两个剩下的就凑合在一起了呗。

我说，是不是高圆圆那款？

大象说，家里是谢娜台上那款，外面是戏里吴君如那款。

有次上班，有个人加我，说是粉丝，我就加了。

她说，不见，我好喜欢你的文章。

我说，谢谢。

她说，不见，你是我偶像，我看到你吃饭的样子，我还拍了下来。

我一听，大惊，我这么低调怎么可能有人认识我，难道是公司哪个蠢货拿小号逗我？在我犹豫该怎么回答的时候，她说，要不要看看？

我说，你是谁呀？

她说，不看拉倒。

我说，别啊，我看看是在哪儿。

她就发了一张照片过来，我一看，妈蛋，是一张猪拱食的照片。

我发了一个黑脸的图片过去。

她说，你别生气啊，大象说你特喜欢和女读者聊天，还是个逗逼，我就看看，没承想还真是。

我抬头看了一眼大象。

大象双手合十哆嗦着冲我傻笑道歉。

总有一个人会值得你耗尽一生去爱。

那我去你的城市养你吧

▷ 这个世界上情话有千千万万种，
但山盟海誓花前月下再多的甜言蜜语也抵不过一句：
只要你愿意，
我去你的城市养活你。

老李说他要去蓓蓓的城市了，请深圳的朋友们最后再聚一下。

那天下着大雨，土豆开着车转了很久，所有红色顶棚的夜宵摊子都冷清地在灯火辉煌的雨夜伫立着。耗子说，随便找一家吃点，大雨倾盆，寒风吹袭，多应送别的景啊。老李说，还是别了，别弄得像壮士出征似的。

老李在深圳的一家 BAT 公司上班，一个月两万，生活也算是有滋有味。有回突然和我们说辞职了，大家都很吃惊，问他说准备单干呢，还是另谋高就。他却说了一个我们听都没听过的城市，然后说，去那里，和蓓蓓一起生活。

耗子和老李说，你学开发的在深圳可能两万一个月，到了那里可能一个月只有五千。

老李说，总有办法把她养得好好的，你们也别劝我，我在认识的时候就答应她了，只要她愿意，我就一定会去她的城市养活她。

这是 2014 年 7 月的事，之后老李一个人去了蓓蓓的城市。

2015 年春节，老李结婚，我们奔袭了 1500 公里去给他道贺，老李要我和土豆给他当伴郎。在他们县城最好的酒店，我和土豆站在老李身边，老李瘦却高挑，西装似乎撑不起来，倒是我和土豆显得有些臃肿。

我和土豆那天晚上的任务就是帮老李挡酒。老李开心，搂着蓓蓓春风得意的样子，洞房一直闹到晚上 12 点，然后耗子开车送我们去酒店。

第二天，老李招待完了客人过来找我们。那个县城真的很偏僻，站在酒店的窗口就可以看见整个县城的轮廓。

老李来的时候我问他，为什么不带蓓蓓去深圳？那里更适合你。

老李说，可是我已经找到了更适合我的地方。

耗子说，难道就是这座县城？你在这里能发挥多大的价值？

老李笑了一下说，我说的是蓓蓓的心里。

我们三个目瞪口呆地望着老李。

这个世界上情话有千千万万种，但山盟海誓花前月下再多的甜言蜜语也抵不过一句：只要你愿意，我去你的城市养活你。

没有买买买的小幸福，一样让人感动

▷ 女孩又把伞往前撑了撑，
男孩超级不耐烦地伸出手去把伞檐往上拨了拨，
让雨伞不至于遮住视线。
女孩看着男孩没有说话，
特别幸福地把脸贴在男孩的背上，
其实女孩整个人都在雨里，
头发湿了，
背上了也湿了很大一片。

前两天深圳下雨，我去外面忘了带伞，头发被淋得湿漉漉的。我一边走着一边伸出手往后捋头发，路上的行人匆匆忙忙，我夹杂在其间总有些莫名的酸楚。水泥路面起伏的线条里，积着浅浅的雨水，城市的灯光倒映在积水的路面，像一片片碎掉了一样。

我有次和朋友从外面回来，路上也是下着小雨，我坐在车后座，看着窗外一对骑电动车的小情侣。我把窗户摇下来，让朋友把车开慢点。

女孩一只手搂着男孩的腰，另一只手打着伞撑在男孩眼前。

男孩抱怨着和女孩说，你干吗啊，别撑这么前面好吧，这样我看不到路呀。

女孩说，不撑前一点你会淋湿的呀，再说了，雨打在你的镜片上你看得到路吗？

男孩伸出手去把伞往后一拨说，你真的很烦耶，我说了这样我看不见路的。

女孩喏喏地把伞往后挪了挪说，好好，发什么脾气嘛。

过了会儿，女孩又把伞往前撑了撑，男孩超级不耐烦地伸出手去把伞檐往上拨了拨，让雨伞不至于遮住视线。

女孩看着男孩没有说话，特别幸福地把脸贴在男孩的背上，其实女孩整个人都在雨里，头发湿了，背上了也湿了很大一片。

朋友说，不见，被虐了吧？

我笑了笑说，这样的小幸福，他们一生都值得慢慢回忆。

有一个朋友是个糕点师，当初跑到上海学艺，回来后在深圳开了一家糕点店。本来是信心满满的，开业的时候，把深圳所有的朋友都拉到一起，痛痛快快地喝了一宿算是庆祝开业大吉。

他有一个小女朋友，大学毕业就来深圳给他打理糕点店。糕点店的生意不算好，勉勉强强可以维持下去，女孩也不要求什么，看着别人用苹果手机，她无所谓，自己买个几百块钱的小米用了几年，买衣服时，几百块钱的衣服不舍得给自己买，但给男朋友买还是很愿意的。这朋友每次和我聊天就说对不起女朋友，这辈子太亏欠她了，等有钱了一定要带她环游世界，然后买买买，让她变成贵妇。

每次他这样说的时候，我就特鄙视地看着他，然后说，你来点实际的好吗？你周末给她做一顿饭，回家给她洗一次衣服，或者带她去看电影的时候能够先问问她喜欢看什么，而不是每次大男子主义买好了票直接拉她去。

后来，有一次两个人吵架，女孩委屈地坐在凳子上，眼泪滴落在膝盖上晕湿了一片。等我和几个朋友跑过去的时候，女孩还一直在抽泣，看得让人真有点心疼，那个朋友就蹲在地上抽着烟。

他把小店先关了门，昏黄的余晖从卷帘门的四边缝隙透射进来，我走到他的面前说，喂，你干什么啊？

他把烟狠狠地吸了一口，然后努了努嘴说，你去问她。

女孩哇地哭了起来说，我怎么了嘛，我不就是卖了一块蛋糕吗？你有必要生这么大气吗？我错了，我向你道歉了，你为什么还一直怪我？

朋友从地上一下站起来说，你知道吗，今天是你生日，我花了很久才做好那个蛋糕，叫你别卖别卖，我一转身，你就卖了，你在乎我的心血吗？

女孩低着头说，可是客人很喜欢呀，我知道你的心意，我都知道，客人喜欢就给他呀，只要是你做的，怎么样我都喜欢得不得了，你再给我做一个不就是了。

那不一样。朋友一挥手，像斩断了一截空气似的。

我和几个朋友听着有些气愤，纷纷开始数落他。他倒好，一副大义凛然的样子，把头一歪，一副就算你们说破喉咙，我也是这副臭表情的样子。

我说，不就是一个蛋糕吗？至于嘛，你再重新做一个不就是了。

朋友 A 说，女孩也没做错什么啊，你这样一副像犯了什么大错似的，有这个必要吗？

反正他就是一句，你们不懂。

一个女性朋友来气了，一把抓起他的衣领说，你这个混蛋，不懂什么？你就说清楚，别特么摆出一副臭脸，就你牛逼是吧？开个破店，生意惨淡成这样，有女孩愿意跟着你，你还不好好珍惜，就这样耍大爷脾气是吧？

说到最后她重重地来了一句，你大爷的。

反正最后说到我们都累了，一个个坐在凳子上抓着头发，女孩一个人跑到房间一边哭着一边收拾衣服。

过了半晌，女孩拖着行李箱出来，朋友微微侧脸看了一下。女孩说，今天是我生日，你就这样给我庆生，我会记着的。说着她就去拉卷帘门。我赶紧用手杵了杵朋友说，快去拉住啊。

朋友愣了一下，身子微微动了下，但还是没有起身。

女孩把卷帘门往上一抬，刺眼的光灌进来。两个人正站在门口看着店招牌，看着我们一群人坐在里面，吓了一跳，张目结舌地往后退了两步。

女孩说，你们不是刚买蛋糕的吗？

他们说，是啊，你们大白天怎么就关门了呢？正寻思着给你打电话呢。

然后他们拿出一个钻戒来说，是不是你的？做蛋糕时候不小心掉进去了吧？

女孩回头看了一眼朋友。我们一看，有点感动又有点生气，这么好的事说出来不就得了，差一点喜剧整成了悲剧，刚才骂朋友最凶的女孩，一个人捂着嘴竟然哭了。

我赶紧跑过去对那两个送回钻戒的人说，谢谢你们了，真谢谢你们了，为了这事小两口差点分手了，你们真是好人，下次来店里一律八折。

送走了他们，我们赶紧把女孩拉进店里，女孩手里抓着钻戒已经哭成了泪人。

朋友站起身来拍了拍膝盖说，真烦人，本来想给个惊喜的，现在好了，扫兴。说着一个人往房间走。

我骂了一句，你牛，搞得这么矫情。

那个女性朋友把我们都拉出了小店，然后把卷帘门拉下来，走的时候说，老娘也被这小子感动了一次。

不爱你是嘴巴上的倔强，等你是心里面的执着

▷ 在我生命最需要你的时候你缺席了，
你知道我一直要的不是你多有钱，
你多么厉害，
你怎么就不明白，
我要的只是和你在一起。

菠萝和菜菜是对苦命鸳鸯。

菠萝是学建筑的，2013 年的时候和团队去了非洲。菜菜是不同意的，说非洲那兵荒马乱的地方你去了我怎么办？

菠萝想着还是要去，因为菠萝家境不好，一切都要靠自己。去非洲一年是苦点累点，但是一年下来可以赚 30 万，加上穷乡僻壤的工地又不需要花钱，省下来可以给房子付个首付。

菠萝笑嘻嘻地和菜菜讲，可菜菜死活不同意。菠萝好心安慰菜菜，你总不会怀疑我会找个非洲黑姑娘吧？

菜菜看着菠萝，一生气把头一扭，谁知道呢？

最后菜菜总算同意了，但她逼着菠萝发誓只能待一年。

菠萝于是对菜菜说，要是一年不回来就死在非洲。

菜菜啪地一个响亮的耳光扇在菠萝的脸上，菠萝的脸上五个指头印一下子就显现出来。

菜菜说，你会不会说话？谁要你死，你要是一年不回来我永远不会见你。

菠萝一只手揉着自己的脸一只手抹掉菜菜脸上的泪珠。菠萝笑着说，等我回来，你就带我去见丈母娘，得有钱才有底气啊。

菠萝去了非洲，那地方信号超级差，菠萝才知道原来祖国是个多么幸福的地方。

每天顶着毒辣的太阳在建筑工地上检测，刚来的时候皮肤被活脱脱晒掉了一层皮，每天晚上和宿舍的室友谈论祖国的各式菜肴和祖国的长腿姑娘。菠萝喜欢唱歌，唱菜菜喜欢的歌，周杰伦、五月天，每天在宿舍练歌。

环境再苦菠萝倒不是很在意，打小也没少吃苦，就是那地方信号超级差，打个电话基本上很难接通，接通了大多是一片杂音，一起来的人帮他想了各种各样的办法，有爬到屋顶的，有爬到工地上的，但都是一个鸟样。

他们只能等到周末一起跑到镇上去，在那里才能痛痛快快打个电话。不过去镇上的时间不能太久，也不能单独去，毕竟人在异乡语言不通，还是很怕有危险。

菠萝每次都会和菜菜聊很久，菜菜和菠萝有一本一样的日历，每过一天就在那一页写一句话，等一年之后两人说好了要交换的。

菜菜一个人在城市里，每天挤公交挤地铁，周末去菜市场买菜学做南方菜。菜菜有时候寂寞难过就和自己说，不就一年嘛。

就这样一年过去了，菜菜学会了好几样南方菜，准备等菠萝回来让他大吃一惊。她很认真地把那本日历放在一个漂亮的盒子里。

菠萝终于要回来了，菜菜特意请了几个比较好的姐妹出去大吃了一顿，一边高兴地和姐妹们说，要是菠萝回来变成了黑菠萝你们一个都不准笑。所以那次聚会姐妹们都说，菜菜让她们知道了原来一个人也是可以秀恩爱的。

菜菜想着一年的煎熬总算是过去了，他们就可以有自己的房子，有自己的车子，然后有自己的 baby。

在预定菠萝回来前一个星期，菠萝说，菜菜，我升职了，做了项目副经理。

菜菜说，那好呀，回来不管哪座城市我都跟着你。

菠萝在电话那头沉默了好久，这种沉默让菜菜感到害怕，她努力装作打趣笑着说，菠萝，你总不可能真的找了个黑人姑娘吧？那样我就只能跑到非洲把你抓回来了。

菠萝缓缓地说，菜菜，我想要挣更多的钱，给你更好的生活，我们要有很美好的未来，我做了项目副经理，一年可以挣 70 万。

菜菜说，好啊，好啊，你挣 70 万好啊，那你快回来挣给我看。

菠萝咬了咬嘴唇说，要做这个项目副经理我还得在这边待一年，把这个工程跟完。

菜菜眼角的泪水掉下来，她知道菠萝既然说出口了那么他就已经决定了，但她还是掉着眼泪说，你答应我就一年的，你回来好吗？我们可以不要很好的房子，车子也可以不要，我一个人真的很难熬，我27岁了，你回来陪我好吗？

菠萝说，我再干一年，就可以调回国内，到时候我就可以给你幸福生活了。

菜菜用手盖住电话，过了很久和菠萝说，菠萝，在我生命最需要你的时候你缺席了，你知道我一直要的不是你多有钱，你多么厉害，你怎么就不明白，我要的只是和你在一起。

菠萝说，菜菜，可是生活是要钱的，再等我一年，等我回来，我娶你。

菜菜把电话挂了，一个人一页一页翻着日历，泪水把日历打湿了一片。她是真的害怕，害怕把日历上的365天重新过上一遍。她失魂落魄地坐在地板上。菠萝的电话一遍一遍响起来，菜菜没有接，她知道自己没有勇气再过这样的365天了，至少她是这么觉得的。

后面的日子，菜菜一个人过着，一个人挤地铁上班，一个人等雨停，一个人吃自助，一个人逛商场，一个人换灯泡，一个人看电影，她忽然发现原来自己已经适应了一个人的生活。

妈妈打了很多电话给她，让她好好接受一份感情，亲戚朋友也都时时帮她留意着合适的对象。她开始总觉得老娘还不到没人要的地步，后来看着身边一个个比自己小一大截的姑娘都开始谈婚论嫁，她才答应见见。

见了很多个，越来越发现菠萝的好，但她真的伤心了，菠萝为什么就不肯回来呢？有一次在一个姐妹的婚礼上，喝了些酒，很久都没有联系的菠萝突然发来了一条短信，菜菜捂着嘴眼角有些酸涩，但骄傲的她默默地回了句：对不起，她已经睡着了。

发完之后她就后悔了，一个人跑到卫生间大哭了起来。

她一边哭一边和自己说，你个笨蛋，你永远失去了菠萝。

又过了一年，菜菜28岁了，还是一个人。她开始有些后悔，想着不就是再等一年嘛，自己这样不是一个人也过来了，当初为什么就要那么犟。

菠萝回国了，没有来找菜菜。他来找我，总是问我去非洲这一趟到底值不值得，他说有了好工作却没了最爱的人。

我说，你回来了为什么不去找菜菜?

他说，菜菜身边已经有了一个更好的人，我出现只是打搅。

然后他把菜菜的那条短信给我看。

我看后扑哧笑了出来。那天的婚礼我也在。我和菠萝说，你个傻球，那天她在看着别人的婚礼，睡个屁啊。

菠萝突然扑过来给了我一个拥抱，他说，不见，回头一定请你吃一顿超级大餐。

菠萝终于勇敢了一次，他买了一个很大的钻戒带着两本厚厚的日历跑到菜菜家里敲门。

那个清晨菜菜拿着浇花壶正在给阳台上新买来的兰花浇水，被砰砰砰的敲门声吵得心烦意乱，她想着自己也没有快递，拿着浇花壶跑到前厅把门拉开，满脸拧巴的怒容刚想开口教训一下是哪个不识相的。

然后她看见的是菠萝单膝跪地，两本日历上一枚漂亮的钻戒闪着光芒。

浇花壶从菜菜的手里落在地上，水漫延着浸湿了菠萝的膝盖。菜菜觉得像是一场梦，她双手捂着嘴巴，眼泪掉了下来。

菠萝说，菜菜，对不起，我回来了，嫁给我吧。

菜菜咬了嘴唇没有说话，这一天其实在她的想象中上演了很多次，但是这突如其来的求婚还是让她措手不及。她看着菠萝，这两年来的委屈突然让她失声痛哭起来，靠着门边哭得超级大声。她以为这两年已经让她变得非常坚强，她一个人也可以过得很好，但是在看见菠萝的那一刻，她才发现两年来努力构造的城堡在顷刻间分崩离析了。

邻居探出头来看了眼，然后走过来问菜菜有需要帮助的吗。

菜菜摇了摇头，然后往里屋走去，走了两步，她回过头来对还木然单膝跪地的菠萝说，进来吧。

菠萝忐忑地站起来，膝盖上湿了一大片，他小心翼翼走到菜菜跟前。菜菜说，去把门关一下，菠萝听话地把浇花壶拿进来，然后把门关上。

菜菜突然紧紧抱住菠萝。

菠萝的眼泪在那一瞬间也掉了下来，两年来，像一场噩梦醒了，这个拥抱穿透了两年的孤寂岁月。

他们拥抱了很久很久。

菜菜说，你怎么变得这么黑了？

菠萝笑着说，去非洲两年，我已经升职了。

菜菜说，你还是菠萝，我不在乎你多厉害。

菠萝伸出食指刮了一下菜菜的鼻尖说，菜菜，我现在像不像黑凤梨？

菜菜一愣，然后哈哈哈大笑起来。

我们总会害怕分离，但相爱的人总会再相遇。

别救我了，让我在你的爱情里完蛋

▷ 一个女孩跟了一个一无所有的人
所需要的勇气和所承受的压力有多大你知道吗？
她算是赌上了一生的幸福和整个家庭的祝福。
你难道不应该给她足够的安全感吗？
如果这样算是完蛋的话，
你们都别救我，
我愿赌服输。

庆胜爱着小颖，小颖也爱庆胜，这是朋友里面的常识。但是常识终究不是真理，常识也有出错的地方，就像庆胜竟然会和小颖分手，我觉得一定是哪里出错了。直到庆胜开着二手大众去流浪，我在朋友圈看着他一路留下的风光，欷歔不已，原来这世上再无坚不摧的感情也有被摧枯拉朽的时候。

庆胜失恋后变成了诗人，每到一处总会写下一些伤感的文字。

有一天深夜，他写：人潮汹涌，我们爱过。

我点赞评论：陌路、熟悉、再陌路，完美的轮回。

庆胜一个电话打过来说，不见，你说得轻巧，你特么没爱过哪知道要忘记一个人有多难，你知道从陌路再到陌路，这之间的罅隙是多少山川湖海岁月流光都填补不了的吗？

我在电话里听到了蛙鸣和风声，我问庆胜，你丫的在哪里啊？

庆胜缓了一下说，具体我也不知道，一路开蒙了，应该是江西和湖北交界的地方。现在饿了，停在应急车道，坐在车前盖上，看着满天星星，吃着下午在休息站买的面包，真爽。我真想一路开下去，从湖北到河南，然后穿过陕西，直接到敦煌看一看。

我说，那你什么时候回来？

庆胜说，等车开累了，等钱用完了，等山穷水尽了。

第二天一大早，我又接到丫的电话，他劈头就说，不见啊，赶紧赶紧，打 2000 块钱给我，让我买一张机票。

我说，怎么啦？

他缓了口气说，妈的，被打劫了。

我一听噻地从床上跳起来说，朗朗乾坤竟然还有人打劫你，你不是在高速上吗？

庆胜重重地叹了口气说，是啊，昨天想起了小颖，吃完面包没找到水，就把车里的白酒拿出来喝，一个人和星星月亮喝，喝大了。第二天醒来，钱包里的钱和车子都没了。

车子也没了？那你丫的还不报警？

庆胜哈哈笑了一下说，不报了，算了，反正也是辆破车，这年头谁都不容易，幸好算他有点良心，把身份证给我留下了，手机也没拿走。

我心里一个大写的服，然后打了 2000 块钱过去。

庆胜回来的时候硬要我请他吃饭，我那时候也穷得叮当响，就带他去吃楼下的麻辣烫。庆胜也不挑，拿着小篮兜从豆腐皮到猪大肠满满地捡了一篮子。我们吃得满头大汗，隔着蒸汽，我说，庆胜，真忘了小颖？

庆胜大口咬着薯粉，然后抬起头双眼通红地望着我说，不忘掉能怎么办呢？以前在一起的时候，她说，庆胜，我害怕我们家的距离这么远我会想家。我说，别怕别怕，想家了我们就一起坐飞机回家。她说，庆胜，有一天你不爱我了你一定要先和我讲。我说，不会的不会的，这一辈子除了你不会再爱别人了。可是现在，她说，庆胜，我这个年纪在我们家早就该嫁人了。我说，那我们结婚吧。她说，拿什么结婚，要个孩子我们养得起吗？我不知道该怎么回答。她说，我爸妈也不会同意的，我们距离这么远，你也没房没车，我爸妈因为我结婚的事情已经愁白了头发，我可能等不了你了。你这么大的人了，应该要学会忘记，不要动不动就难过。

庆胜说着就掉眼泪，这婆娘，明明这么绝情，最后还给我温柔的一刀，太特么可恶了。

我抽了几张纸巾给他说，既然要房要车，你就放手让她去找有房有车的呗，她选择嫁给现实而不是爱情，那是她的自由。

是是是。庆胜说，是她的自由，可是也是我自己没用，本来她可以选择爱情又选择现实的，但是你看看我，有什么？现在连二手大众都没了，一无所有，还欠你 2000 块。我也不怪小颖，要我是个女的，我肯定也不会跟像我这样没出息两家距离又远的人，其实人现实一点好，现实了才不会被假象欺骗。

那之后庆胜去了北京，2015 年年末，庆胜把 2000 块钱用支付宝转给我，然后发了一张 H5 的请柬给我，他要结婚了，新娘是小颖。

我知道那 2000 块钱只是在我这里走一个过场，就像小颖一样，是庆胜的，兜兜转转还是会回到庆胜身边。我把 2000 块钱塞进红包里，过完年，没有回深圳直接去了庆胜福建的老家。

在婚礼结束的第二天，庆胜送我去高铁站。路上我问他，不是已经分了吗？你是怎么又把小颖追到的，是买彩票中了头等奖，然后车房一体打动了丈母娘？

庆胜哈哈笑起来说，忘不掉的人怎么也忘不掉，我离开深圳直接去了北京。为什么啊？因为小颖在北京呗。我知道自己一穷二白没一点是让人瞧得起的，不过我运气好，凭借一点编程的能力找到一份还算不错的工作，然后我去小颖家，找小颖的父母谈，像个男人一样。

我对庆胜竖起拇指说，你牛。

庆胜笑起来说，牛什么啊。你看起来的牛逼背后其实都是苦逼，我可是写了卖身契的，以后所有的工资都要交给小颖，以后有了车和房也要写小颖的名字，要是对小颖不好，我就只能净身出户。

我瞠目结舌地看着庆胜说，你玩儿大了吧，万一以后有什么变故你就等着流落街头吧。

庆胜把车窗摇下来，一只手搭在车窗上，窗外的高楼矗立着往后退，他特别不屑地反问我，爱一个人要留退路吗？

我……

庆胜侧脸望着窗外，一脸幸福地说，不见，其实这些就算他们不提出来我也会做到。一个女孩跟了一个一无所有的人所需要的勇气和所承受的压力有多大你知道吗？她算是赌上了一生的幸福和整个家庭的祝福。你难道不应该给她足够的安全感吗？如果这样算是完蛋的话，你们都别救我，我愿赌服输。

我看着庆胜笑得贼幸福的模样，想到一年前那个连机票钱都被偷了的家伙。也许上天还是怜悯有情人的，翻山越岭，值得的人还是会相遇。

人潮汹涌，终会相遇。

每一个好男人都有一个故事

▷ 一辈子也不让自己的女人将就，
只要买得起 2000 块钱的项链就不买 300 块钱的耳钉，
钱可以再赚，
但是当初的喜欢打了折，
这一辈子也补不了差价，
因为我们再也回不到那个年纪，
遇见那个彼此了。

大春算不上土豪，但给女朋友只买新款的衣服、包包，这样的男朋友真是中国好男友，男友力 MAX。

iPhone6S 刚出来的时候，他大清早跑去香港排了一天的队，然后晚上跑回来云淡风轻地交给女朋友一个玫瑰金色的 iPhone6S，所以他的女朋友成了朋友里面第一个用 iPhone6S 的人，而大春自己，刚好接手女朋友退役的 iPhone6。

大春这样很快成了大家的公敌。世界上所有的事情都一样，没有对比就没有伤害，大春无形间拆散了很多对情侣，姑娘都拉着自己男朋友的耳朵说，你看看人家大春，你看看人家大春的女朋友，再看看你，再看看你的女朋友，也就是我。男生一边恨着大春一边和女孩说，那你去和他过啊。女孩一个巴掌，然后一段感情就拜拜了。

我和大春说，没必要什么都买新款的啊，多贵啊。

大春说，多贵都买，老子的女人就要用最新的，你想想用最新的才有面子啊。等过几个月虽然降价了，但大家都有了，那拿在手上还有个屁意思，便宜几百块钱，拿在手里的价值可是天壤之别。她说想要看一场电影的时候，我就立马带她去看，她说想要一场旅行，我就立马带她旅行，不能等，即使等到了，也不是原来那时候的心情了。

我白了一眼大春说，你这样会没朋友的。

大春一脸吃惊地看着我说，为什么啊？我没对不起大家啊。

我说，你已经是朋友中家庭幸福的最大威胁了。

大春又一脸懵逼地看着我说，为什么啊？我又没做“小三”，我又没勾引别人的女朋友，我对自己的女朋友好也不行啊？

我拍了拍大春的肩膀说，好自为之吧。

大春说，不见，别啊，我可没秀恩爱哦，我也没炫富哦。你知道我的，我没什么钱，但我就想对自己的女人好，因为现在是她最好的年纪，我就想让她风风光光的，我苦点累点没关系。

我对他竖起拇指。

后来有一次吃饭，大春和我说，不见，和你讲个故事。

我说，好哇好哇，原来你也有故事。

大春翻了一个白眼，和你说正事呢，我以前喜欢一个姑娘。大学的时候，她过生日我去商场柜台看到了一款很漂亮的项链，但我没有钱，只买了项链旁边300块钱的一对耳钉。后来我有买项链的钱了，但那条项链已经不在了，那个姑娘也和我没什么关系了。去年听说商场改造那家店已经没了，其实那时候我是有买项链的钱的，只是买了项链我就两个月不能和朋友吃夜宵，所以我权衡利弊没有买。这些年我就在后悔，有些东西是不可以等待的，等待的时候爱情也会下架。所以后来我就想一辈子也不让自己的女人将就，只要买得起2000块钱的项链就不买300块钱的耳钉，钱可以再赚，但是当初的喜欢打了折，这一辈子也补不了差价，因为我们再也回不到那个年纪，遇见那个彼此了。

我不知道怎么回答大春，也许这就是很多女孩口中的别人家的男朋友，我只是拍了一下大春的肩膀笑着和他说，做你的女朋友很幸福，但做你的哥们儿真的要“注（定）孤（独）（一）生”了。

愿你遇见生命里的大春，给你最好不打折的爱情。

第三章

最怕我爱你，却爱不起你

其实你可以很优秀，
很耀眼，
但是在生活上我希望可以慢下来，
卸掉人情世故里的那身铠甲，
轻轻地走到我身边，
想笑就大声笑，
想哭我的肩头一直为你空着。
我不想看着你太坚强，
不想看着你把眼泪流进心里。

我还有机会喜欢你么

▷ 我一直觉得最好的爱情是两个人一起变好。
你们有过穷的时候，
有过彼此狼狈不堪的岁月，
但一直没有彼此嫌弃过，
这样你们的幸福才会有根基，
才能抵抗往后风雨同舟的岁月。

再一次见到阿磊，谁又能想到会是五年后，而且他已经脱胎换骨，如今帅得不像话。

在一起吃饭的时候，灯红酒绿，我努力把五年前的那个胖子和面前这个身材健硕的男人联系在一起，我想一定是记忆在某个地方遇到了陷阱，或者是被一个黑洞吸进去了某个至关重要的片段，才让我如今面对他有种恍若隔世之感。

岁月总会在每个人身上留下不同的痕迹，阿磊显然被精雕细琢了一遍，而我却只是被粗制滥造弃在了一边。

五年前有一次见到阿磊，他哭得像个泪人。我们知道他喜欢一个女生，可是他又胖又丑，成绩也不好，自卑得不敢去追。那时候阿磊的胖是真胖，1 米 7 的个头，足足 170 斤，满脸都是肉。他对女生特好，女生每一条状态他都看过，女生喜欢的每一首歌他都默默学着唱，女生喜欢看的书他也会偷偷看了一遍又一遍，女生只要需要，他是那种赴汤蹈火在所不惜的人。

可是所有人都只是觉得阿磊是女生的蓝颜知己，这就是一个胖子喜欢女神的悲哀。

后来女生和校篮球队的队长在一起了，所有人都觉得他们般配，阿磊看着他们走在一起也觉得似乎一开始就应该这样，他努力让自己不想女生，玩游戏玩得天昏地暗，和朋友去酒吧跳最丑陋的舞，时间一长，阿磊觉得自己可能也忘了女孩了。

可是有些记忆只是你执意用这俗世的喧嚣来掩盖，风一吹，你依旧会是一败涂地缴械投降，你所有颠沛流离的岁月，只是一个人的内心戏，现实里你依旧不堪一击。

阿磊接到女生电话的时候，扔掉正在打游戏的耳机和鼠标，穿着大裤衩就跑去了外面。女生一个人坐在学校的花坛边，双眼通红像一双核桃，阿磊陪着女生喝酒，他从女生断断续续的哭声里知道那个男生劈腿了。

阿磊看着女生痛哭的样子，心疼得喘不过气来，那天他自己喝得酩酊大醉，一个人躲在宿舍的厕所里又哭又吐。

第二天，他还在床上因为昨夜的宿醉头疼不已的时候，女生打电话给他说，她和男朋友和好了。阿磊躺在床上一边祝福一边流眼泪。

阿磊去找那个男生，他在练球，阿磊移动着肥硕的身躯站在男生面前说，你多陪陪她好吗？她没有篮球，没有游戏，只有你。

男生抓着篮球一愣，然后脸色渐渐暗下来，接着用篮球顶了一下阿磊的大肚子说，不是还有你这个胖子吗？

阿磊咬着牙往后退了两步说，你对她好一点好吗，我求你了。

男生冷冷地笑了笑说，你喜欢她？

阿磊说，没有。

男生往地上吐了一口痰，把篮球往旁边用力一拍，篮球跳跃了几步滚落到了一旁。

他伸出一根手指抵着阿磊的胸膛说，你要是个男人，喜欢就是喜欢。你要是喜欢可以和我抢，要是你觉得抢不过，就别在这边一副㞞样。

阿磊双目瞪着男生，欲言又止地瞪着他。

男生笑了笑说，不服气？你说你一个胖子哪点比得过我？不服我们就比跑步，沿着这个球场跑，谁先停下来，谁特么就不要再追她。

阿磊咬着牙说，不许反悔。

男生哈哈笑起来说，我不会反悔的。

阿磊双手紧紧捏成拳头，却自言自语似的说，还是你追她，但你把她放第一位就可以。

男生鄙夷地笑了笑说，情圣。

阿磊和他跑完第一圈下来，累得双脚灌铅似的。

第二圈下来，阿磊满头大汗，男生满脸微笑。

第三圈了，阿磊感觉整个胸腔要被撑爆了，男生依旧快步轻盈。

第四圈，阿磊感觉自己要死掉了，他想着躺在地上再也不起来一定是此刻这个世上最爽的事。

第五圈，阿磊看见女孩在对他微笑，她穿着白色的长裙，像一只蝴蝶似的在花丛之间翩翩起舞。

然后第六圈、第七圈、第八圈、第九圈，他感觉到从未有过的轻松。

当男生累得气喘吁吁追上阿磊的时候，大声对阿磊说，你特么疯了吗？

阿磊听不见，他的世界已经被心里的那个女孩包围了。

第十六圈的时候，男生一屁股坐在地上，嘴里一直不停地骂着阿磊疯子，疯子，神经病。

阿磊直接跑进了医院，在医院躺了一个星期。

出院之后，阿磊很努力地开始学习，把游戏账号送给一个朋友，里面几千块钱的装备说不要就不要了。

后来一直到毕业，阿磊一声不响地出了国，从此杳无音信。

这次见面，阿磊说，我是想再努力一次，要是她依旧不肯喜欢我，我就去结婚了。

阿磊说的时候我大吃一惊，后面那句“我就去结婚了”，好像冰冷地去完成一个仪式一般，就像高中读了三年就要高考，大学读了四年就要找工作，春天过完就是夏天，一切都是顺理成章一样。

我说，你回来就是为了和她求婚？

阿磊说，没有比这更好的时刻了。五年来，我通过各种渠道了解她的所有动态，她的微博、朋友圈动态我每一条都认认真真看过。她现在离婚了，没有比这个时候更需要我的了。

我瞠目结舌地望着阿磊。

一个离过婚的女人？

阿磊说，她永远是最美好的她，他不会想那么多世俗的东西，他只是庆幸在这个年纪上天竟然还让他可以勇敢地追求一次爱情。

那一夜阿磊一直在酒桌上说，说得满脸通红，说得声泪俱下，他问席间的每一个朋友，五年前放弃陪伴去了大洋彼岸是不是一个错误的选择，是不是陪伴了她会过得更好。

没有人回答阿磊，我们的人生会有无数个选择，但一个人终归只能走一条路，你要做的只是回首往事时不曾后悔。

阿磊去和女孩求婚的时候，我以为他会以惊天动地的方式，可是他却像五年前突然消失的时候那样突然出现在女孩面前。

阿磊其实准备了很多套路的台词，可是真正站在面前的时候却发现一句也用不上，那时整个大脑一片空白，他愣了好久说了一句，你还好吗？

所有的岁月如同多米诺骨牌倒伏了一般，女孩热泪盈眶。

阿磊双手颤巍着放在她的肩头，一句憋了五年的话终于说出了口，我还有机会喜欢你吗？

女孩背过脸去，眼泪如大雨倾盆，她说，那时候你明明赢了，为什么选择逃跑而不是兑现诺言？你既然有勇气用我做赌注，你赢了，为什么就不敢领走我呢？

阿磊嗫嚅地说，因为那时候我觉得自己不配。

女孩说，我等了你好久好久，你还是那个你，只是换了一身皮囊回来，可我已经不是那个我了。

阿磊冲上去一把抱住女孩说，你在我心目中一直是最纯洁的，我爱你，不会因为任何事情改变。

女孩用力地推开阿磊，一个人往后退了两步，然后对着阿磊声嘶力竭地说，你在我最好的时候没有陪着我，现在你重新出现，你变得优秀，而我却在岁月里蓬头垢面，对不起，我不想活在你怜悯的怀抱里。

阿磊木然地伸出手去，却发现他们之间的距离他够不到。

这个故事就这样结束了，他们最终没有在一起。写这个故事其实是因为有很多粉丝问我，自己现在不好，不能给她什么，却又是真的喜欢。他们一边害怕错过，一边又挣扎着在一起不能给她幸福，就像那句话说的，最怕太早遇见对的人。其实遇见对的人从来不会太早，也不一定要你多优秀，多有钱，才有爱一个人的权利，我一直觉得最好的爱情是两个人一起变好。你们有过穷的时候，有过彼此狼狈不堪的岁月，但一直没有彼此嫌弃过，这样你们的幸福才会有根基，才能抵抗往后风雨同舟的岁月。

遇见你，永远是最好的时候。

你走后，我发现每一天都是纪念日

▷ 在一个人的生命里总是会有很多悲伤，
时光浮浮沉沉总将一切抹去。
当记忆变成丛林里虚浮的光束，
我们不知道该庆幸还是难过。

老冒打电话给我的时候，我正准备关灯睡觉。

他一嗓子嘹亮的哭声，让我神魂归位，我对着电话大声骂他，你作死啊，大半夜的你哭丧啊。

他说：不见啊，我们好久不见了，我真想好好见见你。

你TM说相声呢？我摁下免提就赶紧穿衣穿裤，我知道老冒，这次是玩儿真的。

他把车开到我家楼下，去年还是一辆崭新的车，现在已经和破铜烂铁差不多了。我四下打量了一番颇为心疼地说，这车你买的时候三十来万吧，怎么就成这副模样了？

他探出头来拍了一下车门扯着嗓子吼，你丫什么意思，身价几百万的人在这里你不看沧桑成啥模样了，你管个球车啊？

你要去哪儿？我拉开车门坐进去。

找一样东西。没等我系上安全带，他一脚油门就冲出去。

然后一路狂奔着走省道，上高速。

我一路问他这是去哪儿，他不说，一路往前开。

我骂了一句：妈的，老子算是舍命陪你了，你尽兴。

我看着老冒的表情有点吓人，真怕他想不开找个桥或者找个大货车撞上去，这一想我压根就睡不着。

老冒，你累吗？

老冒，你休息下我来开。

老冒，要不找个旅店睡一下？

老冒，你不会是想死吧，那你得先放我下来，我还年轻啊，我还没老婆呢。

老冒大怒，拍了一下方向盘说，老子想死也不会搭上你。

第二天晚上，车子在榆商高速坏了。

一片荒凉。

我打开手机，发现没电了，老冒的车上竟然连充电器也没有。

这是哪儿啊？我对着老冒吼起来，这一片黄土风沙，我冷得躲回车里。

老冒没有下车，说，不见，我很累，我先睡一下。然后拉开车门，到后座躺着就睡了起来。

我一直坐在车里等着天亮，然后站在马路中间拦下一辆车，付了300块对方才肯将我们的车拉到县城去。

老冒直到中午才醒来。

他从后座冲出来，我正在路边痛快地吃着兰州拉面，他双眼猩红地大步流星走过来，一把夺过我的碗，囫囵地从嘴巴里倒进去。真饿死老子了。

我一副听天由命浪迹天涯的表情问他，接下来去哪儿？

他却变成看破红尘天涯浪子回头的样子说，回家。

然后我们又开车两千公里返回秦皇岛。

一路上他一会儿唱民歌，一会儿唱摇滚，整个车子的天窗打开，引得路人纷纷侧目，以为是两个疯子。

喂，一起唱啊。他一只手握方向盘一只手推我说，快唱啊。

我顶着西北凛冽的寒风对着他吼，你停车，老子来开，你尽情唱。

他猛地踩一脚刹车，我整个人弹了一下，要不是有安全带抓着，铁定从窗户飞出去。

你这个想法甚好。他站在车里，把头从天窗伸出去。

西北的天空灰蒙蒙一片，他尽情地唱着，我觉得他把他所有会唱的歌都唱完了。后来越来越走调，他一边拍着车顶一边唱自己即兴编的歌。

一直到秦皇岛地界，他才把头缩回来。看着我说，不见，你看看我是不是面瘫了，我怎么整张脸都没感觉了？

我一看，整张脸红得跟猪肝似的，这西北的风吹了一路也真是怪厉害的。

到秦皇岛的时候，他说跑了六个月，真怀念秦皇岛的大虾。

我一拐车头，往海边拐去。

他说，不见，这一顿你请，我没钱了。

一顿大虾的事。我说，命你都还给我了，其他的都好说。

喝酒，吃虾，外加几个大螃蟹。

他大快朵颐地吃着喝着，还一边抬眼望着我说，让你破费了。

你尽管吃。我说，都是劫后余生的人。

他忽然将虾放在碗里说，不见，不怕你笑话，我真的很想她，但是思念一个人太累了。

他从屁股口袋里拿出那张破旧的地图指着那个蹩脚的心形说，这是我之前的计划，开始的时候觉得这是一个很漂亮的心形，可是真的上路了，竟走出的是这副模样。后来我不甘心，就拉着你一起再走一条线路。他用油滋滋的手沿着榆商高速一划，你看看一样是个鬼模样。

你干吗不自己一个人玩?

我怕我自杀啊。

我心里直骂。

你就不怕带我一起自杀?

那也没什么不好啊，有个伴儿。

妈的，感觉自己是从鬼门关回来的。

和你开个玩笑，不见，这半年我过得真苦。

然后他双手搓了搓已经恢复正常肤色的脸颊，从裤袋里拿出手机。

我立马惊讶地抗议，嚓，不是没电了吗?

他一看，咧嘴一笑，拿错了。

然后从右边的裤袋拿出一本新华字典大小的笔记本往桌上一放。

你丫有屁就放，跑了几万里还不能把一个屁放痛快吗?

他拿着笔记本快速翻了起来，然后手指定在了一页，看了几眼，脸上的表情像黑云压城，然后竟然声情并茂地读起来。他先是坐着，然后站起来，后来站在凳子上。我本想阻止他，但他的眼眶微微泛红。

我知道他这一路肯定也是这样疯过来的。

很多人都过来看老冒的笑话，老板一只手抓着螃蟹走过来似乎要将老冒提溜下来，我赶紧上前去和大家解释。

我朋友是个诗人，为了一个女的这里坏了。我边说边用食指杵了杵太阳穴。

十二月的海边，温暖的灯火，海浪在远处翻滚，所有人都静了下来。六个月的跋涉只是一场虚妄之旅。

他念完了将笔记本往后一扔，然后坐下来，举起桌上的酒杯对大家说，大家干杯，算我请客。

我默念：不带这么坑人的。

但这些又有什么重要。

老冒是纯正豪爽的东北人，那些听完老冒朗诵的东北爷们也一个个过来和老冒喝酒，喝到尽兴的时候，老冒又开始唱起民谣，最后店老板也一屁股坐下来和老冒称兄道弟胡吃海喝起来。

结账的时候，我说刷卡，老板一拍桌子说，你这是在埋汰我吗？

我说，我付钱我埋单啊。

老板搂着老冒的肩膀指着我说，你这兄弟没劲，尿不到一壶。

老冒用手推掉我的银行卡说，我和老板是兄弟，一顿饭扯个屁钱。

卧槽，是我不对？赖掉一顿我高兴还来不及呢。

我摆了摆手，往海边走去，顺带将老冒的笔记本捡回来，哪有一份记忆说丢就能丢的，指不定哪天老冒悔得骂娘。

笔记本躺在软绵绵的沙滩上，我捡起来拍了拍沙土放进衣袋里，然后站在海边眺望了片刻，老板、老冒还有几个大汉聊着聊着全然忘了时间。

多亏了老板娘实在看不下去了才催促几个伙计收了摊。

送老冒回到家里，拿钥匙一打开门，突然一个阴森恐怖的声音响起来。

“来了，就进来坐一下。”

漆黑的房间没有一丝光亮，这声音悠悠然似乎从房顶飘下来。

我大叫了一声，然后手一滑，老冒就摔到了地上。

我站在门外，楼道的感应灯亮起来，老冒慢悠悠从地上爬起来，然后扶着墙起来将灯打开。

房间里豁然亮了起来，他摇摇晃晃走到沙发上，然后像个铅球一样坐下去。

我摇了摇头走进去，刚跨进门的时候声音又响起来，亮起了灯光那声音就不觉得凄厉了，顺着声源望过去，竟然是一个小音箱放在天花板的凹槽里。

老冒躺在沙发上呼呼睡过去，我将他架着拖回里面的房间，安顿好他后坐在他家大厅沙发上抽了支烟，想起从沙滩上捡回的笔记本，随手翻了起来。

如果有一天我们相爱了，

我一定为你写日记，

每一天的点点滴滴都记录下来。

如果我们白头偕老，

这就是我们相爱最好的礼物。

如果谁要提前下车，
这就是诅咒。

在其中的某一页我停了下来，上面用漂亮的楷体字写着：

家里昨晚进贼了，我和她谁也没有发觉，我们总是可以睡得那么深沉，两个人在一起彼此都深觉安心。可是世间的事哪有万全，一早起来我就坐在床头懊恼，她倒是以为我钱丢了懊恼，其实哪是那么回事。这一次幸好都安然无恙，谁又敢说次次都只是虚惊一场。我上班的路上，坐在办公室里，蹲在厕所坑上都在想该怎么避免这样的事情再一次发生。哈哈，中午在去公司楼下的便利店买烟的时候，招财猫的“欢迎光临”总算给了我灵感，我马上去淘宝买了一个，这个还可以自己录音，屌炸了。我和她商量了很久到底该说什么呢，我说直接放警车的声音，她说不行不好玩，然后她就想到了装神弄鬼这一招。但愿它永远不要起作用。

我不禁笑了一下，心里骂着：好你们两口子，把老子吓得够呛。

转而想着老冒这一路奔波却依旧困在起点，不禁也有些伤感。老冒是最重情义的，别看一副江湖浪子的洒脱样子，骨子里却是画地为牢的命格。

笔记本的最后一页有一行新写上去的字，看来是老冒在旅途的哪个小旅馆里写下的。

你走后，每一天都在过纪念日，原来说的诅咒，就是这样把思念刻进骨髓。

老冒是个江湖浪子，和耗子很像，都是头脑一热，就会游荡江湖的人。老冒为了纪念逝去的爱情，以墨脱为起点，以秦皇岛为终点，开着车要在中国九百六十万平方公里的广袤大地上画一个心形。

我陪他也算是经过了一场玩命之旅，但是他和那女孩的故事除了笔记本上的零星碎片，我还是一无所知。有时候我就在想，要是在路上真出了事，我就太冤了，莫名其妙就被老冒带上路，然后天南地北地跑了一圈，接着又被稀里糊涂带回来，还不知道老冒那个爱情是不是个狗血剧。

老冒说，才不是狗血剧呢！

上周老冒从秦皇岛来深圳。他隔两日要在广州有差事，只是顺道来深圳叙旧。来的那天我在加班，有个超级刁钻的客户骂骂咧咧地才让我们收工，我蓬头垢面走下去，差不多已是夜里十点。老冒在我公司楼下等我，我和他抱怨了几句。老冒说，我公司就从不和更年期的女人谈生意。他把车拐出园区，我说，真的吗？他笑了一下，你丫还真相信，怎么可能不和更年期的女人谈生意，不过和更年期的女人谈生意得有技巧。我连忙问他什么技巧，他说边吃边谈。

接待老冒的规格我最喜欢，老冒喜欢深圳的砂锅粥。在深圳只要是个路边摊铁定就有砂锅粥，价钱也不算贵，也不是不带老冒去吃好的，或者去酒店吃砂锅粥，他这人，江湖浪子惯了，对锦衣玉食天生排斥，公司给他报销的酒店他不住，硬要自己花钱去住旅店。有几次接待客户在五星级酒店吃饭，完了还是打电话给哥几个说饿了一起出来吃夜宵。

老冒点了海鲜砂锅粥，热腾腾一大钵端上来的时候，老冒先起勺，他把几只鲜嫩嫩的大虾一股脑儿放进自己碗里。

我赶紧拿起筷子去他碗里试图抢救一只，却被他用勺子给拨回来。我怒气冲冲地说，有你这么吃的吗？一只虾也不给我留。

老冒鄙夷地看了我一眼说，小气，和客人抢吃的，我容易吗？从秦皇岛日夜兼程过来看你，风吹日晒的……

我赶紧打断老冒，得得得，你都快赶上西天取经了。

老冒笑了一下，然后厚颜无耻地点了一下头说，要是没有车，也差不多赶上那个难度了。

老冒大快朵颐地吃着剥了壳的基围虾，而我喝着白粥怨愤地看着他，老冒看了我一眼，然后臂肘弯着护碗。

说说怎么样和更年期的女人谈生意呀。我把筷子搁在碗上。

老冒说，你别和我抢虾。

不抢。

老冒说，和更年期的女人谈生意，你应该八分夸她有魅力，时光对她没有杀伤力，所有清浅的皱纹都散发着迷人的气息，剩下的二分说点正儿八经的事。

我用筷子指了指老冒的碗。

老冒双手捂着。

我说，你说那么恶心的话吃得下去吗？

老冒夹起一只虾往嘴里一扔，心满意足地嚼起来。

老冒说，不见，你写的故事我都看了。

我“啊”了一声。

老冒说，写得超烂。

我又“啊”了一声。

老冒说，不过老子喜欢。

我接着“啊”了一声。

老冒说，真不知道，那些不了解你这个人的读者是怎么容忍你的，每次故事没讲完就没了。

我说，是呀，你还差一个故事呢。

老冒说，当然，我这次来就是要和你讲，你写的那些故事就属我的最差，这次我是要扳回一局的。

我说，洗耳恭听。

老冒说，要是有些地方不好，你可以在文学上稍微修饰一下，务必把我描绘得雄武一点。放心，我不会追究你的。

大三那年，老冒认识了女孩林小巧，两人是在图书馆认识的。

那段时间临近期末考试，老冒是典型的临阵磨枪型，考前一星期悬梁刺股凿壁偷光。他每天大清早起来跑去图书馆抢位子，每天坐在他对面的都是一个女孩，算不上好看，也算不上难看，反正看书超认真，一天也不会抬几下头。

考完试，老冒全部60分万岁，然后背着一个登山包去图书馆像收尸一样把那些书本往登山包一塞，之后背到校门口收破烂老爹那里换10块钱晚上吃饭的时候加个鸡腿。老冒是那种从来不会回头看的人，考试都过了，这些课本也就寿终正寝了。收破烂老爹每个期末都可以看到老冒，一见到老冒就说恭喜，老冒就回一句同喜，然后两个人坐在一起抽一支烟。老爹说，每个同学都像你这么支持我的生意就好了。老冒说，哪个期末我没来就说明我挂了。老爹说，上个学还会死人？老冒说，是挂科。

林小巧那天趴在桌上哭，老冒清扫战场时拍了一下林小巧的头。

她抬起头来，两只眼睛是肿的，老冒一笑说，你这是干吗？

林小巧说，我挂科了。

老冒又一笑，你这么用功还挂科？

林小巧哇地一声放声大哭起来。

老冒一提包转身要离开是非之地，一转头看见所有的目光都往他身上 biubiu 投射。

我去。老冒恨不得扇自己一个耳光。

老冒凑到林小巧耳旁说。

喂，你别哭了。

喂，别人都看着呢。

喂，别人都以为我欺负你。

喂，老子又不是你男朋友。

喂，你再这样我就强吻你了，反正现在大家都以为是小两口闹别扭。

林小巧嚯地从桌上抬起脑袋说，谁和你是小两口，我和你有屁关系？

老冒一听乐了，然后抬头和大伙说，看吧，我和她没关系。

老冒嘿嘿笑着走了两步。

林小巧大声说，你还真走，没良心的。

老冒腿一软，就差跪到地上了。

遇到对手了。

那天是怎么解围的，老冒没讲，反正像噩梦一场也就过去了。老冒只是说，那天晚上用书换来的鸡腿竟然是坏的，他吵着要老板换，可是老板死活不换，还不要脸地说只是卤味重了点。我问他，你吃了吗？他说，能不吃吗？一个学期也就那么几次加餐的机会，含着泪也得吃完。

考完试就到了寒假，老冒回秦皇岛，在火车上林小巧刚好坐在老冒对面。

我插话，靠，你给我编狗血剧啊。

老冒拿筷子敲我，你不要一看见巧合就当是小说情节好吧。

我摸了摸脑袋说，大哥，你继续讲。

老冒一眼就认出了林小巧，把头扭向一边，看着窗外。老冒整整保持了三个小时望着窗外的动作，然后脖子扭了。

他用手掰着脖子和林小巧说，喂，你很淡定呀。

林小巧说，原来你不是歪脖子呀。

老冒崩溃，你不是那个挂科女孩吗？

林小巧一拍桌子，你管老娘有没有挂科。

老冒说，没见过你那么笨的，我看一个星期书全过了。对了，你挂了几科？

林小巧说，五科，高数、大物、线代、工程制图、分析化学。

老冒说，牛，主课基本都挂了。

林小巧说，没错。

老冒说，你真勇敢。

林小巧说，你是谁？

老冒"啊"一声，我就是那个上次在图书馆自习室说要强吻你的人啊。

林小巧说，原来是你这个神经病啊。

老冒眼前飘出黑线，叫我帅哥。

老冒说，后来又遇见了她几次，每次都是认不出我，我也就拿她认不出我来逗她，超有趣，每次看她傻傻的样子我都要笑趴到地上。一直到有一天听朋友说起她的故事。

老冒说，林小巧刚来我们学校的时候竟然是高考状元，你想不到吧？我也想不到。我就想这样一个傻妞，连个期末考试都搞不定的人怎么可能是高考状元？我特意去教务处查了她的高考成绩，还真吓人，不过我就想可能是她有关系，搞到了高考答案。我朋友一听，就骂我，说我这个人在江湖荡野了也就算了，没想到心在江湖也是非不分了。

原来林小巧真是学校的高考状元，大一大二的时候成绩也好得可以。大二暑假因为救一个横穿马路的小女孩被车刮了，脑部受了损伤，记忆力变得超差，所以才会这样。老冒当时烦躁得很，想着生活真是个狗血剧啊，想他老冒在学校也堂堂正正算个人物，现在好了，落得欺负一个脑袋有问题女孩的名声。

我说，你丫还有脸说林小巧脑袋有问题？有没有向人家道歉？

老冒说，能不道歉吗？没道歉哪有后面的故事。

我咬牙切齿地看着老冒说，算你有点良心。

老冒第二天没去上课，到林小巧的教室去堵她。

林小巧抱着书本走出来，老冒拦着她。

老冒说，对不起。

林小巧说，你谁呀。

老冒说，我就是那个差点强吻你的人。

林小巧笑了一下说，是你呀，找我什么事？

老冒说，我是来和你道歉的。

林小巧说，没事，我没放在心上。

老冒说，不是说强吻你的事，再说我也没吻，我要和你道歉的是我不知道你脑袋有问题。

林小巧一听，脸就沉下去，然后往旁边走去。

老冒追上去说，我是真心诚意地道歉，要知道你脑袋有问题，我绝对不会笑你。

林小巧往另外一边走，老冒追上去又堵着她，你的事我都知道了，虽然你现在脑袋有问题，但我依然觉得你很伟大。

林小巧把怀里的书往老冒身上一摔，大哭起来说，你有病啊？

我问老冒后来是怎么缓和关系的。

他说，那次过后，她竟然认识我了。我本来想换个面貌和她道歉，可是她每次都躲着我。我去，这分明就是认识我了啊。我很好奇，有一次豁出去了，又去堵她，死皮赖脸的，都准备她喊耍流氓然后被警察带走了，连在监狱捡肥皂的心都准备好了。

我说，别扯没用的。

老冒指了指自己下巴的那颗痣说，它出卖了我。

老冒不是坏人，只是心直口快，林小巧也是一个活泼的姑娘。老冒属性浪子，花招多，林小巧也喜欢老冒的心海天涯。

在一个人的生命里总是会有很多悲伤，时光浮浮沉沉总将一切抹去。当记忆变成丛林里虚浮的光束，我们不知道该庆幸还是难过。林小巧比想象的坚强，记忆受损之后，整个大学就成了遍布荆棘的荒野。哪怕她再努力也摆脱不了挂科的命运，她似乎注定拿不到一张原本唾手可得的毕业证，可是再艰难的路也要走下去，老冒知道。

老冒说，你知道林小巧是怎么喜欢我的吗？

我说，难道为你的英俊倾倒？

滚犊子。老冒说，我告诉你，不见，没有女孩子能抵抗得了英雄救美这招。

我大惊，老冒，可以啊，看不出来啊，脑袋好使啊。

老冒缓了缓气息说，我其实知道林小巧肯定会受欺负，虎落平阳都还被狗咬，何况是个姑娘？大学里的姑娘最叽叽歪歪小家子气。有一次我看见三个女孩在图书馆说林小巧。林小巧倒好，安安静静地看书。你猜猜她们说什么，她们说就林小巧这样的傻叉还读个屁书，趁现在还能记起男人的样子回去找个残疾人嫁了算了，不要大学毕业没拿到毕业证连自己男人的样子都忘了可就麻烦了。

老冒用力拍了一下桌子，我当时那个火啊，小巧是我老冒罩着的，你们这帮丫头片子瞎逼逼啥，我冲上去就扇了那个嘴最臭的女孩。那是我老冒第一次打女人，爽！我就说，残疾人惹你了啊？不要什么都拿残疾人说事儿，像你们这种心残脑残的连残疾人都看不上。

我说，干吗拿残疾人说事儿？

老冒说，不见，你蠢啊，争取舆论支持啊，在道德上要把她们踩死。就算到时候学校要处分，大家一想起因是我看不惯她们贬低残疾人，学校的领导总不至于把我这种热血青年怎么着吧。

我对老冒竖起大拇指。

老冒双手抱拳说，过奖！

他缓了一下说，其实那次我是最惨的，那女的男朋友还有几个哥们儿都在图书馆，我当时就被他们打得满地找牙。林小巧护着我，我把她推开，然后撕呀咬呀，反正像疯狗一样，最后保安过来把他们拉开，我才站起来。林小巧过来扶着我，哇哇哭了。那是我最幸福的时候，每次想起来就会笑。

我说，得了吧，瞧你那球样。

老冒说，那时我说了这辈子最酷的一句话。我说，哎呀，小巧，你可是公众人物，可不能掉眼泪。林小巧往我腰间一掐，然后又哭又笑说，你才是公众人物，你全家都是公众人物。

我笑着说，你一辈子还没完吧。

老冒把头扭向一边，不见，青春已经没了，后面的人生就让尘归尘，土归土，又何必再做一阵风。

我们总是想成为青春里最勇敢的那个，后来才发现越勇敢越孤独。

空荡荡的记事本

▷ 老冒看着林小巧走的时候，
没有流眼泪，
他把那本笔记本放在怀里，
然后坐在沙发上一坐就是一整天。

老冒和林小巧毕业的时候没有分手。

那时候我去了老冒的大学，老冒请我吃烤串，那天林小巧也在。

老冒说，不见，抱歉，本来咱兄弟俩聚聚不应该带家属的，可是我这媳妇黏我。说完哈哈笑着。

林小巧看着我，显然她不认识我。

我说，我叫方不见。

老冒说，贱人的贱。

我说，别听他扯，不见不散的见。

老冒说，我这哥们儿文艺，会写故事，不过读者群都是 15 岁以下的无知少女，我们这种年龄层的去看会吐。

我拿起一个烤鸡翅往老冒嘴里塞。

老冒抓着林小巧的手说，算了，我们不拿他开玩笑了，以后他要真把我们写进故事还得求他写得酷一点。

我说，一定不给你好结局。

没想到这么多年过去了竟会一语成谶。

大学毕业，老冒带林小巧回了秦皇岛。

老冒没敢把林小巧带回家，他们在市里租了房子，一室一厅，600块一个月，他们俩算是婚前同居了。我说老冒是个流氓，老冒说天地良心我可是一定会娶她的。

林小巧那时候和正常人没什么两样，只是记忆力还是一样有些差，但是在老冒的悉心照料下似乎还有好转的迹象。

老冒在一家广告公司上班，林小巧就在家里做做饭。然后一下班，老冒就骑着电动车赶回来。两个人喜欢坐在沙发上看电视，老冒非要看电影，林小巧喜欢看古装电视剧。老冒为什么喜欢看电影呢？因为看电视剧太累了，林小巧记忆力不好，根本记不住前一集讲的是什么，也记不住哪个是主角哪个是配角。

一看电视剧，老冒基本上就成了剧情播报机。

林小巧说，喂，这个人是干啥的，看着不像好人。

老冒说，姑奶奶，他是皇帝啊。

林小巧说，那个呢？干吗要针对那个姑娘？

老冒说，她们俩是死对头啊，争宠啊，都为了讨皇帝欢心。

林小巧说，皇帝真舒服。

老冒说，那还用说，不仅不用干活，掌握着天下人的生杀大权，还有后宫佳丽三千。

林小巧说，那你想不想做皇帝？

老冒闭着眼睛点点头，然后又摇摇头，接着睁开眼睛，立刻弹开。

林小巧拿着水果刀。

老冒说，你干吗？

林小巧说，你那么紧张干吗？过来帮我切西瓜。

老冒后来发现追古装剧最可怕的事情就是，在公司的时候，女同事最喜欢聊剧情，一扎堆在一起，后来有几次老冒精辟地把剧情讲得清清楚楚，从此后老冒就成了妇女之友，下至18岁的实习生，上至56岁的扫地阿姨，只要一有点不理解的剧情，就会来和老冒讲。

在林小巧追古装剧这点上，后来老冒聪明了。每次只要林小巧一追剧，他立刻去网上搜相关资料，然后画出一张人物关系表，接着把相关历史背景也写清楚。

林小巧说，其实没必要，我就喜欢看里面的人打打闹闹。

老冒说，你骗人。

林小巧说，不骗你，看什么都无所谓。

老冒说，那我们去电影院看电影。

林小巧说，你傻啊，反正我又看不明白什么，乱花什么钱。

老冒什么也没说。

后来老冒和我说，林小巧说那话的时候，自己的眼泪就流了下来，他知道有些温暖他们是一辈子也体会不到的。

那段日子是他们最幸福的日子了。

老冒说，有些时候我就会和林小巧开玩笑，我回家的时候故意把下巴的那颗痣用创可贴遮起来，然后开门进去。林小巧就大惊失色地满屋子乱跑，我赶紧把创可贴撕了说，是我，是我。她看着我，憋着，再憋着，然后跳到沙发上哈哈大笑。

老冒说，有时候第二天早上起来，林小巧就嚯地一脚把我踢下床，然后抱着被子看着我问我是谁。我说，我是老冒呀。她说，哪个老冒？我说，是你的男朋友老冒呀。林小巧扑哧一笑，没劲，你应该说是大学时候要强吻你的老冒。我真是被吓得一身冷汗，然后扮作大灰狼去和林小巧嬉闹。

老冒说，林小巧看古装剧喜欢学，一到我下班就抓我比试。电视里的什么乱七八糟招式名跳脱着从她嘴里冒出来，一会儿降龙十八掌，一会儿铁砂掌，一下旋风腿，一下凌波微步。我必须被她撵得满屋子跑，最后累了，她往沙发上一坐，我就可以顺势往地上一倒说，女侠，在下技不如人。

老冒觉得生活会一直这么平淡幸福下去，像老冒这种浪子，爱一个人也可以为她画地为牢。

老冒和林小巧说，小巧，你可以嫁给我吗？

林小巧说，不可以。

老冒说，为什么？

林小巧转身，然后傲娇地跺了一下脚，哪有人会像你这样问的啊。

老冒其实在大学毕业的时候就买了一本笔记本。他和林小巧说，我要把我们每天的故事写下来，等有一天你忘记了我就拿来念给你听。

林小巧说，我一点也不怕忘记，只要抓住你，再美好的回忆也逃不掉。

老冒说，她只是嘴硬，等我一出去上班，她一个人都快把那本笔记本翻烂了，后来我不敢写了，因为我发现笔记本很多页的字迹都夸张地晕开，我知道林小巧肯定翻看那些页的时候哭了很久。我问她，笔记本怎么有些字看不见了。林小巧说，上次喝茶不小心倒上面了，反正就一个破笔记本。我心想，那这茶水真有灵性，湿的页面都是有选择性的。

接着情况有些不好了，有时候林小巧起身去厨房，到厨房门边又焦虑地来回挪步。有次林小巧要去卧室拿睡衣，可是老冒在客厅看电视看了很久都没见她出来。浴室放的水也变凉了，老冒坐在沙发上喊了两句林小巧，没有回音，他起身去卧室。林小巧坐在床沿，老冒说，你怎么了？林小巧说，我忘了自己是来干吗的。老冒笑了一下说，傻丫头，是我叫你到房间来我有话和你说嘛，都是我不好，我在客厅忘了。林小巧歪着脑袋看老冒，然后拍了一下老冒的头笑着说，你的记性怎么也这么差了，完了完了，以后还得我照顾你。

那段日子是老冒这辈子最胆战心惊的日子，他每天一有空闲就上网查这种病能不能治，每天都很害怕林小巧会一个人走失，他每隔几分钟就要给林小巧发一条信息，要是没回他就打电话，直到打通为止。很多时候压力大了，他一个人躲在厕所抽烟，然后抽着抽着，眼泪就掉下来。

林小巧最后还是忘了老冒，就好像记忆里最后一点烛光灭了。

林小巧的父母过来接走了她。

老冒看着林小巧走的时候，没有流眼泪，他把那本笔记本放在怀里，然后坐在沙发上一坐就是一整天。

老冒想以前他出去上班的时候，林小巧就这样一坐一整天，每天除了等自己回来就是看他们的回忆。老冒想以前林小巧一个人在家的时候肯定又寂寞又害怕，可是她又太懂事，一定想自己多陪陪她。老冒想林小巧一定坐在沙发上流了很多眼泪，坐在床边流了很多眼泪，看电视的时候流了很多眼泪，连站在窗前也流了很多眼泪，这座房间每一个角落都一定有过林小巧的眼泪。

没人知道那些个夜晚老冒有多么伤心。就算事后和我说也只是轻描淡写，其实我知道老冒这个人，他越是一笔带过的，就定是深埋心底的。

老冒后来去了林小巧家，他说，让我照顾小巧一辈子。

林小巧的爸爸笑了一下，你拿什么照顾？

老冒说，我一辈子都不会让她受到伤害。

林小巧的妈妈说，你有没有两百万？

老冒愣了一下。

她接着说，治小巧的病要两百万，她会去英国治。

老冒说，我可以想办法的。

林小巧的爸爸冷冷地笑，说，年轻人，你知道你的话有多么不负责吗？你想办法？这个世上很多事情根本就没有办法，不要像《天方夜谭》里的阿拉伯人，小巧会嫁给一个爱她的有钱人。

老冒哭了，他说，可是小巧爱的人是我啊。

林小巧的妈妈关上了门，老冒就坐在她家门口哭，一直说，小巧爱的人是我啊。

我问老冒，林小巧现在怎么样了。

老冒说，不知道。

我说，你为什么不再争取一下呢？也许她现在早已想起了你，等你去找她呢。

老冒说，就算找她我也没有两百万呀。

我说，老冒，你别说这样无聊的话好吗？

老冒笑了一下说，不见，既然当初像个懦夫一样离开了，现在又逞什么英雄。

我们人生之中有太多太多无奈的事，就像老冒面对林小巧的离开，他没有闹，似乎连争取一下也没有，哪怕内心有再大的伤口，未来那条孤独的路还是要一个人走。不过话又说回来，既然最艰难的时日都挺过来了，你也就是上天入地刀枪不入的无敌小金刚了。

最怕我爱你，却爱不起你

▷ 春浩说，
不见，
我也不知道对错，
反正我是不会放弃岑素的，
因为我欠她一个满分的人生，
我一定要让她留在我身边给我偿还的机会。

春浩去见未来丈母娘，回来就非常伤心地拉我出去喝酒。

一路上，我问他怎么了？

他说，不见，别说话，我怕我忍不住。

我说，你是憋尿还是憋屎了？

他说，我憋气啊，说着就一个人哭上了。

我赶紧劝他别哭啊，烤串还没上呢，上了烤串撸两串再哭。

春浩点了点头说，也对。

等烤串上来的时候，春浩咬上一根。我赶紧问他，这一趟从深圳特意飞去南昌见丈母娘情况怎么样。

春浩万般悲痛地抚着胸口，一边嚼着烤串一边声泪俱下地说，不见，丈母娘见面只问了我三句话。

我说，可以啊，遇见这么爽快的丈母娘是你的福气。

春浩竟然往烤串上撒了些芥末然后一口吃进嘴里，接着整个脸像团麻绳似的拧巴着，过了会儿舒张开来，说，我和丈母娘，不，是和伯母的对话是这样的。伯母说，小春啊，你有房不？我说没有。伯母说，小春啊，买了多少钱的车？我说还没买。伯母说，小春啊，那你现在的工资一个月有多少？我说刚起步，也就六千多。

春浩说到这里的时候转过头去，特悲愤地对老板说，老板，来四瓶啤酒。

我赶紧拉住春浩说，这么冷的天喝什么啤酒？

春浩想了想又和老板说，那就来瓶白酒。

我说，我们就安安静静吃顿烤串好吗？

春浩说，不行，宝宝心里苦啊，你必须陪我喝酒，烤串我请，但酒你请我。

我嚯地站起来看着春浩说，凭什么啊？

春浩说，我惨啊，来回花了四千块买机票，还要买礼品什么的，差不多花了七千块啊。我穷啊，现在都快人财两空，山穷水尽了。这一顿请你吃了，接下来一个月我每天快餐都不敢点荤菜了，不见，是兄弟不？

我看着春浩一副全天下就我最惨的表情，想想忍痛割肉一样，对他说，得了，你叫吧。

春浩一笑对老板说，来一瓶两百多的白酒。

我刚想骂狗日的，春浩超不要脸地冲我笑，千年等一回嘛，下次我请你更贵的。

酒上来，春浩给自己倒上一杯，然后站起来躬身给我也倒满，接着自己抿了一口说，不见，伯母这样问我的时候，我就蒙了。我本来准备了一肚子的话和伯母说，让伯母相信我是可以给她女儿幸福的，连在飞机上都反复排练该以什么样的方式表达最合理，一遍一遍推翻又一遍一遍重演，差点就抓一个还算好看的空姐来排练一下了，可是结果呢？

春浩说着一仰头，一下喝掉了半杯，接着说，结果屁也没用上。伯母问完那三句话后，我本来觉得我可以开始说我准备的台词了，可是我还没开始说两句，伯母说，别和我说那些现在远到看不见的东西。我就想啊，什么是看得到的？我一边额头冒汗一边想，伯母就坐在那里看手机，抢红包。

我举起杯子和春浩碰了一个说，也不能怪伯母，谁不想自己的女儿过得幸福。

春浩咧嘴一笑，手抓一串猪腰子说，我可没怪谁哦，要说怪也只能怪我自己。

我说，自己也不能怪，要怪就怪错的时间遇见对的人，就怪这个世界。

春浩哈哈一笑说，不见，你丫的也是“愤青”啊。

我说，我不是“愤青”，我开始的时候“粪土当年万户侯”，后来就梦想着变成当年粪土的样子。

春浩看着我傻愣了一下，然后连声说，粪土好，粪土好，粪土可以娶上自己喜欢的女孩。

春浩的女朋友叫岑素，两人在一起四年了，认识的那年是大三。岑素算不得多么优秀的女孩，但是春浩追到的时候还是大张旗鼓请了所有哥们儿去 KTV 嗨皮。嗨皮有人埋单自然所有人都会满嘴说着好话，什么漂亮啦，早点拿证啦，尽快造人啦，反正那一夜在酒精和糖衣炮弹的渲染下，春浩花掉了一个学期的生活费。后来我问他那夜花掉一个学期的生活费有没有造人。他说，造个屁，大学毕业我都还是个处。

春浩对岑素好到室友都看不下去。

岑素胃不舒服的时候喜欢喝豆浆，要命的是她偏偏只喜欢肯德基的豆浆，可是那时候学校里还没肯德基，最近的也要跑两公里去隔壁那条街买。春浩就和岑素说，哪儿的豆浆不是豆浆啊，你看看永和豆浆多好，专业豆浆啊，下次我们喝永和豆浆好不？岑素瞪着眼看着春浩说，你懒。春浩说，我哪儿懒了？为了你我鞍前马后。岑素说，那我就喝肯德基的豆浆，我就觉得肯德基的豆浆好。春浩点点头说，嗯，肯德基的豆浆最好，没有之一。岑素就笑，笑着笑着就说，要不你帮我榨豆浆。后来春浩就变成了一个豆浆专家，从黄豆到黑豆，从芝麻到红枣，后来加薏米，加枸杞，加花生，每次做好了先让宿舍的人品尝一下。毕业之后，宿舍的同学还一个个时不时打电话给春浩说怀念他榨的豆浆。

有次大冬天岑素去青海玩，回来的时候春浩去火车站接她。可是火车在路上出了些事，晚点了整整十个小时，去的时候是灰蒙蒙的阴沉天，等着等着就变成了黑风呼啸，春浩站在出站口冻得浑身发抖，先是自己在那里跳着广播体操，后来跳了两遍觉得没意思，又想着电视里面太极拳的打法，在那里胡乱耍着。等了几个小时，实在又冷又饿，去旁边的食杂店买了一碗泡面，因为开水要收五毛钱的事和店主吵了几句，后来没办法还是乖乖付了钱才吃到热腾腾的泡面。岑素从出站口出来的时候说，你还在啊？春浩说，我已经站了十个钟头了好吧。岑素说，你真傻，你这么傻以后怎么办？春浩拿过岑素的行李一把拉住岑素的手生气地说，你就不能说点好听的吗？毕竟我等了你整整十个小时，你看看我的脸，跟脸瘫了似的。岑素一转身跑到春浩的面前说，闭上眼睛。春浩喏喏地涨红了脸说，干吗。岑素说，你烦不烦啊，闭上眼。春浩就把眼睛闭上，然后整个喉结凌乱地滚动，唇上微微地颤抖。他以为岑素会给他一个吻，不说嘴上，起码也脸上吻一下，可是岑素一转身绕到春浩背后，然后双手往春浩的脖子上环抱就跳到了春浩的背上。

毕业那年，春浩来了深圳，岑素留在南昌老家。

两个人异地，相隔差不多一千公里，刚毕业的时候别说机票了，连动车都嫌贵，也就是五一、十一的时候坐十来个小时的火车见面，多半时间都是打电话视频，两个人约好了，每天晚上十点到十点半是情感交流栏目，两个人就对着镜头做鬼脸。春浩说，卖个萌。岑素就摆出一副无辜的样子。岑素说，学下娘炮说话。春浩就学着电视里的公公憋着嗓子来一段。

2014 年岑素来到深圳，两个人结束了异地恋。春浩开心得又请了所有在深圳的朋友吃了一顿，这一次没有花多少钱，春浩说要存点钱了。

上周，春浩鼓起勇气说该去见见丈母娘了。我说，尽量上半年把事给办了，我的红包准备好了。春浩去的时候问我，见丈母娘要注意什么。我说你百度啊。春浩过了会儿又说，你说去见丈母娘我要不要买套西装？我说，肯定买呀。又过了会儿他又问我，不见，你说见丈母娘是叫妈呢还是叫伯母呢？我就放下手里的鼠标转身看着他说，我见过丈母娘吗，我丈母娘在哪儿？

春浩喝了几杯闷酒。

我说，春浩，别难过。

春浩说，我难过什么啊？要难过的是伯母，她将会失去一个这么好的女婿。

我说，对对对，咱不难过。

春浩说，对个屁，那样我会先失去一个这么好的老婆啊。

我心里骂，我他妈招谁惹谁了，被你整了一个轮回还装套子里去了。

春浩说，要是有钱就好了。

我说，以后会有钱的。

春浩说，以后个屁，我要现在有钱。

我一愣，真想上前把他狂揍一顿，然后丢在烤串摊。

春浩说，不见，我真的好迷茫啊，以前总觉得结婚这一天很远，现在突然摆在眼前，这么现实的问题就这样惨兮兮地摆在我面前，我本来还以为自己和岑素会像公主和王子一样过着幸福的生活。

我插嘴，现在遇到了恶毒的母后。

他说，滚。

我说，王子本来就是要经历九九八十一难才能娶到公主的好吧。

他抓起一个竹签丢我说，那是唐僧。

过了会儿，春浩说，不见，你说买个房要多少钱？

我说，深圳的话要两百万以上吧。

他说，那买个车呢？

我说，二十万差不多了。

他想了会儿说，你说我可不可以买个房车，你看花一样钱买两样。

我真的不知道该怎么接他的话，觉得今天出来就是个错误。他竟然一个人差不多喝掉了大半瓶白酒，两只眼睛通红地看着我说，不见，我真的是喜欢岑素的啊，但是我现在这样一无所有的怎么办啊？

我说，岑素不在意就可以了呀，本来结婚就是你们俩的事。我就不信了，要是岑素坚持要和你在一起，她妈再反对也只能接受。

春浩说，不见，你知道吗，以前她在南昌，我在深圳的时候，我们为了省钱省时早早就在网上看好火车票，掐好时间，然后她从南昌出发，我从深圳出发，我们在赣州见面。后来我就想啊，以后我肯定不要再让她跟着我过这样的日子了，不就是几千块钱的事嘛，能坐飞机的就决不坐动车，能坐动车的就决不坐普快。

我说，春浩，你牛。

春浩哭丧着脸望着我说，我是吹牛啊，几年过去了，还是这副样子。

我拍了拍胸膛说，比你混得差的人多了去了，你看我也不是什么都没有。

春浩把最后一点酒倒进杯子里说，你没房没车连女朋友都没有的，我和你比个屁啊。

我抬头望了一眼天空，让愤怒沿着咽喉返回丹田，然后以防万一咬了个鸡翅塞住嘴巴。

春浩说，有一天我一定要带着光芒存在于这座城市。

我没有理他。

春浩说，有一天我要买房要买车，还要买房车。

我没有理他。

春浩说，不见，我也不知道对错，反正我是不会放弃岑素的，因为我欠她一个满分的人生，我一定要让她留在我身边给我偿还的机会。

爱情里我们不惧怕时光，现实里却有噩梦一场。

好想你再骂骂我

▷ 以前回家虽然会被骂，
但感觉还是暖融融的，
现在呢，
回去袜子丢在地上，
瓜子壳遍地都是，
水池里的碗筷还是英秀走时的样子。
我就想我都干了些什么啊？

有朋友问我说，不见，你公众号开了几个月了有没有人留言骂过你？

我想想还真有。

那时候才刚开半个月，我也觉得挺委屈的，一来我不做广告，二来每一篇我都在用心写。我就想不明白她为什么要骂我，而且是这样的逻辑。

她：傻逼。

我：你是……我做错了什么？

她：你就是个傻逼。

我：……

她：好了，不和傻逼说话了。

我朋友听了，哈哈大笑说，不见，你换个情境，像不像恋人之间的斗嘴?

我闭上眼一想，还真是那么回事，我就后悔啊，是不是当时错过了什么。

这都是开玩笑的话，我想她当时肯定是真想骂我的，毕竟骂了我几句后连让我回口嘴的机会都不给，就直接取关了。有些骂没有人是想再重复的，就像我被粉丝骂。但是有另一些骂，却是很多人跨不过去的心结，日日想着却又回不去。

老庆和英秀属于冤家路窄的类型。英秀脾气大，眼里容不得沙子，遇见点儿鸡毛蒜皮的小事就非要闹得鸡飞狗跳。老庆却像个不倒翁，一副和事佬的模样，在家里也是，袜子乱丢，嗑瓜子时瓜子壳很难准确扔进垃圾桶。英秀一回来，眼睛一瞪，老庆就立刻从沙发上跳起来，然后捏着纸巾把地上的瓜子壳请进垃圾桶里，袜子也提着乖乖丢进脏衣桶里。

英秀开心的时候就骂老庆这个人是虚心接受屡教不改的主，生气的时候就直接骂老庆死猪不怕开水烫。老庆一般时候就赔个笑，然后腆着个脸上前去给英秀捏捏肩膀让她消消气。有次老庆在公司有个重要的单子没谈下来，被主管骂得狗血淋头，回来的时候刚好又撞在英秀的枪口上。那天英秀其实还温和了许多的，一边过去把老庆踢在门口的鞋摆正一边嘟噜着说了句就是教头猪也教会了。

老庆憋着的气没把持住，就扯着嗓子吼了句，吼的啥自己也不清楚，反正声音不小。英秀愣了一下，她看着老庆，老庆一时间蒙了，不知道怎么接话。英秀说，老庆，这么些年你是不是在忍我？

老庆有点烦躁地说，你别多想了。

然后一个人心烦意乱地走回自己的房间，英秀就跟上去和老庆说，老庆，我们之间应该开诚布公。

后来，老庆觉得英秀真有点过分了，喋喋不休，就很生气地提高了分贝说话。英秀倒是不说话了，一个人站在门边，两只手绞在一起。

老庆看着心里又难过又烦躁，索性披上大衣一个人出去了，去楼下的停车场坐在车里又不知道要去哪。外面的夜风呼啸着吹来荡去，树叶在路灯下摇晃不歇的影子看得人总是生出一团落寞。老庆那天一咬牙一脚油门从离家最近的那个高速口拐上去，然后莫名其妙一路开下去，开了两百公里的时候，一看导航，骂了一句，这都到了江西地界了。心里的那些郁结也就散开了，想着把英秀一个人放家里真是狗屎脑子，就在下一个出口掉了个头回去。

回到家里看见英秀就坐在沙发上看电视。

老庆坐过去道歉，英秀说，你有脾气就发出来，别忍着。老庆说，我哪有什么脾气。英秀就侧过脸去说，你不是挺厉害的吗？吵架吵完就自己出去，还回来干吗？老庆耷拉着脸，然后特没面子地把脸凑到英秀面前做了一个鬼脸说，我能不回来吗？以后吵架再也不赢你了，输的时候坦坦荡荡，赢的时候真是心惊肉跳啊。

上周末，深圳也进入了冻成狗的节奏，老庆丧心病狂地把我从被窝里拉出来。

我缩头缩脑地看着老庆，老庆坐在我家楼下的车库里抽着烟。

我不停搓着双手瞪老庆说，你快打开车门啊，老子都要冻死了。

老庆一按电子遥控门锁说，你自己上去，我要静静。

我一听，看着老庆鸡窝似的头发十分夸张。我管不了那么多，跳上老庆的车，把暖气开到最大，把四面的窗关上，就留了一个缝隙方便和蹲在地上的老庆说话。

等我浑身暖和些了就和老庆说，喂，老庆，你没准备好接受深圳最冷的冬天，被冷不防冻傻了呀？

老庆扭过头来看着我。

我嚓。我心里骂了一句，这是要玩儿啥呀，老庆眼睛红的跟猴屁股似的。

老庆猛地吸了一口烟，然后把烟头丢在地上踩灭了说，不见，我一个星期没听到英秀骂我，不习惯啊。

我有些凌乱地趴在车窗说，你是受虐狂？

老庆说，不见，我今天就想和你讲个故事。

我说，那你叫我下来干吗，你去我家讲不就是了，你知道穿衣服刷牙洗脸下来需要多大的勇气吗？我还以为你小子想不开想永远留在深圳的冬天里呢。

老庆说，不见，不会亏待你的。大冬天的等下讲完故事去吃个火锅，喝点小酒暖暖身子，在深圳没家人，咱自己照顾好自己。

我一听特感动地看着老庆说，你啥时候也学会走心了呢？

老庆就说，不见，我和英秀分手了。

我说，老庆，好事啊，你不是早就受不了她了吗，你不是说你装孙子装够了吗?

老庆双手拍了拍方向盘说，那只是和你说说气话的啊，我哪会真的受不了她。现在我真是怕回去了，以前回家虽然会被骂，但感觉还是暖融融的，现在呢，回去袜子丢在地上，瓜子壳遍地都是，水池里的碗筷还是英秀走时的样子。我就想我都干了些什么啊?

过了会儿，老庆说，冷啊，冷冰冰的。

我赶紧接过来说，是啊，没想到深圳也这么冷，我下楼的时候对着空气呼了一下，竟然有白雾。

老庆说，不见，我是说我家里，我心里冷。

老庆说，你知道我晕血吗?

我摇了摇头说，不知道。

老庆一副问了也白问的表情继续说，那时候我和英秀刚认识不久，她怕打针怕得要命，我呢，也不知道是心血来潮还是神经错乱，就想在英秀面前装装英雄。我就和英秀说，其实打针呢，没什么可怕的。英秀说，那你试试。我就说试就试，就要护士给我来一针，护士说我神经病，英秀就笑。那天英秀笑着笑着也就打了一针。后来我感冒了，也去打了一针，护士拔针头的时候有些血流出来，我呼啦就晕倒了。

老庆说着的时候带着笑。我说，你个损样。老庆哈哈笑着说，英秀那时候吓坏了，在医院大喊大闹的，医生说我是晕血。英秀说，不可能不可能，他那么不怕打针的人怎么可能晕血?医生说真晕血，过会儿就会醒的。英秀说，过会儿没醒我就一把火烧了医院。医生无奈地笑。等我醒的时候，英秀双手叉腰在医院骂，当然是骂我，骂着骂着就委屈地哭上了。我就说她，这是哪出啊？她就说，老庆啊，你能不能别逞能啊？

我拍了一下老庆说，没想到你还晕血，不过看来英秀还是真喜欢你的。

老庆抓了抓头发说，那是肯定的。还有一次下大雨，特大的雨，路面都被积水淹了，我开着车去她公司门口接她，当然她不知道。那天我下班早，本来是想给她一个惊喜，早早把车停在她公司楼下，等她下班就把车开到她身边。我以为她会高兴的，可是她一拉开车门就骂我是个猪脑袋。她说，你也不看看路况，我本来是想坐地铁回去的，这下好了，两个人都甭想回去了。我赶紧打开手机地图一看，发现家里那段路还真是浸水了。没办法，我就说，我没有功劳还有苦劳。英秀开始的时候气哄哄地数落我，后来也就气消了。我们先到附近的餐厅吃了饭，然后一直等到晚上十点才回去。到家的时候，英秀嘴角扬了扬说，喂，老庆，我说你还真是傻得可爱啊。

老庆把车打着火说，不见，想去哪儿吃饭，走，出发。

我说，老庆，是不是现在没人骂你，你特不舒服啊？

老庆把车开到外面说，还真是不习惯，但是没办法，很多东西是回不去的。

外面的天空空旷阴沉，地面湿漉漉地下着细雨，我和老庆说，要是欠骂的时候就打电话给英秀啊，像你们这样的欢喜冤家冷战几天就没事了，最怕那种举案齐眉相敬如宾的，一旦有点擦枪走火铁定一点防御力都没有就玩完了。

老庆把车拐上主路说，我打了啊，她也不骂我也不拒接，就说，老庆，你要好好照顾自己，说的我心里空落落的。

我笑起来说，没事，老庆，今天让我吃开心了教你几着，保证管用。

老庆哈哈一笑换成四挡说，快说吃什么吧。

我一看车速就对着老庆吼，这种天气别开那么快，刹车打滑就一起去喝西北风了。

我们一直都在往后退，真希望命运的轮回最终会让我们背靠着背。

你是我人生的BUG，但我一生也不想修复

▷ 一定有一些人你真真切切忘不掉，
你会宁愿就让这样一个BUG融进自己的血脉里，
永远也不去修复。

公司的程序员新开发了一款小游戏，BOSS要求我们都去测试，其实游戏的设定很简单，只是看在指定的时间内谁走的步子多。

我们玩了很多很多局，没有人上得了100分，大伙玩着玩着都有些恼怒，想着就这小破玩意，男生心里骂声老子还就不信治不了你，女生呢，就是老娘还就不信这个邪了，超不过100分在朋友圈发素颜照。

有个同事，突然哈哈哈哈大笑起来，我们看着他，他把手机一甩说，看260分。

我去。

就在我们都感觉到自己是手残的时候，程序员一听跑过来一看，也是吓了一跳，当时就爆了一句粗口，不科学啊。

于是在我们的要求下，那同事又玩了一局，这一回当着我们的面玩出了 300 分。我们一个个望着他，总感觉哪里不对，程序员在旁边拍了一下大腿说，特么你的时间怎么跳得比别人慢那么多。

然后我们如梦初醒地又测了一下他手机上的时间跳动和实际时间的差距，测算一下，整整慢了四倍。

这就是一个 BUG，在程序员的世界里，他们会不停地找出 BUG，然后打上补丁，让一切程序稳定地继续运行下去。

我有些时候就在想，其实我们一路走来的一生里，一个人走了给你带来的伤害，就像是一个 BUG，有些人你永远也不想再记起了，于是你会努力忘掉，但也一定有一些人你真真切切忘不掉，你会宁愿就让这样一个 BUG 融进自己的血脉里，永远也不去修复。

阿八和守守磕磕碰碰在一起四年了，最后还是分了，守守那天和阿八吵完架，一气之下买了机票飞到了苏州，从此阿八就找不到守守了。

守守走的那天，阿八吵完架就出来找我喝酒。他一边喝一边说，真不知道怎么能和她走过四年，我现在是四天也受不了了。其实我了解阿八，很多事情他只是嘴巴上说说，每次和守守闹别扭总喜欢出来喝上两壶，然后叫我帮着想一些词儿怎么能让守守消气，所以他每次抱怨的时候，我就安安静静听着就可以了。

那次阿八回去之后，我正在楼下的超市准备买些干粮在家里放着。阿八打电话过来声嘶力竭地吼，方不见，我找不到守守了！

我一听，把要买的东西都放回了货架，然后走到超市门口问阿八怎么了。阿八说，守守没在家。我说，别着急，肯定和你一样，找她自己的闺蜜去了。阿八气喘吁吁地说，肯定没有，她在深圳哪有什么闺蜜，电话我也打不通。完了，方不见，你说守守不会出什么事吧？

我抓了抓脑袋和他说，你不要急，没事的。

阿八说，不见，我真该死啊，我现在才发现守守为了我到这个城市来，连一个朋友都没有，而我每次有点事就找你喝酒，把她一个人扔在家里，我算是想明白了，今晚要是她出了什么事，我也不活了。

我去。我一听阿八这么说，就知道今晚算是有的折腾了。我一边拦出租车一边叫阿八不要挂电话，等我跑到阿八家的时候，大门敞开着，阿八坐在沙发上。我在几个房间跑着看了一圈，然后和阿八说，守守还没回来吗？

阿八泪眼婆娑地看着我，然后仪式般地点了点头说，不见，我打通守守的电话了。

我说，那人呢？你快去接她啊。

阿八说，她飞去了苏州，刚下飞机接了我的电话。

我算是松了一口气，然后和阿八说，就当她是去旅游散心吧，过两天就回来了。

阿八手里捏着手机，望着我说，不见，她说她会换掉号码，然后一个人生活，她还祝我幸福。

我一愣，但是看着阿八那副样子，就尽量轻描淡写地说，女孩子在气头上，过两天要是不行大不了你也飞一趟苏州，把她接回来。

过了三天，阿八打电话给我，劈头就是，方不见，你个大骗子，守守的号码停掉了。

我一听，赶紧和他说，那微信和 QQ 呢？

阿八说，全删了。

……

阿八飞了一趟苏州，在苏州的机场转了一天，他不知道守守在哪儿，在第二天早上又飞了回来。

阿八颓废了一段时间，然后把工作辞了，把一些重要的东西放在一个行李箱里寄存在我家。

他拍了拍双肩包说，不见，我想去趟西藏，然后把我和守守这些年来写的信放在它们该在的地方。

我说，它们该在哪儿？

阿八说，守守一直想去布达拉宫看看，她说西藏是一个最接近天的地方，有最干净的蓝天和云彩，她原来还希望要是度蜜月的话一定选择西藏。我和她说，西藏可不好玩，高原反应一来，就什么浪漫也没有了，她说就算是那样她也愿意。

阿八一个人跑到了西藏，半个月后回来瘦了一圈，一见面就和我说，西藏真不是个好地方，还好守守没去，不然铁定受不了。

我说，没那么夸张吧，我有些朋友去了西藏回来说，吃几片高原反应的药就好了。

阿八吃惊地望着我说，还有这种药？

我呵呵呵地看着他，你这都不知道。

和阿八扯了几句，然后他把双肩包扔在我家沙发上说，这些信我又带回来了。

我说，不是要扔掉的吗？

阿八端起桌上的水杯喝了一口说，信是可以扔掉，但记忆扔不掉。在西藏的这些天，我就一直在想，有些人为什么到最后错过了才后悔，才会不知所措。我不想让这段回忆变成空白，就算它会在无数个夜晚让我辗转难眠，让我只能用孤寂的岁月无尽地忏悔。但只要心里还想着，也就像还有重逢的那日一样。

并行的列车渐行渐远，那一次转弯后就再也没有相遇过。

姑娘，你那么独立谁敢爱你

▷ 你要有独立的能耐，
你可以是一个人的时候的女王，
也要是两个人时候的公主。

如果痛了，你会当着别人的面哭吗？

五年前认识一个女孩，我们一起吃饭，她坚决要 AA，我说和女孩出来吃饭我没有 AA 的习惯。她说那她来埋单，她那么坚决让我感觉有些小题大做，就对她笑了笑，没想到她径直去埋了单。

后来我们成了很好的朋友，和她交朋友真的是一件很开心的事，她从来不会传递给我任何负能量的东西。每一次见面她都开开心心的，她可以陪我喝酒，可以陪我走很长很长的路回家，不穿高跟鞋。要是酒没喝多，她喜欢在街道上和我赛跑，她永远都是一张笑脸对人。

有些时候我和她开玩笑说，怎么会有你这样的女生，太独立的女生可不好呀，男生都喜欢那种楚楚可怜的。她哈哈笑起来说，不见，你不会也喜欢那种吧？哭哭啼啼地黏着你，然后娇滴滴地对着你撒娇。接着她往后用力蹦了一步说，然后你就各种缴械投降，百依百顺了。然后她又跑了两步上来往我的肩上一拍，浑身哆嗦了两下说，我可做不到，我骨子里就没那个让别人心疼的命吧。

后来她突然离开了深圳，不声不响的。有几次在微信上找她，两个人随意聊了聊，她说去了武汉，有了更好的工作。我说人往高处走祝福你。她发了一个微笑的表情，然后就像消失在人海一样，此后两年我们没有再联系过。我一个人在这座城市，人来人走，忘记一个人其实也很容易。

去年又见到了她，她回深圳，叫我帮她找了房子。我想着她竟然找我帮忙了，心里隐隐觉得有些诧异。找好了房子，一起吃饭，我去接她，在车上的时候我说，几年不见，你还是老样子。她笑了笑，有些疲惫地说，老样子不好吗？我说好，时间停了最好，一切都还是开始的样子最好。

吃饭的时候她很安静，没有和以前一样是个话匣子，我为了不让气氛尴尬找了好几次话题，每一次聊了几句又莫名其妙断了。她闷声喝了几杯，我陪着喝，最后时间到了深夜，她的眼圈有些通红地和我说，不见，你帮我埋单好吗？

我说，好啊。

她说，不见，你肩膀借我哭下好吗？

我说，好啊。

她说，不见，你哄我一下好吗？

我说，啊？

她说，随便什么都可以，反正就说一些无关痛痒的话，什么生活会好的，那些坎都会过去的就行。

我说，你怎么了？

她突然就两行眼泪冒出来，说，不见，你们男生真的不喜欢独立的女生吗？

我说，喜欢啊，不要我买包包，不要我照顾，不会黏着我，上班不需要我拥抱，下班不需要我去接，从来不因为自己的事情让我增加负担，自己还挤得上地铁，打得过流氓，工作生活游刃有余，不哭不闹不幼稚，多好啊！

她说，真的好吗？

我忽然间不知道该怎么回答她，一个独立的女生我会喜欢吗？我也问我自己，可是心里的答案却是我喜欢的女生不要太独立了，太独立了彼此会缺少一种相互依存的联系，我会少了保护的欲望，这种欲望是两个人之间爱的润滑剂。比如你下班晚了，我会担心你一个人走夜路害怕，我会去接你，其实这不是你给我添麻烦；或者你去出差去了一个离我很远的城市，我会每天给你打电话，会担心你是不是压力大了，是不是一个人在外地人生地不熟想家；我要是一个人在外面应酬想着家里的你也许还在等我，你一个人睡觉怕黑，就会找个借口赶紧结束饭局回来陪你。

如果你太独立了，觉得我所做的一切都是没有必要的，我会有挫败感，我不知道怎么安放自己的那份爱情，我给你的所有都显得多余，可是别的我也无能为力，我除了默默走开，该怎么爱你？一个女生太独立，我不是不爱，只是这种爱太刚强，没有那么多黏性，其实你可以很优秀，很耀眼，但是在生活上我希望可以慢下来，卸掉人情世故里的那身铠甲，轻轻地走到我身边，想笑就大声笑，想哭我的肩头一直为你空着。

我过了很久和她说，你要有独立的能耐，你可以是一个人的时候的女王，也要是两个人时候的公主。

我不想看着你太坚强，不想看着你把眼泪流进心里。

有一个女孩为了我，从来没有穿过高跟鞋

▷ 每一个人都很开心，
只是睿子拿出手机，
偷偷拍了一张雯雯穿婚纱的照片。
他看着看着，
眼泪就打在了手机的屏幕上。

一个月前接到睿子的电话，他说雯雯下个月结婚，一起去吗？

那时候我也收到了雯雯的请柬，就说，好呀。

睿子笑了笑说，那到时候机票我来定，和你一起有个伴。

我说好。

到机场的时候，我看着睿子拖着一个很大的行李箱。我笑着和他说，喂，你这是干吗？不准备回来了啊？

睿子说，习惯了，出去不多带点换洗的衣服总觉得没有安全感。

我拍了一下他的肩膀说，什么时候变得这么娘了。

他嘿嘿笑着拉着行李箱去办了托运。

在飞机掠过城市上空的时候，我侧脸望了睿子一眼，他戴着耳机，

眼睛微闭着。

我望向窗外的浮云，想每个人的回忆也许就像窗外的云朵一样，它们孤独的时候漂泊着，有一天回忆里的人再也走不进你生命里了，那朵云化作一阵雨痛过就再也了无痕迹。就像睿子和雯雯，曾经是彼此生命里最重要的人，后来天涯两端，这一次见面也许睿子也该死心了。

有些人在该珍惜的年纪没有珍惜，往后的岁月就再努力也追不回来了。

下了飞机，直接去了事先订好的酒店。在出租车上睿子突然和我说，不见，你说我勇敢一次会不会改变我和雯雯的命运？我瞠目结舌地望着他，满脑子想着他不会是想来一出抢亲的戏码吧，这么大年纪了，不会还想着电视剧里的情节吧？真特么太狗血了，以为自己还是热血青年啊。我一万个问号在脑袋里盘旋的时候，他笑了笑说，和你开玩笑的，不过在飞机上的两个小时我一直在想这个问题，连操作的步骤都想好了。我先买一挂鞭炮在婚礼大厅放起来，然后趁乱拉起雯雯就跑，然后你一个人特别牛地把门堵住，不管里面的人怎么揍你，你死拉着门就是不松手，一边被人揍得鼻青脸肿，一边趴在两扇大门上从仅存的一道缝隙里对我和雯雯说，别管我，你们一定要幸福，走得越远越好，最好出国，反正别回来。

看着睿子说书似的热情，我一直翻着白眼。

他看着我的表情干笑了两声说，哎哟，不见，开个玩笑啦，你不觉得很有趣吗？

我突然看着睿子说，你还爱着她，是吗？

睿子愣了一下，然后使劲地摁了一下我的脑袋说，开什么玩笑，都多少年了，要是爱着她我早就过来找她了，还会让别人有机会？要是还爱着她，今天我就是新郎，你就是伴郎，你别开玩笑了。我刚才只是和你讲个笑话，因为我看电视里都是这么演的，不见，你怎么变得这么没劲了。

睿子说了很多，我知道他还是爱着雯雯，他的话音里有颤抖，他喋喋不休只是想掩盖内心的慌乱，今夜与明天，一定会是他一生中最兵荒马乱的时刻。

到了酒店，把行李箱放进房间，我们简单洗漱了一下，然后去楼下的饭店吃晚餐。睿子点了一只八宝鸭，他问我要吗？我说有一只就够了，他说那只是他的，他要一个人吃完。我说我不要，就随便点了些别的。等八宝鸭上来，他抓起来就大口大口吃着。我说，你慢点吃，我又不和你抢。他嘴里塞了一大口，然后很努力地嚼着说，以前在南昌上学的时候，雯雯说上海最好吃的就是八宝鸭了，她说等我来上海她一定请我吃个够。我不知道怎么回答他，在大学那会儿，睿子超级穷，他是贫困生，家里的老爹老娘都年老多病，还有两个妹妹要照顾，他一个人勤工俭学，挣的一点钱全都寄给了家里。

睿子边吃边说，不见，在大学里，我真穷啊，穷得我自己都看不起自己，从来没有给雯雯一点浪漫，连一只烤鸭都没有请她吃过。后来毕业了，我就努力挣钱，把她撂在一边，我总是想，等我有钱了再去给她幸福，可是什么是有钱了？现在我有了自己的车子，房子也付了首付，可是雯雯等不起了。

我说，吃鸭吃鸭。

睿子用力地咬了一口，然后把八宝鸭扔在盘子里说，没有当年的人，一点味道也没有了。

第二天去雯雯的婚礼现场，睿子穿了一件很帅的衬衫，他说，今天一定要把最好的自己表现出来。

我说，是个爷们就别哭鼻子。

睿子捶了我一下说，滚你大爷的。

到雯雯的婚礼现场，雯雯和新郎站在酒店门口，雯雯穿着白色的婚纱，新郎也很帅气，看上去男才女貌的一对。睿子往雯雯的脚上看了一眼，然后被我一拉往前一个趔趄。我笑了笑和睿子说，看什么看呢？还不把红包拿出来，想白喝喜酒啊。

睿子意识到自己有些失态，尴尬地笑了笑，然后把准备好的红包拿出来。我和雯雯道了一声新婚快乐，然后拉着睿子赶紧走进去，我边走边责怪睿子说，你像个爷们好不好，别闹乱子。

睿子说，不见，雯雯是不是变高了？

我吃惊地望着睿子，以为他神经了。

睿子说，她穿高跟鞋了。

我说，雯雯一直很高好吧，比我比你都高。

睿子说，可是她以前从来不穿高跟鞋的。

我笑着说，开什么玩笑，高跟鞋就跟口红一样，哪有女生不涂点口红的？

睿子说，是啊，哪有女生不穿高跟鞋的，除非她非常非常爱那个人，愿意为他不穿。

我想了想，在我的印象里雯雯好像是从来没有穿过高跟鞋，就连毕业酒会的时候，每个女孩都争抢着把最好的自己展现出来的时候，雯雯也只是穿着平底小布鞋在角落里。

睿子说，不见，雯雯是为了我才不穿高跟鞋的，其实她是很喜欢高跟鞋的，只是她要是穿上高跟鞋我就矮了一个脑袋，所以她一直没有穿过。

你是说她今天穿了？我问了一句特别不合时宜的话。

睿子点点头说，是的，她也许已经彻彻底底将我放下了。

我不知道怎么回答他。

睿子笑了笑说，是要放下的，都错过了，就没有必要在彼此的禁锢里了。

一直到婚礼结束，睿子都没有讲话，一个人静静地看着司仪在上面又笑又闹，看着雯雯讲话，新郎讲话，雯雯的父母讲话，新郎的父母讲话，然后很多互动环节，热闹得像一场综艺节目。每一个人都很开心，只是睿子拿出手机，偷偷拍了一张雯雯穿婚纱的照片。他看着看着，眼泪就打在了手机的屏幕上。

这是睿子和雯雯曾经无数次构想的未来，只是这一天站在雯雯身边的不是睿子。

回到酒店的时候，睿子把行李箱打开，那里面整齐地摆了很多双漂亮的高跟鞋，睿子一双一双拿出来。

这一双是我第一次发工资的时候给雯雯买的。

这一双是雯雯生日的时候买的。

这一双是我和雯雯认识第五年纪念日买的。

这一双呢？是我毕业后雯雯第二个生日买的。

……

睿子把每一双高跟鞋购买的理由都说了一遍，然后望着我说，不见，你是不是觉得我特别傻，买这些不敢送给她，又注定会过时的高跟鞋一点意义也没有？

我说，你总有自己的理由吧。

睿子点点头说，其实雯雯穿高跟鞋我一点也不在意，她比我高是我的骄傲，可是雯雯就是这样什么都愿意为别人着想的傻姑娘，我呢？就觉得毕业了一定要混出个样子，让雯雯变成最美的女孩。她喜欢高跟鞋，我就在她每个重要的日子买一双高跟鞋纪念，想着等我有足够的能力和勇气了就去找她，然后把这些高跟鞋都送给她，她也许会嘲笑这些过时的款式，但她也一定会喜欢的，至少在没有她的岁月里，我一直想着她，一直都不曾忘记她。只是这条风雨兼程的路，我一个人走得好艰难。

我不知道怎么回答他，只是和他说，明早的机票订好了，早点休息吧。

他手里轻轻勾着高跟鞋，然后松开了食指，点了点头。

第二天一早，我们退了房，在出租车上的时候，酒店打电话过来说我们有个行李箱忘拿了，睿子让酒店直接捐给有需要的人就是了，酒店的服务员很为难，睿子说没事的，它们已经不属于任何人了，然后把电话挂了。

飞机起飞的时候，睿子从裤袋里掏出一颗水果糖，那是雯雯的喜糖，我不知道他什么时候塞了一颗到口袋里。

睿子看着我笑着说，不见，你猜这是什么味的?

我说，苹果味。

睿子说，不对，是我最喜欢的西瓜味，我运气真好。

如果未来没有你，我可以留在过去吗?

穿上裤子，我们还是朋友

▷ 他的醉意似乎随着故事飘散在凌晨的夜里。
我们都是不懂这个世界的套路的人，
所以醉的总是我们。

老川喝醉之后，我扶着他在街口的小巷子走了很长的一段路，他跌跌撞撞地一只手勾在我的肩膀上，另一只手撑着墙壁。

我拍了拍他的背问，没事吧？

他笑了笑说，没事没事，这一点酒没事。

远处高楼的灯光，汽车的灯光，交杂着像一摊被五彩颜料浸染的浊水。老川走了几步，和我说，不见，我给你讲一个故事吧。

我愣了一下，然后扶着他大步边往前边走边说，下次再讲，你当务之急是先回家，我可不想大半夜在街头听你讲什么故事。

老川突然挣脱我摇摇晃晃地站在路边，我离他一步之隔。他说，不见，你是不是不喜欢我的故事？

我说，没有。

老川说，那你就听我讲。

我说，先送你回家。

老川说，你别和我急，你不听我讲我就不回家。

我看着老川一副横眉怒目的样子，赶紧上前扶着他到路肩，然后陪他坐在路边，抬起头看着对面的高楼，汽车在眼前疾驰而过。老川一只手重重地拍在我的膝盖上说，不见，我大学有一个很好的朋友，女生，我特别喜欢她，但是一直都不敢表白。

我“哦”了一声，拿着手机刷了一下微博。

老川接着说，毕业旅行那会儿，我们班去了重庆。有一次在大峡谷玩，回来得很晚，后来又燃起篝火吃烧烤，喝啤酒，我喜欢的那个女生说头有点晕先回酒店。同学们都知道我暗恋她，就怂恿我送她回去。她没有拒绝。我就壮着胆子和她先回酒店。临走的时候一个好哥们儿塞了一个避孕套给我说，抓不住这个机会，活该单身一辈子。

我望着老川说，你牛，你真上了？

老川双手挠了挠头发说，我勇敢地脱掉了长裤，然后勇敢地拿出了避孕套，然后勇敢又紧张地向她表白了。

我赶紧问，然后呢，你倒是说完啊？

老川哭丧着脸说，然后她就笑了。

我看着老川说，这么严肃的时刻为什么她要笑啊？

老川说，因为我忘了，在大峡谷玩漂流的时候，裤子湿了，但是忘了带替换的内裤，所以我当时根本没穿内裤，脱掉长裤的时候，直接露出了小鸡鸡。

我笑出来，转而故作严肃地说，那她为什么笑啊？

老川摇了摇头说，我也不知道，但是她和我说，你穿上裤子，我们还是朋友，你要是不穿上，我们只能是炮友了，你选择吧。

我一脸吃惊地看着老川说，那你怎么选择的？

老川说，穿上呗，我宁愿做朋友也不想做炮友。

我拍了拍老川的肩膀说，你是个好人。

然后老川却突然放声大哭起来，说，不见，你知道吗，还有第三种选择，我一直没有发现，直到上个月那个女孩订婚了，她终于告诉了我正确答案。

我心里一万个黑人问号脸飘过。

老川又重重地打了一下我的膝盖说，爱情是什么？不就是在生活上像朋友一样永远亲密，而在床上像炮友一样永远新鲜吗？

我瞠目结舌地望着老川。

老川叹了口气说，你不明白。那个女孩和我说，其实那天她根本没有头晕，只是那是我们毕业旅行的最后一个夜晚，她在等我给她一个冠冕堂皇的理由，然后名正言顺地把初夜给我，可是我答错了。

我笑了笑说，你现在是不是超级后悔？

老川的酒似乎清醒了，站起来说，没什么后悔的，真正爱一个人的时候就会畏首畏尾，那些得人心的套路我玩不出来，如果在那个年纪真说出那样的话来，我也就不是老川了。

我和老川并肩走在路上，他的醉意似乎随着故事飘散在凌晨的夜里。我们都是不懂这个世界的套路的人，所以醉的总是我们。

晚安，买醉的人。

第四章

还是很爱你，想到就心痛

有些人喜欢用玩笑试探，
永远说不出真心话。
有些人喜欢与岁月捉迷藏，
永远走不进台前。
我爱你，
从青涩走到成熟，
却是一首无解的诗。
我们标错了音符和注脚，
变成了时光里惶惶的昨日。

喜欢你，是我一个人的事

▷ 我就不爽我的前女友觉得自己比别人差，
凭什么别人可以有她没有。

大胜是个绝好的男人。

但认识他的人都屏蔽了他的朋友圈，因为他每天都要转发无数防狼手册、养生食谱之类的东西，而且是那种刷屏式的。

我本来也忘了大胜，我们不在一个城市，交集少之又少，只是听说他现在是个私企老板，混得还算风生水起。我其实也没打算结识这样的贵人，他半年前突然打了个电话给我。

他说，不见，我要你帮我个忙。

我说，什么忙，你这个土豪老板什么时候还要我帮忙了？

他说，帮我买样东西。

我赶紧说，我可没钱。

他说，谁要你的钱了，我等下先把钱转给你，你帮我买一下。

我说，是不是买毒品、枪支？犯法的事我可不干。

他在电话那头哈哈大笑起来说，不见，几年没见你还是这样畏首畏尾。

我说，我是遵纪守法的好市民。

他说，好了，就让你帮我买一套婚纱送给周兰。

我说，周兰是谁？你为什么要买婚纱给她，还有你自己为什么不送？

他说，不见，你还记得大学里我有个女朋友吗？她就是周兰，很多事情电话里和你讲不清楚，下次我来深圳，找你喝酒。

大三那年，大胜失恋了，一个人喝醉了躺在学校的花坛里，那是个盛夏。这可把第二天扫地的大妈吓得够呛，她把扫帚往天上一扔，然后爆发了惊人的肺活量，一边奔跑着一边喊着“死人啦”。

大胜睡眼蒙眬醒来的时候，周围已经围满了前来看热闹的同学，学校对于大胜的行为非常气愤，但是找遍校规却发现没有一条写了不能睡在花坛里。学生却发现这是一个与校方争取权益的绝好机会。于是大胜失恋的事情在为学生服务的道路上被一笔带过，大胜睡花坛的原因也由失恋喝醉了变成实在忍受不了学校宿舍的闷热不得不去花坛乘凉睡觉，出于对学生安全的考虑，学生代表们要求学校给每个宿舍安装空调。

我和大胜那时候在学生会同一个部门，叫什么“科技创新部”的莫名其妙的部门，我在里面待了半年，竟然从来没有讨论过有关科技的东西，讨论的无非是周末去哪里聚一下，下次哪个老师需要帮忙，谁谁谁去帮下。这样一个部门竟然能存在着，哲学上说存在即合理，可它的合理性我一直都没有找到。

大胜那次其实超惨的，足足喂了一晚上蚊虫，第二天站在花坛中央的时候，满身满脸都是饱满的红色疙瘩，活像一个麻风病人。

大胜说他要祭奠逝去的爱情。我问他怎么祭奠。他说古人守孝三年不吃酒肉不剃须发，我要三个月不吃酒肉不剃须发。

不吃酒肉也罢，不剃头发也可以，但是大胜是那种天生络腮胡子的人，有点像中东那边的男人。三个月下来胡子长得可以扎辫子了，大胜倒不以为然，他觉得自己的胡子和关羽一样帅。我说他人家关羽是美髯公，你的胡子最多算杂毛，张飞的可能都比你的好看。大胜白眼相对，你懂个屁。

我说，好啊，你有本事三个月后也不剃它。

大胜说，我们打赌，我四个月不剃，你请我吃五顿烤串。

我说，为什么是五顿？

大胜说，那四顿也行，我输了请你。

我说，一言为定。

我没想到大胜竟然是这样厚颜无耻的人。

快到三个月的时候他竟然真的喜欢上了那堆杂毛。

走在学校的路上，那些大一大二的学妹总把他当作外籍老师，或者外籍学生。那些姑娘都很荣幸能认识一个外国小伙，要是能学点其他语言更显得牛气哄哄，所以总有女孩往大胜身上靠。大胜这个不要脸的就顺水推舟冒充说他是叙利亚的留学生。大胜这种欺骗无辜学妹的行为很快引起了男生的不满，胖子加入了“锄奸队”。

那时候已经到了秋天，我和大胜在学校的奶茶店喝奶茶，他还是喜欢冒充外国人，不过不一定是叙利亚了，有时候是伊拉克，有时候是阿富汗，有时候竟然说成了迪拜，但是说迪拜的时候，大胜的穷酸样连他自己都觉得丢了迪拜的脸。

大胜一边刷朋友圈，一边有一句没一句地和我闲聊，聊着聊着突然哇哇哇地叫起来。

奶茶店的人都看着大胜。

大胜说，母国又遭遇了炸弹袭击。

然后他拉着我就往外走。我说干吗？等我拿上奶茶啊！他说，不要了，你都赢了四顿烧烤了。我说，你的大胡子不是还在吗？他说，现在就去剃掉。我说，你中邪了？他说，我要去见我女朋友。我说，不是分了吗？他说，是啊，分了也不让我省心。

然后大胜去学校的理发店花五块钱让理发师把他的胡子推了，我内心那个高兴啊。大胜说，我要去云南一趟。我说，你干吗去？他说，我女朋友在云南啊。我说，你不上课了呀？他说，不见，你帮我点到，加一顿烤串。我一想不就点个到嘛，就说，好呀。接着再一想，我去，大胜那胡子别说老师了，差不多半个学校都认识了怎能作假？

大胜第三天回来的时候憔悴得像条野狗。

我请他吃了一碗兰州拉面，他巴拉巴拉吃完后，哇哇哇地大哭起来。

我说，你怎么了？

大胜抱着我说，不见，还是你对我好。

我两脚把他踢开。

他又挪过来。

搞得旁边几个女孩子捂着嘴巴看笑话。

我说，你有病吧？

大胜拍了拍膝盖上的土坐回位子上说，不见，老子坐了一夜的火车，第二天下午到她学校，她竟然不肯见我。

我说，然后呢？

大胜说，我一直等到晚上八点，就又回来了。

我说，你去干吗，不是分手了吗？

大胜说，是啊，可是她发朋友圈说遇到了几个小流氓。

我说，那关你屁事。

大胜说，那怎么不关我的事，她那个傻丫头，以为自己是奥特曼，大晚上一个人坐摩的从市区回到学校，就不怕出危险？我真是服了她了。

我说，以前不也是这样吗？

大胜说，扯，以前是我每次去接她，那个神经大条的真是跟谁谁倒霉，我倒霉了这么久都习惯了。哎哟，我真是烦死了，本来我买了防狼喷雾剂、防狼电击棒，还有防狼书籍想送给她，可是他娘的竟然避而不见。

大胜说着从书包里拿出防狼喷雾剂、防狼电击棒和防狼书籍一股脑儿放在桌上，旁边的女孩又在边笑边指指点点。大胜抓起防狼喷雾剂和防狼电击棒对那两个女孩说，喏，送给你们。

两个女孩脸一红低下头。

大胜自言自语地说，也对，你们也用不上，谁也没有她漂亮，谁都比她听话。

从那次单枪匹马去云南吃了闭门羹回来，大胜就开始过上了朋友圈传情的日子，虽然他根本不知道他前女友有没有看到。

大胜的朋友圈开始疯狂转载那些网上的防狼文章、防狼视频，有些时候也转发一些很可怕的案例。大胜说，一定要先吓唬她，她才会怕，才会学。后来，我们开始纷纷屏蔽大胜，一遇见他就叫他防狼老师。

大胜无所谓。

大四的时候，大胜的前女友有了新的男朋友。

大胜找我喝酒，一边喝一边说婊子无情。

我觉得大胜过分了，既然已经分手，就两不相干，你所做的一切也只是一厢情愿罢了。

我就拿话噎他，一个背后说自己前女友的人真垃圾。

大胜抓起酒瓶就站起来，说，不见，你说我垃圾，连你也说我垃圾。

我吓了一跳，我和大胜算不上铁哥们儿，说句公道话被砸就划不来了。我说，你想干吗？把酒瓶放下。

大胜看了一下手上的酒瓶，嘿嘿笑了一下放到桌面上，然后勾着我的肩膀说，不见，别怕，你再说一遍我听听。

我把他的手甩开，然后生气地说，你本来就是个垃圾，把自己前女友说得那么难听。

大胜突然哈哈大笑起来，说，不见，爽，我知道自己就是欠骂，那个臭婆娘有别人替我操心，我应该高兴。不见，你今天一定要陪我喝几杯，我算是终于解放了。

我说，喝你妹。

后来大胜莫名其妙创起业来，在宿舍开了一个杂货店，通过 QQ 让别人买吃的，他送货上门。那时候天气冷了，很多男同学都窝在宿舍玩游戏，所以大胜的生意很好。我为了支持大胜创业，还偷偷拿胖子的桑塔纳去给大胜进了几次货。

后来男生宿舍的片区基本上都被大胜垄断了，大胜渐渐小有名气。

那年苹果刚出了4S，圣诞节的时候大胜花4000多块钱买了一台，要知道我们一年的学费也就一台4S的钱。

他买回来的时候，我说，拆开来我看看。

大胜说，去你的，老子要送人的。

我说，找到新欢了？

大胜说，送给旧爱。

我说，你疯了？

大胜说，不就一台4S吗？她在朋友圈都发了五六天心情了，她那个男朋友也是个废物，这点小事都满足不了她。

我说，你土豪。

大胜又花了三天时间匆匆从云南一个来回。

我问他有没有见到女孩。

大胜说，没有。

我说，那你4S还没送吧？

大胜说，送了。

我说，嚓，没见到人怎么送？

大胜说，让他男朋友转交的。

我说，你有病吧！

大胜说，反正都是给她用的，我可以在QQ上看见她iPhone在线就可以了。

我说，4000多大洋啊，万一那男的说是他买的呢，你必须和她讲清楚。

大胜说，其实我是故意的。我就是想送一个苹果 4S 给她用，我就不爽我的前女友觉得自己比别人差，凭什么别人可以有她没有。这样一想我就豁达了，我又不是过去炫耀的，谁给还不是一样。

我说，大胜，我现在很好奇你女朋友为什么会和你分手。

大胜说，是不是觉得我这种好男人竟然会有女孩子舍得放手?

我点点头。

大胜却忽然间沉默了下来。

他过了会儿说，不见，其实我欠她的这辈子也偿还不清。

大胜把钱打给我，我一看在心里骂，嚓，一件婚纱 5 万块。

反正不是花我的钱，土豪的世界我也不懂，我去婚纱店把大胜定制的婚纱付了全款然后送到周兰家。

出来的是个女生，如果我没敲错门的话她应该就是周兰。

我说，你是周兰吗?

她笑了笑说是，她其实根本就不是大胜说的那么漂亮。

我说这个给你。

她接过去，说了声谢谢。然后转身进去。

我一想她不会以为我是送快递的吧? 我上面什么也没标注，赶紧叫住她，喂，你知道这是什么吗?

她说，婚纱。

我说，那你知道是谁送的吗?

她说，他。

大胜和周兰的爱情故事对我来说像个谜，下次他过来喝酒的时候我要再问清楚。

愿你还记得曾经这样一个我

▷ 我为你赴汤蹈火，
你笑我癫狂痴傻。
我后来就想啊，
我连自己都不爱，
凭什么管你会不会爱护自己，
你看我现在活得好好的。

何波是我去年在校友会上认识的，一群人喝多了，各自回家，何波说要请我们唱歌，然后我们几个没有家室的就跟着他去了KTV，也是那一次他刷新了我对麦霸的认知。

何波唱歌真的超难听，声音又大，而且特喜欢唱军歌。

我说，除了军歌你就不会唱别的吗？

他说，军歌很好啊，唱起来爽，通气，不过我还会唱国歌。

我说，那算了，你可不可以声音小点啊？

他说，声音不大啊。

他声音有多大呢？隔壁包间的哥们儿实在受不了了，冲进来说，杀猪啊。何波声音大脾气也大，说着就要打架。我们一看，唱个歌不至于弄得头破血流啊，赶紧拉住何波。何波劲大，一边叫我让开一边说，老子唱歌十多年，从来没人敢在唱歌上说老子一个“不”字。

我们差点歇菜，一边稳住何波一边感叹何波的人生是多么一帆风顺，就这样的歌喉都能横扫 KTV 这么多年。

从那以后，再无人敢应邀陪何波去唱歌了。身边没这样一个朋友，都不知道精神和肉体真的是可以被歌声双重摧残的。

何波还有一个故事在深圳的校友圈里广为流传。

何波大学时有一个关系超好的女性朋友，爱何波爱得死去活来，本来女孩各个方面条件都不错，完全可以找一个为自己鞍前马后的，但她就是认定了何波，可是何波这个贱人不领情。

何波喜欢喝酒，一到周末就喜欢叫狐朋狗友去聚餐，每次喝得烂醉如泥，一喝醉就喜欢唱歌，在学校经常可以听到何波大半夜唱神曲。女孩看着心疼，就告诉他身边的朋友说下次喝酒叫上她。何波身边也没几个正经朋友，女孩一说，他们自然就想看看热闹。有次何波喝得跟二百五似的，女孩火急火燎地跑到何波那里，抓起何波的杯子哗啦哗啦连喝了两杯白的，看得何波几个朋友目瞪口呆。女孩对何波说，你怎么能不爱护自己呢，真让人操心。

何波大三的时候体育课选修了拳击，女孩也选了那门课，上课的时候乌压压一大片汗臭味的男生，就她一个女孩。何波笑她，一个姑娘学拳击以后谁敢要啊。女孩说系统错误不学没学分。拳击课上有个男生喜欢女孩，每次练习的时候总要和女孩一组，但女孩就要和何波一组。何波说我不和女人打。女孩说，这里面就你像娘们儿，我就要和你打。何波说，我就不和你打。男生就用他健壮的胸肌顶何波说我和你打。何波说打就打。何波打不过，被打得嘴角出了血，女孩气鼓鼓地冲上去手起拳落竟然一拳将男孩打倒在地。

女孩气呼呼地说，你明知道自己打不过，怎么不知道爱护自己？

何波有年暑假去横店做群演，天天这处装死完又跑到另外一个地方装死，发QQ心情说天天装死，轻松把钱拿。没想到第二天在片场，女孩直接把何波从死人堆里拉出来，吓得“群头”破口大骂，导演一边“咔咔咔”地叫一边把“群头”骂得跟孙子似的。“群头”大骂何波，女孩就像只暴躁的犀牛一样捡起路边的石头追着“群头”乱砸。

女孩梗着头把何波拉出片场说，你怎么这么不爱护自己，演死人多晦气啊。

大四的时候，趁着毕业的醉意，整座学校就像斗兽场一样，有些人在缅怀青春，有些人在进行最后的疯狂。何波和建筑学院的几个毕业生打架。本来就是宿仇，趁着毕业算清旧账，何波和几个朋友对建筑学院的几个家伙本来是势均力敌的，可是建筑学院的人狠，有人带了刀。何波带来的人打着打着，一看情况不对，寒窗十年，刚要跨出学校就挂了不值啊，就一个个撒丫子跑路了。何波就苦了，挨了一顿胖揍，本来建筑学院那几个家伙是要在何波的脸上留下一点纪念的，可是女孩噼里啪啦推开围着何波的人群，一把抢过刀，噻地就在自己的手臂上划了一下说，够了吗？他们没反应过来，女孩又划了一下，接着说，够了吗？他们反应过来了，丢下一句神经病就走了。

在医院里，女孩说，何波，你怎么一点都不知道爱护自己，我以后照顾你好吗？

何波笑了一下说，你看看自己的样子，和女流氓有什么区别，我怎么可能会喜欢你。

后来何波去了深圳，女孩就在广州，虽然两地近在咫尺，却从来没有见过，在城市里各自忙碌着自己的生活。何波还是喝酒唱歌潇洒自在，女孩却变得温婉贤淑气质迷人。有一次有个朋友和何波说，你还记得孙梅那个野丫头吗？何波说，孙梅是谁呀？那人说，就是那个替你喝酒、拳击高手、毕业的时候还为你划了两刀的女生啊。何波长哦了一声说想起来了。那人说，何波，你现在肯定要后悔了。何波说，我后悔什么啊？那人说，原来孙梅很文静漂亮，那些野蛮都是装出来的。

何波不信，但还是去广州找了孙梅。他请孙梅吃饭。孙梅来了。何波说，你现在和原来不一样呀。孙梅说，怎么不一样了呢？何波说，你以前是个野妞。孙梅就笑了说，我是为一个人野了一阵子，是那时候变了，现在没变。何波笑了笑说，不可能，不野你会拳击？你敢拿刀子划自己？孙梅叹了口气说，何波，你知道吗，我其实从小酒精过敏，可是我为了你一口气喝了两杯白酒，我去医院躺了两天。还有我其实哪会什么拳击，只是那时看到你受伤了也不知道哪来的力气一拳就把他打倒了。还有你去做群演的时候，我看到你发的心情，就连夜坐火车去横店，第二天一下火车就去片场找你，你肯定没看到我布满血丝的双眼。大四那年就更不要说了，你以为我不怕吧，其实我怕得要命，一直到送你去医院我都浑身颤抖得厉害，那时我多想你抱一下我，可是你呢，却说我和女流氓一样。

何波哑口无言，孙梅说，你那句话真是伤透了我的心，我为你赴汤蹈火，你笑我癫狂痴傻。我后来就想啊，我连自己都不爱，凭什么管你会不会爱护自己，你看我现在活得好好的。

有人说后来何波后悔了，想挽回，但女孩说，说出去的话就像泼出去的水，没门。然后何波就超级不要脸地一个人去了北极，把一根夹着手机的自拍架插进雪里面，然后对着手机说，喂，那个野丫头，你不是说泼出去的水就收不回来了吗？好了，大爷今天让你看看怎么收回来。他端起一盆水，往雪地里一扑，倒了几次愣是没把水倒出去，他一看，哇，盆里的水已经结冰了，又跑去接了一盆开水出来，对着手机说，野丫头，上次失误，这次来过，不废话了，等下又要结冰了，连水都没泼出去就丢人了，他站起来哗地把水泼出去。

我后来问何波这些是不是真的。

何波说当然是真的啦。

我说，在北极真的泼出去的水没落地就能结冰吗？

何波难过地看着我说，我是 7 月份去的，听说 1 月份的时候才可以。

我说，那你拍视频不是说泼出去就结冰了吗？

何波说，那都是别人瞎扯出来的。

我说，你真的那么不要脸地想挽回孙梅吗？

何波拍了一下我的肩膀说，不见，你知道回忆为什么美好吗？

我说，因为它的不可复得。

何波说，说对了一半，还有另一半就是亏欠。

我说，你这个不要脸的千万不要想着去把孙梅追回来，那样你就是千夫所指的小人。

何波表情大囧。

我说，当初天鹅摆在你面前，你硬要说是丑小鸭，现在丑小鸭真变天鹅了你就后悔，以前灰姑娘在你面前你觉得她丑，后来她穿上水晶鞋了，你就死皮赖脸了。

何波怒目而视。

我说，何波，你千万别再闯进孙梅的生活了。

何波说，你认识孙梅吗？

我说，不认识。

他说，那你激动个屁。

我说，路见不平啊，亏我当你是朋友，没想到你竟是这样的小人。

他说，孙梅前年出国了，去了非洲。

我说，非洲？

他说，没错，非洲。

我去。我大惊，去非洲干吗？

他说，人道主义救护。

我说，那这是个机会啊，赶快去陪她啊。

何波笑了，他说，不见，为什么刚才说我再追她就是小人，现在她去了一个在我们印象里很差很差的地方，我喜欢她追她却又名正言顺了？

后来我总算明白，就像所有烂俗的剧情一样，我们总希望爱情来得璀璨，总希望他们在爱情河流的两岸这样叫嚣，你凭什么这么轻易得到老子？

你偷偷喜欢我的样子，其实一点也不酷

▷ 如果有一天你和我说，
对不起，
我擅自喜欢了你很久。
你别指望我会说没关系。
你是不是觉得你超酷？
对不起，
别和我比酷，
在爱情里我才最酷。
你只是懦弱，
别说自己很酷。

心理学上说，对一个人的好感最多存在四个月，一旦超过期限了，那就是爱了。

可是有的人把爱藏了很多年，分开了也没敢说出口。

有次和同事聊天，聊到了对暗恋的看法。

其实作为一个男生来讲，对暗恋是倍加推崇的，而且说到暗恋还会自带英雄光环，觉得暗恋一个人是做了一件很伟大的事情。就像古代神话里的悲剧英雄，结局注定失败，只要整个故事精彩，一切也就在所不惜。

但同事却不这样认为，她觉得暗恋一定要在一个期限内，如果暗恋是一场遥遥无期的跋涉的话，那么一点也不值得称颂。她拿《初恋这件小事》当例子说，要是小水和阿亮没有九年后的那次意外碰面，而且碰面的时候，一个未娶，一个未嫁，那么这份纯美的爱情就彻彻底底算是没有破土而出就夭折了。电影只是编剧的大笔一挥，主角的光环永远是一部戏的所有焦点，可是现实的生活呢？我们只是再普通不过的甲乙丙丁，时隔九年再遇见，一个未娶一个未嫁，这样的概率应该去买张彩票。

最近也有很多人给我留言说暗恋的事情，喜欢一个人总是会心生自卑，怕表白了就连朋友也做不成，还喜欢拿网上烂大街的段子自我安慰说能每天看着自己喜欢的人就心满意足了，说出来的话连自己都不信，或者就说什么暗恋才不会失恋。我真想和他说，哥们儿，可悲的不是失恋，可悲的是自己连失恋的机会都不敢给自己。

我真的不知道该怎么安慰这些在痛苦暗恋中的人，姑娘的一条信息可以联想出无数个剧本，姑娘的一个电话可以兴奋得一夜无眠，姑娘的一条朋友圈，一定要点赞评论。这些煎熬的瞬间在漫长的人生路上会变成美好的回忆，但是有些时候我们勇敢一点，在某一个转角跑快一点，也许一生就会少了多年以后回忆起来让人心疼的遗憾。

我有一个朋友叫范范，去年一个人去旅行，辞了工作说走就走，天南海北地跑，有一天突然站在我面前，我吓了一大跳，那黑得真和炭似的。我问他是不是被抓到矿洞挖矿去了，他笑了笑露出洁白的牙齿和我说，不见，人在路上心胸就会开阔，我终于接受了一个事实。

我白了他一眼说，我还没有接受你从小白脸变成小黑脸的事实。

他往我肩膀来了一拳说，我和你说正事呢，你还记得当初我喜欢的那个姑娘不？

我想也没想就脱口而出，是小瑶吗？

那时候范范喜欢小瑶，表面很冷内心却藏着一座火山，他总是想表现得轻描淡写，每一次朋友聚会他其实很想能和小瑶多讲几句话，却又害怕表现得太热烈被别人看穿，所以每次在小瑶身边喋喋不休的男生都不是范范，范范每次当着众人的面云淡风轻，可是回到宿舍却咆哮着大步走来走去。

范范戏演得好，除了身边最好的朋友，没有人觉得他喜欢小瑶。有一年夏天，小瑶急性阑尾炎住院，一个小手术下来，花了一万块。其实我们都知道小瑶家境不好，拿不出来一万块钱，手术和住院的钱是范范借的，谁也不知道他是怎么借来的，那时候我们都穷得一个月只有几百块钱的生活费。

小瑶感谢范范，问范范钱可不可以慢慢还，范范很酷地摆了摆手说，不急，等有钱了再还。后来范范为了还那借来的一万块，白天勤工俭学，晚上去学校外面的酒吧做服务员，整整三个多月才还上，不过那个学期，范范差一点休学，五门主课全挂了。

范范一直很酷，一次次默默帮助小瑶，又一次次故意疏远，有时候我就和他说，你真喜欢小瑶吗？范范说，喜欢，就是不知道怎么和她说，怕说了就再也靠近不了了。

后来毕业，范范还是没表白，小瑶去了上海，范范去了重庆。毕业酒会上我说范范，暗恋这几年该有个结果了，可能此别再无相见的时候。范范笑了笑说，不急，机会还是有的，她还欠我一万块钱呢。

看着站在我面前肤色黝黑的范范，我问他，那一万块钱小瑶还给你了吗？他点了点头说，同样是一万块钱，我那时候拿出来感觉就是整个生命的重量，可是当她还给我时，只是手机里的一条冰冷信息，我似乎没有感觉到一丝一毫的惊诧，才发现原来我们已经错过了那么多年。

我说，就算你跋山涉水千里迢迢真的忘了吗？

范范抓了抓头发说，你知道吗，原来小瑶也一直喜欢我，只是那时候我太喜欢装酷了，她以为自己配不上我，你说搞笑吗？她怎么可能配不上我，我才配不上她好吧。她成绩又好，又长得漂亮，我呢？成绩差，又没什么值得炫耀的优点，一个再普通不过的家伙，太不起眼了，她会喜欢我？我想也不敢想啊。

我望着他，他的声音有些哽咽了说，不见，有没有时光机，我想回到过去表白，暗恋真的一点也不酷啊。

我说，还能挽回吗？

范范蹲在地上，双手撑在地面，抬起头来望着我说，小瑶结婚了，来不及了，都晚了。

如果有一天你和我说，对不起，我擅自喜欢了你很久。你别指望我会说没关系。你是不是觉得你超酷？对不起，别和我比酷，在爱情里我才最酷。你只是懦弱，别说自己很酷。

以前被人缠着很烦，后来却逃不开无边寂寞

▷ 原来曾经日日夜夜点点滴滴在你身边不停地啰唆，
不停地管你让你厌倦的，
却也会变成像我这样的人怀念的日子。
现在的热闹是连绵不尽的，
可是一个人在家的空虚却大得可以把我吞噬掉。

失去了才懂得珍惜，这是人最贱的地方。

很多时候我们一边害怕失去，一边又毫无知觉甚至是残忍地将心爱的人推向远方，等有一天落了单，劝酒的人多了，恭维的人也多了，却再也没有人愿意酒后守护你，跌倒搀扶你。

饭饭说要请我们去他家吃饭，可是想了想说，算了，别来我家了，直接去餐馆吧，乱了没人收拾。

兜兜是个好女孩，可是以前饭饭不懂，后来懂了，饭饭却再也找不到兜兜了。

吃饭的时候，饭饭说今天一醉方休，以前对不住大家了，每次总是要提前走，喝得不尽兴，这一次我最后一个走，说到做到。

其实一个人为了喝酒而喝酒是很难喝醉的，饭饭一直在努力地表演，吆三喝四，又是玩骰子又是猜扑克，等到夜深，大家纷纷找了理由撤了局，饭饭坐在空荡荡的包厢里双手用力按了按太阳穴，然后抬眼望着我笑了笑说，不见，你怎么还不回去?

我把包厢里开到最大的音响关掉，旋转的舞台灯在漆黑的墙上地上胡乱地奔跑，我坐在饭饭身边说，一个人安静了才能看到自己的内心吧。

饭饭瞟了一眼一直放在桌面上的手机，叹了口气，双手插进头发里用力抓了抓说，一个晚上没有一个电话，以前兜兜在，肯定电话早就被打爆了。

一提到兜兜，我对饭饭是有些生气的，我责备地和他讲，以前嫌弃她的是你，狠话说尽的是你，就连最后分手的时候，你知道吗，兜兜一直站在原地看着你走到街角，你没有回头。那个晚上和今天一样，你请了大家喝酒，说终于自由了。

饭饭拿起桌上的罐装啤酒猛地喝了一大口，然后说，不见，你说这个世上有时光机吗？或者后悔药也行。

饭饭是个浪子，我其实不喜欢他这种性格。在他的世界里永远是以自己为中心的，但兜兜真是一个好女孩，一个女孩可以让对方的朋友都觉得她不错的话，那她绝对差不到哪里去，兜兜就是这样，每一次饭饭说兜兜不好的时候，我们一大群朋友就对饭饭竖中指。

兜兜就是太在乎饭饭了，给饭饭的永远是最好的。她自己买很便宜的衣服，一个人吃饭也随意弄点，泡面也好煮饭也好都不在乎，但是对饭饭就不一样，会给饭饭买很贵的衣服，只要饭饭在家，一定会做很丰盛的菜。但是饭饭呢，每天出去玩，很晚才回家，兜兜就在家里等，每次打电话还只能小心翼翼地问饭饭几点回来，或者轻声嘱咐不要喝太多，饭饭还是嫌她烦，一言不合就挂电话，或者关机。

爱一个人如果只是一个人在付出，那一定很辛苦，也不能长久。

我和饭饭说，还好这个世上没有时光机也没有后悔药，不然直到今天你也不知道曾经失去过一个爱你的好姑娘，你依然发现不了兜兜曾经对你的爱是义无反顾的，你只会觉得那是理所当然。

饭饭拍了拍身子站起来说，不见，我知道你觉得我渣，我不否认，我是个混蛋，以前没有好好爱过兜兜，也没有想过结婚，连分手的时候都感觉是丢掉了一个包袱，现在我却后悔了。原来曾经日日夜夜点点滴滴在你身边不停地啰唆，不停地管你让你厌倦的，却也会变成像我这样的人怀念的日子。现在的热闹是连绵不尽的，可是一个人在家的空虚却大得可以把我吞噬掉。

我不知道说什么，扶着饭饭走出KTV，把他送上出租车，然后一个人走了一段路，城市依旧热闹，或者说城市永远都热闹，只是人心会落寞。

有些人不是不懂珍惜，而是从来没有想过珍惜。

我知道很难，可你别说放弃

▷ 你说可笑吗？
我一个女孩子都没有放弃，
他却要放弃了，
难，这个世上什么不难？
正是因为难，
所以才有感情需要被珍惜，
如果随随便便就可以天长地久那么为什么有人三十岁了还在等待？

城市被一场大雨清洗，路面积水倒映着破碎的灯光，可乐双手提着高跟鞋，在雨后清新的夜晚踮起脚尖踩着积水匆匆从马路对面走过来，走到一半的时候，水有些急，大强把鞋子脱掉扔在路边，然后大步走过去把可乐背了过来。我们站在路边，闹着起哄，大强说，别闹，我背我老婆你们笑个球啊！

那是 2013 年，大强和可乐说会一辈子在一起。

2015 年的一天，可乐打电话给我。凌晨，电话响了几遍，我睡眼惺忪地按下绿色的接听键。可乐说，不见，有时间吗？

我说，没有，我要睡觉。

可乐说，我在深圳，你出来见一面好不？

我翻了一个身，把头埋进枕头里，撞了几下，然后说，明早再说。

可乐说，不见，你是不是不爱我了？

我去。我立马清醒了一半，我什么时候说过爱你了？

可乐说，可是大强要放弃，大强要是放弃你爱我好不？

我彻底醒了，问可乐在哪儿，接着火速穿好衣服打车去可乐那儿，在车上的时候打了几个电话给大强没人接，然后发微信给大强，问他和可乐怎么了。

可乐一个人站在街角二十四小时便利店的灯箱旁边，我走上去，她笑了笑说，不好意思，不想在广州待，就买了来深圳的车票，一下车才发现在深圳也没有朋友，就打电话给你了，本来有很多话想找个人讲，一见到你就没话说了。

我一个呵呵脸看着她。

她笑起来说，来都来了，不会转身就走吧？

我站在她的对面，灯光惨白地打在彼此的脸上，路上行人很少，风吹着树叶唰唰响。可乐抿嘴笑起来，额前的刘海披散下来，她说，走走呗，都四点了，再走一会儿天就亮了。

我们慢慢走了一段路，可乐问我，不见，你说两个人的感情里最大的敌人是什么？

我望着脚下，缓了会儿说，每个人都不一样，有些人因为钱，有些人因为家庭，有些人因为距离，还有些人因为爱得不够。在一起的理由只有一个——深爱，不在一起的原因却太多了，但归根结底就是爱得不够。

可乐侧过脸来望了我一眼，叹了口气说，也许大强是对我爱得不够吧。

我说，你们怎么了？不是一直好好的吗？

可乐咬了咬唇角说，是好，以前上学的时候什么都好，一毕业了，走进了社会，人心是复杂了，可是人生却简单了，什么都要钱，也什么都奔着钱去。虽然我和大强都没有钱，可我不在乎，买不起名牌包就不买，吃不起大餐就不吃，我都没想过放弃，可是他想了。他和我说，可乐，我们分手吧，在一起太累了，我每天要加班到很晚，根本抽不出时间陪你，现在和你在一起太难了，要是我们晚一点遇见就好了。

可乐眯着眼睛对我笑了笑说，不见，你说可笑吗？我一个女孩子都没有放弃，他却要放弃了，难，这个世上什么不难？正是因为难，所以才有感情需要被珍惜，如果随随便便就可以天长地久那么为什么有人三十岁了还在等待？

我说，大强也许是太善良了，不想你跟着受苦。

可乐有些气愤地说，你知道吗，男人最可恶的就是这里，明明是自己懦弱，明明是为了实现自己所谓的价值，偏偏摆出一副为了你好的嘴脸。我和他说了我不要钱，只要两个人在一起，他不需要每天加班到深夜，我不需要他养，我自己想要的我可以自己挣钱。可是他呢，总有他的道理，说什么要不要是我的事，能不能给是他的能力，我不要这些，但他需要有这个能力，气得我浑身发抖，一个“直男癌晚期”病患。

可乐边说着边跺脚，我看着她那焦躁的样子想笑又没有笑，只是拍了一下她的肩膀说，可能只是大强最近压力太大了。人嘛，总有精疲力竭的时候，我有的时候烦躁就喜欢走路，可以从罗湖一直走到福田，然后又坐地铁回来。

可乐抬头看了看青灰色的天空说，不一样，大强不一样，他那么坚强的一个人，他从来不会退缩，这一次却为我们的感情退缩了。

我突然站住脚步，心血来潮地笑着和可乐说，我们打赌，等我们一直走到天亮，要是大强打电话来说后悔了那你们每年都要请我吃一顿饭，如果没有，我答应你一个条件。

可乐愣了一会儿，然后脸上浮出笑容说，那你就一定要在我和大强都结婚之后才结婚。

我去。我脱口而出，你这也太狠了吧。

可乐一甩头，你不是对你那兄弟有信心吗？

我摆了摆手说，得了，得了，我招谁惹谁了，大半夜陪你出来，可能还会落得三十岁以后再娶，亏大发了。

赌不赌？可乐看着我。

谁怕谁！我说，反正我也不想那么早结婚，也没人看得上我。

后来，没有走几步，大强就打电话来了，打在可乐的手机上，号码是个座机。

我只听见可乐说：

又打电话干吗？你不是忙吗？你忙你的就是。对不起是什么意思，你不是要放弃吗？大强你真是够爷们啊，我一个女生都没放弃你一个大老爷们说要放弃。我要你养了吗，我花你钱了吗？不和你讲了，我都觉得丢人。我在哪里要你管啊，你刚才干吗去了，换个座机打什么意思？广州下大雨了呀，你是厉害啊，没伞吗？真特么败家，不和你说了，我和不见在一起，等下就回去，不是吧你怀疑不见？

然后可乐笑着把电话给我说，你兄弟怀疑我们有奸情。

她双手一摊，我心里一万头草泥马奔腾，接过电话。大强说，你别听她瞎掰，谢谢你啊，不见。我心一暖说，刚才给你打了电话你没接，也发了微信。大强说，手机被雨淋坏了。

可乐在一旁打断我说，还聊上了呢？

我和大强说，等下让她回去。然后把电话挂掉。

可乐拿过手机，赶紧看了一下天气，广州暴雨。然后看了一眼天空说，深圳的天气倒是不错。

送可乐坐上最早的一班大巴去广州，我一个人回来的时候晨光熹微，坐在地铁上我想，也许爱情正是因为难才值得我们拼尽全力去追求，也是因为真正的爱才会口是心非，嘴巴上逞强说要放手，心里面早已缴械投降就想两个人困此一生。

爱情不可以一个人硬撑，但两个人可以。

那个自称“东亚醋王”的家伙，再也不会为我吃醋了

▷ 以前他在的时候我什么都不用怕，
晚一点回家他会打电话打到我受不了，
要是我关机了，
他就想方设法找我身边的朋友来找我。

大木木跑到深圳来，我和土豆、耗子三个人严阵以待跑到机场去接她。

去机场的时候，我们坐在土豆的车上，耗子说，大木木是一个人来的吗？

我想了想，好像她没有提到梓凯。

土豆把车熄了火说，不管了，先去航站楼吧。

外面下起了小雨，城市的灯光在细雨里有些恍惚，我和土豆把手撑在头上小跑着往航站楼跑去，耗子抖了抖衣领，任凭雨水落在头上。

大木木从接机口出来的时候，我们三个迎上去，然后踮起脚尖看大木木的后面是不是有梓凯。

大木木摘下墨镜说，你们看什么看呢？

耗子说，榉凯没来呀。

大木木愣了会儿，然后抓着墨镜的一只镜腿儿晃了晃说，要他来干吗，想看我们吵架呀。

耗子哈哈干笑了两声说，哪是怕你们吵架，是怕那个“东亚醋王”吃醋。

我掐了一下耗子，从大木木的表情里，我知道她和榉凯之间已经不复当初了。

机场人来人往，有人拥抱着归来，有人拥抱着离别，陌生的面孔像穿梭在海里的鱼，各自向着远方潜游。

大木木咬着嘴唇努力撑了撑眼睛，像是不让眼泪掉下来似的。

土豆搓了搓手，然后拉过大木木的行李箱说，别愣着啊，给我们的大美女接风洗尘去。

大木木一笑，拍了一下土豆的肩膀说，请我吃什么大餐？

我赶紧笑着接过话来说，土豆是土豪，想吃你点就是了，不差钱。

土豆就想踹我，我赶紧往前蹦了几步。

大木木嘴角一扬笑起来说，不见，你都蹭吃几年了，现在还赖着土豆啊。

我跳到离他们两步远的地方说，不蹭白不蹭。

土豆一脸无辜地看着大木木说，看到了吧，不要脸到这种程度。

土豆大出血请我们去酒店吃，我吃得开心，一开心就话多。

土豆说问我是不是属猪的。

我特生气地说，吃你点东西有必要人身攻击吗？

土豆又无辜地看着大木木说，说是属猪的就是人身攻击，那全中国那么多属猪的怎么办？

我说，反正我们这里没有属猪的。

土豆词穷，咬了一口牛排，然后嚼了几口说，要是榉凯在，看你说得过他不。

然后我和耗子差点被惊出双下巴，两个人看着大木木。土豆一口牛排噎到喉咙，抓着脖子把头伸到桌面下去吐出来。

大木木缓缓舀了一勺玉米西露粥放进嘴巴里，然后摆出一副超级无语的表情扫视我们说，你们干吗这样看着我啊，能不能好好吃饭啊？

我和耗子机械地点头说，能，能。

但是耗子说完，皱了一下眉，然后手掌一握说，大木木，你和榉凯怎么了？

大木木手停在空中，整个脸沉沉的像是蜡像般。

大木木是典型的暴脾气，天不怕地不怕，以前大学的时候就经常闯祸，每次都要榉凯出来收拾烂摊子，所以朋友们也都顺着榉凯惯着大木木。我们就和榉凯说，小凯子啊，你不能这样啊，你不能惯出个母老虎来啊，你一个大老爷们不能是"妻管严"啊。榉凯说，只要大木木不越雷池一步，她就是太皇太后。我们就说，啥是雷池啊？榉凯想了一下说，就是不能和其他男生有一点暧昧。

榉凯脸皮厚得像一堵城墙，电视剧《爱情公寓》里关谷神奇的绰号"东亚醋王"被他无情地剥夺然后扣在自己脑袋上，而且时常因为这顶帽子沾沾自喜。

大木木有次暑假在驾校练车，一个人超级无聊，空荡荡的校园里又热，大黄牙教练说话又口臭得厉害。大木木委屈啊，本想找个帅哥合照逗逗榉凯，可是满眼望去全是歪瓜裂枣，倒是有几个长残了的男生总是想着问大木木微信号，大木木矮子里面挑高个子，拉着一个男生合了一张影发在朋友圈里。榉凯瞬间一个电话 call 给大木木，大木木说，只是一起练车的学员。榉凯又旁敲侧击问了很多，大木木不耐烦地说，你要真怀疑就自己过来看。榉凯倒好，当下真买了一张火车票从山西跑到南昌来，大木木当时真是又气又喜啊。

大木木有次去唱 KTV，很晚都没回来，榉凯打了 156 个电话，直接打到大木木的手机关机。后来大木木借了同学的充电宝重新开机发现一串未接电话，赶紧拨了一个给榉凯以为出了什么大事。榉凯一接电话就来气，问她在哪。大木木说和朋友唱 K 啊。榉凯说那你知道现在几点了吗？大木木说和室友一起没事的呀。榉凯说谁出事之前都觉得自己是没事的。大木木说，那我回来还不行吗？榉凯说你在哪？大木木就告诉他地点。榉凯说在那别动我来接你。那么冷的冬天，榉凯搭了辆三蹦子到 KTV 的时候看见一个男孩送大木木下来，站在门口的时候男孩轻轻拍了一下大木木的头顶，榉凯噌地就炸了，冲上去就拉住那男孩的衣领。

榉凯的吃醋也有过分的时候，他恨不得在大木木身上装个跟踪器，加了大木木宿舍另外三个同学的微信，只要大木木一出去玩，他就发微信问那三个女生，大木木是不是出去玩了，一起去的还有谁，有没有男生。他不是问其中一个，而是一个一个问三遍。那几个女生每次就喜欢逗桦凯，一个说桦凯啊，有个男生给大木木打电话打了好久啊。桦凯就急了。过两天无聊了又发条信息给桦凯说，桦凯啊，有个男生送了套好贵的化妆品给大木木啊。桦凯就要爆了。后来朋友就笑大木木说你的男朋友真是奇葩啊。大木木也气，你吃醋就吃醋嘛，这都开始干涉人身自由了还了得。她就和桦凯说，你这不是喜欢，这就是小心眼。

后来大木木和桦凯说，你别找我了，我有男朋友了。桦凯睁大了眼睛不相信。大木木说，不管你信不信反正我就有喜欢的人了。桦凯说，可是你喜欢的人不是我吗？大木木说，现在不是了。桦凯说，你骗人。大木木就把一个男生带到桦凯面前说，你看，你看，这下相信了吧？

桦凯就难过得呼天抢地，好像全世界的悲伤一拳一拳把他打得血肉模糊了似的，他天天写微博，写人人网，把他和大木木的故事贴在网上。那叫一个悲情啊，学校很多人都变成桦凯的粉丝。有一天大木木发了一条信息给桦凯说，喂，你这家伙这样写下去叫我怎么嫁人啊。桦凯说，你个骗子，说嫁给我的又反悔了，我才不管你呢。大木木说，我现在嫁给你你还要吗？

桦凯说，一点也不好笑。大木木说，你十分钟内到我宿舍楼下我就嫁给你。桦凯穿着大花色沙滩短裤一溜烟跑到大木木楼下。大木木捂着嘴笑，很多人趴在窗户上看着桦凯上身光着，下身穿得像一朵盛开的花。桦凯说，你是说真的吗？大木木说，假的，你再跑回去呀。桦凯说，你男朋友呢？大木木双手叉腰特生气地说，除了你我哪有男朋友，那是我表哥啦，你知道你这人真的很烦诶，你不要把我管得像宠物似的好吧。

那一个拥抱，榉凯说，真特么想像爷们一样甩她一耳光，真是吓死老子了。

大木木把筷子放下，然后努了努嘴说，现在我是我，他是他了啊。

土豆说，怎么了？多好的一对啊。

耗子说，没事，榉凯肯定会回来找你的，他那人也就是嘴硬，对你，防御力为零。

大木木忽然难过地从眼角滚下一滴眼泪说，这一次不会了。

刚毕业的时候，两个人都去了重庆上班，大木木是重庆人，榉凯就陪着大木木去了重庆，两个人不在一家公司。大木木的领导对大木木很好，别人三个月转正，大木木两个月就转正了，大木木虽然是新人，但只要是公司的福利，大木木都可以得到一份，大木木过生日，领导特意给大木木举办了一个生日趴。榉凯说，你别和领导走那么近。大木木不爱听，和榉凯争吵说，领导只是看她工作能力强，所以关照她。还一个劲儿地说不知道榉凯脑子里都是什么狗屁思想。吵归吵，只要每次大木木下班晚了，榉凯就会骑着自行车去大木木的公司楼下接她。

有次下班，大木木抱着一束花走出公司大楼，榉凯一只脚跨在自行车上，一只脚支在地上。大木木走过来笑靥如花，榉凯就问大木木，这花谁送的。大木木说，我拿下了一个客户，我们领导鼓励我送的。榉凯就不高兴了，冷冷地说，是不是每个人拿了单你们领导都送这么大一束花？大木木就有些生气了，一撇嘴说，你怎么可以这么不相信

们心里还有一个男人，我一直以为老子是备胎再怎么也可以排行老二，没想到现在排行老三了。智利男人没听清老冀说什么，一瘸一拐跑到房间里去，过了会儿拿出一张被撕成两半的照片放在桌上和老冀说，就是这小子。老冀冷冷地看着那张照片，那是他和CC小学时候的合影，两个人圆鼓鼓红通通的脸颊，老冀双手捧着照片问智利男生：谁撕的？智利男人用蹩脚的中文说，老子。

老冀咆哮着说对智利男人说，老子干死你。然后两个人又来了一架，打到两个人实在没有力气了，趴在深灰色的地毯上，老冀说，那小子就是我。

老冀给CC打电话关机，给CC发信息没人回，他给CC留言：陪你从短发到长发的是我，陪你从布格子衣服到长裙的是我，陪你从素颜到淡妆的是我，陪你从童年到青春的也是我。现在我们都到了中年，别让我再缺席了好吗？

老冀后来一直都没有收到CC的回信，老冀一直问我，是不是有些人错过了就一辈子都不可以再相遇。

我说，也许吧，就像天空和大海，水天相接也只是个错觉。

老冀说，海是倒过来的天，天是倒过来的海，我是我，她是她，只是看起来很近，其实一直都很远很远。

我们好像在一起，
却永远没有在一起。

后来，我们拉黑彼此成了陌生人

▷ 把有关她的物品打包，
把她的联系方式删除，
却不知道一切都存放在了记忆里。
很多时候我们总是希望忘记一个人，
就像她没有出现过一样，
就像是人生中的一段影片，
而我们是手艺高超的剪辑师，
把不喜欢的通通剪掉。

那段日子，大侠一个人在出租屋里打游戏，关上门窗，一个人没日没夜地玩，台式电脑的主机热得可以煎鸡蛋。

一个星期后，大侠从出租屋里跑出来，电脑主机烧坏了，他穿着印着大白图案的睡裤站在楼下的街道，晚风呼啦啦吹来，一并带来的还有街边烧烤的香味。大侠骨瘦如柴，鸡窝似的发型在风中凌乱，两条腿撑在肥硕的睡裤里在风中颤抖。站了十分钟，大侠打电话给我说，我修炼出关要大吃一顿，你来不来？

我说是你请客吗？

他说是。

我立马在路边拦下出租车直接去了大侠的小区。

大侠点了很大一盆小龙虾，还有一大盘烤串，啤酒开好盖放在桌边，我从出租车上下来，直奔餐桌。大侠一个人吃得不亦乐乎，看见我来，把头一抬，满嘴油腻地说，快，坐下来一起吃。

我说，今天怎么想到出来吃饭？

大侠说，电脑坏了，不玩游戏了。一个星期真的饿死老子了，没吃一顿饭，都是吃泡面。今天下楼，被冷风一吹，看着这条街上人声鼎沸，忽然想大吃一顿。

我哈哈笑起来，够意思，知道叫我，我也好久没大吃一顿了，每天上班下班，就像这座城市的螺丝钉，累。

大侠夹给我一只大龙虾说，今天都算我的，一个星期没出去浪，省了一大笔钱，哈哈哈。

大侠有钱，程序员的工资都不低，偶尔还可以接接私活，挣点外快，所以大侠的日子过得滋润，上班也随性，一副让老子不爽老子就不干了的状态。

我和大侠碰了一杯，身后的烤架散发着孜然的香味，黛青色的天空有些落寞的感觉。周围有很多人，热热闹闹，有划拳的，有摇骰子的，还有站在路边矮墙脚呕吐的，周围几家洗脚城的小哥小妹时不时跑过来发一圈传单，单页上面印着暴露的女郎照片，远处楼房霓虹灯闪烁，这座城市的夜晚充满着活力。

我和大侠都能吃，吃了一锅小龙虾，大侠还要叫一锅。在等第二锅龙虾的时候，大侠问我，不见，你说从互道晚安到黑名单之间是有多少无奈和故事？

大侠叹了口气，拿起桌边的香烟抖了一根出来点上，问我要吗？我不抽烟，他把烟又放回桌沿。我望了一眼匆匆忙忙的路人说，不管如何，哪怕是错过，也彼此好好说声再见，然后彼此祝福，天涯两端。

大侠苦笑了一下，然后猛吸一口烟说，人们总是很傻，想忘掉一个人就努力清除有关她的所有回忆，一路丢却一路负重，现实里的牵扯越来越少，回忆里的片刻越来越深刻，把有关她的物品打包，把她的联系方式删除，却不知道一切都存放在了记忆里。

我和大侠说，忘记一个人总是在不经意间，人生不断地行进，有一天你以为念念不忘的也会变得淡了，想起她时只是心头微微一痛，然后依旧可以微笑，这样大概就是忘掉了吧。

大侠和女朋友是大学的时候在豆瓣上认识的，相互欣赏，微博上也互粉了，女孩会经常更新微博，像所有小姑娘一样，晒晒美食，晒晒风景，大侠都会点赞，也不评论。2013年，大侠来了深圳，女孩也在深圳，两个人就这样顺理成章在一起了。

女孩比大侠小五岁，大侠宠她像女儿，每天下班都会陪她去她想去的地方，逛街也好，看电影也好，或者去电玩城抓娃娃也好，反正大侠所有的业余时间都会给女孩。后来两个人还是矛盾重重，大侠说挣的钱都可以给她，女孩说不是钱的问题，女孩说不喜欢大侠每天对着电脑的时间多于陪伴自己，大侠说每一个程序员都是这样的使命。

后来女孩提出了分手，说两个人不合适。大侠说没有爱情是天生就合适的，都是经过两个人的努力才变得合适。女孩说她不想努力，大侠默然。女孩后来和一个笑起来很阳光的男孩在一起了。大侠说，女孩和那个男孩在一起很快乐，笑容比和自己在一起时多。我们安慰大侠说，那样的男孩会花言巧语，有一百种让女孩开心的技能，但是没一种是真心的，现在的笑容都是以后抽在脸上的耳光。

大侠说，还是希望她幸福。

小龙虾端上来的时候大侠说不想吃了。夜晚的街道真好看，白天的时候阳光铺满路面，行人寥寥，世界都是一个颜色，只有到了晚上，秋风一吹，各种灯光相继亮起来，各种小吃的香味铺展开来，所有藏着悲喜的人们出来交友聚会，有人露宿街头，有人悲泣号啕，还有人把心事赋予酒中。我们为了抵抗内心的孤独和难过，总会借着夜色在往事中流浪。

一直到很晚，龙虾打包带走，大侠说，希望她过得好。

我笑了笑往回走，其实很多时候我们总是希望忘记一个人，就像他没有出现过一样，就像是人生中的一段影片，而我们是手艺高超的剪辑师，把不喜欢的通通剪掉。可是我们做不到，我们只是简单的饮食男女，生命里所有色彩都是铺在脚下的路，正是因为不断人来人走，才显得色彩斑斓。

回去的出租车上放着周杰伦的《蜗牛》，我望着窗外的繁华，忽然有些凉意涌上心头。

曾经爱过你，今后祝福你。

不找了，找不到的

▷ 把她的电话号码背得很熟很熟，
所有的密码也都用她的电话号码拼凑，
我以为那个号码是我和她永远不变的联系。
其实，
人与人的联系原来那么脆弱，
就像我和她，
就一个电话号码，
这唯一的联系断了，
也许就错过了。

大顺说已经很久没喝过贡茶了，让我请他喝一杯，我笑着说，都穷到这个地步了？

后来才知道那时候的大顺真穷，车卖了，房子也卖了。那天我们站在广场前，秋末的深圳风很大，吹得广场中央的喷泉水雾乱飞，映衬着灯光我们显得落寞。逼仄的街道人山人海，两侧都是服装首饰店，卖力的售货员站在塑胶凳子上拍着手掌吹着口哨叫卖。公交车靠站，鱼贯上下的人群匆匆忙忙。大顺望了一眼远处说，城市真好，所有孤独的人聚在一起，看起来那么热闹。每天路过的人谁也不认识谁，每个人的圈子就那么几个人，组在一起却是一个千万人口的城市。

我说，以前遇见的人少，没有人感觉孤独，现在走得越来越远，见到的楼越来越高，遇见的人越来越多，可是心却越来越孤独。有些话学会了放在心里，有些眼泪也只留给深夜。我记得刚来这座城市的时候，住在很偏僻的一个地方，公交车很难等，不愿等的人就坐黑摩的，可是不知道为什么我总是会怀念刚刚开始的地方，楼越高仿佛孤独就越盛。

那天和大顺聊了很久。我们站在广场中央，天空呈现着青灰色，远处钻出地面的地铁呼啸而过，车来车往，人来人走。那次大顺只是路过深圳，他买了夜里十点钟去云南的火车票，硬座。

我问他，需要钱吗？多的没有，两千还是有的。

大顺说不用。

后来在从朋友那里知道，大顺在大理流浪了半个月，靠别人接济生活。那时候真是如鲠在喉，总感觉自己做错了什么，有些人是咬紧牙也不愿意麻烦朋友的。

去年大顺生意好转，跑到深圳来请我吃饭，去了豪华的大酒店。我说，那年去大理为什么不要我借给你的钱？大顺哈哈笑起来说，不见，你在意这个干吗？我是去体验生活。人啊，一辈子是要什么都经历了才算完整，掉到谷底痛了才能奋力反弹。

酒店的空调开得很大，灯光明亮，落地窗前能看见整座城市的风景，穿着整洁的服务员站在门口，菜肴干净漂亮。大顺喝了点白酒，他酒量不好，和我一样，喝一点酒就满脸通红，说，不见，有没有一个人是你想见却又不敢见的？

我想了想，然后摇了摇头。

大顺说我有，把她的电话号码背得很熟很熟，所有的密码也都用她的电话号码拼凑，我以为那个号码是我和她永远不变的联系。我努力，我奋斗，有成功，当然也有失败，当我想向她表白的时候，拿起手机，颤抖地在屏幕上按下那一串数字的时候，大顺缓了缓说，妈的，您拨打的电话是空号。

大顺说那时候他泪流满面地站在有她的城市街头，一个人走了很长的一条街，步步回头。

我看着大顺。大顺举杯笑了下说，那时候才知道人与人的联系原来那么脆弱，就像我和她，就一个电话号码，这唯一的联系断了，也许就错过了。

我说，兜兜转转，只要有心铁定还是可以找到的，现在这个社会，找一个人不难。

大顺说，我不喜欢找，也找不到。那年事业失败，来深圳，去云南，想一个人流浪。这么多年一直在努力，在奋斗，总觉得欠生命一点什么。所以那时候反正无所事事，就到处跑，坐最便宜的火车，住最便宜的酒店，吃最便宜的快餐，就想着能走远一点，能走彻底一点，把该见的老友都见见，谁知道下一次告别是不是永远。把向往的地方都走走，留下的脚印放在记忆里就不会有遗憾。后来到大理，感觉那真是一座很美丽的城市，有很白很白的云，很高很高的天空。以前认识她的时候就想两个人来一次，后来我就在那里待了半个月，算是等她吧。

我说，她没来？

大顺说，没来，这不是电视剧，没有那么多让人激动落泪的情节。

那天从酒店出来，大顺说想去酒吧，我说太晚了下次再去吧，大顺说去吧去吧，反正没什么事。然后被他拖了两条街到了一个很僻静的酒吧，人很少，可以说有些清冷。大顺找了一个角落的位置，刚坐下来，酒吧歌手唱了一首民谣，是郭旭的《不找了》，我忽然愣住了，大顺也愣住了。

我坐在角落
看霓虹闪烁
这个城市一如既往的寂寞
我知道
我的世界
已经没有你了
过了这么多年
也应该忘了

时常会软弱
也总想洒脱
我那迟迟不来的爱情
你在哪儿啊
有时候
张开怀抱
你才知道自己有多脆弱
开始习惯隐藏
不再乱想

不找了找不到的

你还在想些什么
这世界已经疯了
你就别再自找折磨
别找了找不到的
上帝已如此忙碌
该来她总会来的
别找了

一曲下来大顺泪流满面，苍凉的曲子把所有过往揉碎了放进记忆里。昏暗的舞台，一把吉他，一支话筒，就是一个人匆匆来往的脚印。大顺请那个歌手喝酒，两个人边吃边聊，时而抱头大哭时而杯酒交酌。

有些路一个人走过了就成了回忆，有些人一旦错过了就是一生，有些号码烙进了记忆变成空号，有些眼泪倒流进心里也会开出花朵。

那个倒背如流的号码，还打得通吗?

我想和你在一起

▷ 我从来没有想过和菜头分开，
他让我一个人在北京待了四年，
一个人在美国待了两年，
可是他呢，
真的是变心了吗？

高中毕业后，我和菜头去了省城，而飘飘跑去了北京。飘飘是菜头的女朋友，那个暑假菜头难过地找我喝了20次酒，每一次都大叫着说，飘飘这女的，绝情，一个人跑到北京那么远的地方。我就说他，那填志愿的时候你为什么不跟着去？菜头往自己嘴里灌酒说，我有那成绩要你教啊。

飘飘被菜头骂了一个暑假，等飘飘开学的时候，菜头悄悄买了一张火车票跟着飘飘去了北京，陪她把新生报到的手续办完了，然后又坐了二十来个小时的火车回到南昌。

菜头每天都会打电话给飘飘，两个人像牛郎织女一样。那时候大一宿舍没有网，手机也还不是智能机，每天就端着诺基亚在九宫格键盘上不停地按，周末的时候就跑到网吧视频一个下午。

大二那年，宿舍可以拉网线了，菜头把电脑搬到床上，一下课就躲到床上去和飘飘视频。有一次我去菜头宿舍玩，看见那狗日的一边看着电脑一边抽着纸巾擦眼泪，我大惊失色地看着菜头说，你丫的干吗啊？菜头把电脑一转对着我说，太感人了。不见，你说要是去年我也像阿嘉对友子那样说，留下来，或者我跟你走，是不是现在就不会过得这么痛苦了？

我白了菜头一眼，那以后菜头说他把《海角七号》看了29遍，我瞠目结舌，对他只有一个大写的“服”。

大四那一年到处都在说世界末日，菜头说，不见，我要去北京了。我说，你疯了？马上要期末考试了。菜头说，管不了那么多了，世界末日了。我笑菜头，这你也信。菜头抬起头来看了一眼天上的月亮，然后说，万一呢？我可不想和你们死在一起，要死也和飘飘死在一起。我一巴掌扇在菜头的脸上说，神经病啊，你要是挂科了，你才死定了。菜头说，不见，你不懂，你个“单身狗”。

菜头真的跑去了北京，传言中的世界末日那天菜头兴奋地打电话给我说，不见，你猜猜我在哪里？我说，地球。菜头说，你真没劲，我和飘飘在万里长城。我说，你们疯了吧，这么晚去长城干吗？菜头说，不见，今天是世界末日啊，你是我的好朋友，要不我们视频吧？想最后再看看你。

我把手机从耳旁拿到嘴边，然后大骂，你丫的给老子滚一边去。

过了三天，菜头从北京跑回来，见我第一面就说，不见，我们都活着真好，见到你真好。我说，这回你死定了，你缺考了两门。

菜头摆了摆手说，没事，没事，多大点事儿。

2013 年毕业，菜头打算好去北京找份工作，其实这是他四年来的计划，在南昌混个文凭，然后北上到北京闯一片天地。可是年初的时候，菜头又失落地疯狂拉我喝酒。我问怎么了，菜头说，飘飘那女的绝情啊，你知道吗，她要去美国了，这次完蛋了，我真陪不了她了。我说，你去和她说，留下来，或者我跟你走啊。菜头扇了我一巴掌说，你傻啊，什么托福、雅思我懂个屁啊。那半年，从过完年到六月毕业，菜头每天浑浑噩噩。

2015 年的一天，飘飘突然打电话给我说，不见，你知道菜头吗？

我说，你不是去美国了吗？菜头没那个本事，可能结婚了吧。

飘飘哇地就在电话那头哭了起来，她说，菜头王八蛋，当年高考毕业他一个劲儿地劝我去北京，大学毕业我想和他在一起，他又劝我去美国，那王八蛋说了会等我从美国回来的，他说了会让我养他的，现在他人呢？这个王八蛋，他人呢？不见，你要是知道他在哪里你告诉我好吗？

我有些惊讶地说，飘飘，你说是菜头劝你去北京的，是菜头要你去美国的？

飘飘说，我从来没有想过和菜头分开，他让我一个人在北京待了四年，一个人在美国待了两年，可是他呢，真的是变心了吗？

和飘飘结束通话，我到处找菜头，说实话毕业之后在各自的人生路上奔波，我再没有联系过菜头，这时候我却比任何时候都更想见到菜头，我找了很多老同学，打了很多或熟悉或陌生的电话，可是菜头就像消失了一样。

我给菜头在微信上留言，在QQ上留言，每天拨菜头那个打不通的电话，还给菜头发短信说，看见了赶紧给老子回信息，一毛钱一条的短信很贵的。那时候我才明白了一个残酷的事实，有些人在生命里早已走得无影无踪，而你却一直以为他还在触手可及的地方，就像一本记满了心思的日记本，你丢散在记忆的公路上，有一天遍寻回路，却再也寻不到踪影。

一直到了冬天。深圳是一座不会下雪的城市，我和朋友去北方看雪，在去哈尔滨的火车上，菜头发了一条信息给我说，不见，你还是这么抠门，一毛钱的短信也喊贵。

看着菜头的信息，我坐在动车靠窗的位置突然就掉下眼泪来，我说，菜头，你消失去哪了？飘飘找到你了吗？你牛逼啊，以为自己是情圣啊，你是不是早就想好把飘飘推开？我告诉你，飘飘是个好姑娘，你这样你会后悔一辈子的！

菜头说，不见，对不起啊。

我说，你和我说对不起干吗？我特么的想吐。

菜头说，这两年发生了很多事，我一直不知道怎么面对。我知道飘飘在找我，可是我真的没有勇气见她，我想要是当初那辆货车不是从我的双脚上轧过去，哪怕稍微再往上那么一点，这些痛苦也许就再也没有了。

那次我没去哈尔滨，中途和朋友道了歉，然后在杭州下了火车，坐了五个小时大巴去菜头的老家。幸好从深圳出来的时候带了厚棉袄，大巴的窗户缺了一块，冰冷的风从原野上呼啦呼啦吹进来。

那天夜里和菜头聊了很多，后来我们大吵了一架。他说我不了解他，我说他不了解飘飘，其实每个人的一生都有自己的苦楚，我们谁也说服不了谁。只是看着菜头心里面有些难过，我没有资格干预别人的人生。第二天清早推开门，外面下起了雪，菜头双眼通红地坐着轮椅靠在门边。

我和菜头说，一辈子很长，但有些人错过就一个瞬间。

今年六月，在朋友圈看见飘飘的一张照片，她沐浴着大洋彼岸的阳光，一脸灿烂地在高山上摆了一个胜利的手势，下面只写了一句话，不知道是她自己写的还是哪个蹩脚 App 修图自带的文字。

“我想和你在一起。”

不管怎样，看见这行字的时候我又想起了菜头，愣愣地看几秒后，又一次大哭了起来，公司的一个男同事吃惊地看着我说，怎么了？

我说，想起一个爱情故事。

他骂了我一句，矫情。

放弃一个人是爱还是自私，谁又说得清。

等我六年的姑娘今天结婚了

▷ 你自以为是地在人生路上慢悠悠走的时候，
突然有个人告诉你说，
喂，你还在这晃悠什么啊，
你喜欢的人都已经在约定的位子等你很久了。
然后你一看与约定地点的距离，
还有那么远。

元旦聚会，老杨从汕头跑过来，一开口就说，等我六年的姑娘今天嫁人了。

我一想，这个故事太老套了，之前有个很火的故事叫喜欢我十九年的男孩结婚了，再之前是我喜欢十年的姑娘结婚了。

我就说老杨，你也玩儿文艺了，但是才六年火不起来的哦。

老杨就用他的小眼瞪着我说，今天元旦她结婚，我是跑到你们这儿来躲难的。

老杨酒量算是中等，一喝起酒来就爱说话，我们嫌他啰唆，他说，让我说。我们说，啰唆前先自罚一杯，可以说五分钟。老杨也不含糊，一仰脖子就灌下一杯。

他当然是说那个说等他六年的姑娘。

老杨说，姑娘叫花。

我和花是在高二的时候在一起的，花漂亮，是我们班班花。我就喜欢看着她认真听课的样子，双手托着下巴望着黑板，夕阳的斜晖从窗棱角斜割下来扑在花的脸上，金黄金黄的，特别适合在回忆里触摸。我那时候是学校一霸，因为我表哥是县城一霸，我那时候觉得我要不是学校一霸就给我表哥丢人了。我妈知道我的理论之后骂我，然后顺带把我表哥骂得再也不敢来我家。表哥就跑过来找我，他说，你混个屁啊，好好读书。我说，不是你和我说读书有个屁用吗？表哥拍了一下我的头说，好的不听净听坏的，我还和你说考上清华就光宗耀祖了呢，你咋不学。我说，混混轻松啊，要考上清华不要了我的命。表哥说，考清华是嘴巴上说说要命，混混是真的会被要了命。我那时候不明白这些道理。

土豆说，老杨，五分钟了，喝。

老杨骂了一句，然后拿起酒杯喝下一杯，然后接着说。

我是混混嘛，喜欢一个女生是不用讲道理的。我喜欢花，开始的时候她不喜欢我。不喜欢我可以啊，我强求不了，但我可以不让别人喜欢她，我看哪个男生和花走得近就先警告他，对方要是不听，我就揍他，后来就没有男生再敢靠近花了。我开始写情书，先抄徐志摩的，后来抄烦了就抄普希金的。她从来不看，每次一拿到转身就贴到后面的墙上给大家看，我脸皮厚到天下无敌了，就当练练字陶冶情操。你们知道吗，爱一个人肯定得先让一个人讨厌你，那样哪天你不惹人讨厌了，她就会想，咋回事呀，那个讨厌鬼呢。

土豆说，这就叫欲擒故纵。

老杨对土豆竖起大拇指说，老江湖。

后来有一次，花上课迟到了。按我们班的规矩迟到是要去操场罚跑的。老师刚要开口的时候，我站起来说，报告高老师，花同学的亲戚来了所以迟到。老师看着我说，什么亲戚？我说，大姨妈。然后全班大笑，老师气得把书直接朝我砸过来，幸好我躲得快。老师就对我吼，你，给我滚出去，跑到我喊停再回来！我无所谓，跑就跑呗，与其在教室里浪费时间不如去操场锻炼身体。其实我那次是想曲线救国帮助花，没想到玩笑开大了，等我回来的时候花一个人趴在桌子上哭，梨花带雨的。我就郁闷了，我说，你别哭呀，我错了还不行。她不理我就趴在桌子上。我说，我错了，我给你跪下了。我双腿作势屈下来，她一下站起来，然后一拳打在我满是汗臭的胸膛上。她一愣，我一笑，然后她马上乌云蔽日地对我歇斯底里地吼，杨志强，你给我滚，我永远也不想看见你！

老杨说到这里的时候笑了一下，然后我见缝插针地劝酒说，继续喝，快喝。

老杨不含糊地再喝一杯。

后来几天，我不敢抄情诗了，下课故意往她那儿走，看她在干什么，放学的时候就等在校门口和她说对不起。她不说话，我在左边挡住她，她就往右；我从右边挡住她，她就往左。反正就是不理我。我聪明啊，灵光一闪，她一直喜欢大熊，我就跑到商场和他们借了一个大熊的人偶娃娃，上学的时候先在学校门口站着。很多女孩子都过来看。花路过的时候也跑过来看，但是人太多了没挤进来，她就想走了算了，我一看赶紧拨开人群往花那里走。花很高兴，对着大熊是又捏又打的。然后我瞅着她笑得最开心的时候，从人偶娃娃里钻出来，花吓了一跳。那天我穿了一件写着“对不起”三个字的汗衫。花扭头就走，我夹着人偶娃娃就追上去，我说，花，你刚才对我笑得可好看了。花说，你滚开。我说，花，你终于肯和我说话了。花说，你好烦呢。我说，花，书上说女孩子讲的都是反话。

耗子说，老杨，你真是可以啊，厚颜无耻。

老杨说，不厚颜无耻点怎么交女朋友啊。

我和土豆点点头。

老杨夹了一大口菜边嚼边说，真正让花喜欢我当然这点雕虫小技是不行的。我一直也很奇怪花怎么会惹上那帮人。那天放学，我照例去游戏厅玩了会儿，在路上就看见一群骑摩托车的人把油门开得轰隆隆响，围着个小姑娘打转，小姑娘吓坏了，双臂勾着头，头发散下来。我走近了一看，竟然是花。我捡起一块石头就冲了进去，然后场面就乱了。我叫花快跑，我和他们打了起来，其实是我挨打了起来。等我醒来的时候就在医院了，表哥来看我。我说，表哥，帮我报仇。表哥说，报个屁仇，叫你好好学习。我说，他们欺负我女朋友。表哥说，她哪是你的女朋友，她是城北熊哥的女朋友好吧。我说，那我不管，我追定花了。表哥说，那熊哥会揍死你的。我说，揍死我，我爷爷会揍死你的。表哥一副你牛逼的表情。

土豆说，继续喝酒。

老杨说，喝多了，我就讲不了了。

土豆说，那好吧，你先讲，讲完了再喝，我帮你记着。

老杨说，在医院的时候花来看过我几次，我问她熊哥是什么鬼。她不说。我说，放心，熊哥不敢再来骚扰你了。她一副不相信的表情看着我。我说，有杨哥在，去他的狗屁熊哥。花抿嘴一笑。我说，你笑了。她说没有。我说你肯定笑了。她说你看错了。我说不管你笑没笑，反正以后我会让你笑一辈子。

土豆说，好肉麻。

老杨夹了一块牛肉扔到土豆的碗里说，肉麻去吧，麻辣味的。

老杨接着说，后来我每天都陪花放学一起回去，花没拒绝，因为我是她的保镖。我也不知道那个熊哥后来为什么一直没来找我的麻烦。我们一起坐公交车，一起走一段路，然后一起从天昏昏黄走到天黢黢黑。高三的时候，花说，你认真看书吧，考一个大学。我一想，是啊，要考上一个大学才有希望啊。我就努力看书，每天头悬梁锥刺股。花帮我复习，坚持了两个月，老师都对我青眼有加了。我知道他不是因为我认真学习而对我加以青眼，他是为少了一个害群之马而高兴。两个月后我实在受不了了，现实不是电视剧啊，电视剧里一旦男主角要认真学习了，想考啥大学都是分分钟的事，现实是我哪怕看书看到半夜两点，每次考试还是倒数几名，我对读书一点天分也没有。我就放弃了，我对花说，大不了到时候去你在的城市上班，还可以照顾你。

老杨站了许久有些累了，就双手托着腰扭了扭说，高三那年冬天，雪下得超大，路面上被压实了的雪滑溜溜的，人都没办法走路。花偏偏那时候病了，而且是阑尾炎，痛得趴在桌子上一身汗。我急啊，路上车都没办法开。我看着花痛的样子，一咬牙，给了她一个巨大的公主抱，撒腿就往医院跑，被踩结实了的路面我不敢走，就走那很深的没人走过的雪地。我都不知道怎么走到医院去的，反正到医院的时候就累趴了，结结实实躺在医院的大厅里，后来，你猜怎么着，花没事，我一只脚的脚后跟冻伤了，被深深挖去了一块，没注意吧，其实我现在走路是有点瘸的。

土豆歪着头看了一下老杨的脚说，完全看不出来啊。

老杨说，屁话，被你看出来我不真成实实在在的瘸子了。

土豆嘿嘿笑了两声。

老杨说，那以后我和花算是真真正正的一对儿了。毕业那年，花去了上海，本来我也要去上海的，可是一个亲戚在汕头说叫我去当个小领导，以后可能做他那个厂的副手。我妈一定要我去，我想着这是个翻身的机会就去了，花其实想我去上海的，但是没说出口。她只是说，我等你六年，六年后你觉得可以给我幸福了就娶我。我说好。后来我每隔一两个月就去一次上海，再后来厂子效益好起来，忙得真是天昏地暗，很多次花给我打电话我都没接到，酒醉第二天连电话也忘记回了，但是磕磕碰碰还是坚持下来了。2013 年的时候，厂子效益急剧下降，2014 年年初彻底倒了，我欠了一屁股债，日子没有变好反而变得更加糟糕。

我说，那花毕业了没到汕头去吗？

老杨说，在上海待了四年当然觉得上海好啦，后来我就在汕头开了一家小餐厅，和花的联系越来越少，只是每年冬天脚疼的时候才会想起高中里还有那么一码子事。今年是第六年了，圣诞节的时候我突然收到花的短信，她说，圣诞节快乐，六年了，我不等了。我惊出一身冷汗，是啊，六年了，我又做了什么？过了会儿她又发了一条短信过来，我的婚礼在2016年元旦上海××××大酒店举行，我希望你能来，毕竟你陪我走过一程。

老杨说到这里的时候突然端起酒杯倒上满满的一杯，然后一仰头倒下去，声音有些哽咽了，他说，是啊，六年了，我有六年的机会，可是，是我自己迷路了。真的，要不是花发了那条短信给我，我真的就会这样过一生，把曾经的诺言当作一句玩笑让它沉没在回忆的烟波浩海中。你们知道可悲的是什么吗，是你自以为是地在人生路上慢悠悠走的时候，突然有个人告诉你说，喂，你还在这晃悠什么啊，你喜欢的人都已经在约定的位子等你很久了。然后你一看与约定地点的距离，还有那么远。

土豆说，那你干吗不去参加她的婚礼啊？

老杨说，我怎么去啊，你知道吗，举办婚礼的那个酒店可是五星级的，我去了怎么介绍自己啊，说是花等了六年的男朋友，还是说一个瘸腿的饭店老板？

我听着有些乱，就说，老杨，这个故事在芸芸众生中太多了，你一点也不寂寞，更没什么好抱怨的，要怪都怪自己，不过现实生活中的人大多数都会走你的路，没什么好怨叹的，祝福她吧。

老杨说，本来就是，我只是憋在心里难受，说出来就好过多了，来大家举杯走一个。

土豆说，为什么啊。

我说，凭什么啊。

老杨说，等我六年的姑娘今天嫁人了，她没有失约，祝她幸福。

爱一个人就不要等待，谁知道下一步会走向哪里。

第五章

关于少年苍凉成长，关于友谊地久天长

我希望你去为那万分之一的成功概率奋斗，
但我不希望你去奢求公平。
只有这样你才能在奋斗的道路上走得坦然，
把成功看成意外之喜，
把失败当作理所当然，
就算你失败了，
尽力了就好，
千万别怪自己还不够努力，
明白吗？

我，你觉得我是那样的人吗？榉凯说，你当然不是，但是你要小心那些不怀好意的家伙。

夏天的雨特别多，说下雨就下了好大一场，整个城市花花绿绿的，榉凯和大木木两个人就站在公司楼下拌起嘴来。大木木的领导刚好这时候开车经过，把车窗摇下来对着大木木说，你男朋友吗？我送你们回去吧。榉凯本来就气，刚好抓到了撒气筒，就对着大木木的领导说，滚蛋。这一下让大木木好尴尬，当时就吵了起来。

我们三个看着大木木。土豆说，大木木，榉凯也是真心喜欢你，你知道他那脾气，“东亚醋王”嘛。

大木木说，那次之后我们就分手了。你不知道我们吵得有多凶，就是谁也不让谁，反正我是把难听的话都说尽了。

耗子举起酒杯说，来来，今天不说这个了，敬我们再相聚一杯。

我和土豆赶紧举杯说，喝喝。

大木木却一串眼泪珠子掉了下来说，可是我现在后悔了，那个领导竟然说要和我结婚，他明明都有老婆孩子的，我吓坏了，马上辞职了。那时候我就想榉凯啊，以前他在的时候我什么都不用怕，晚一点回家他会打电话打到我受不了，要是我关机了，他就想方设法找我身边的朋友来找我，我要是无聊逗他说有帅哥要请自己吃饭，他就会特装逼地摆造型说有没有自己帅，然后全市的餐厅任挑，说是给我补偿。你知道那时候他的工资才两千块钱一个月。

我把酒杯放下来说，那你去找榉凯啊，你也低一次头呗。

大木木趴在桌子上哇哇地大哭起来。我们错愕地坐在旁边看着，旁边好多桌子的人望过来，以为三个大男人欺负一个女孩子。服务员走过来说，需要帮助吗？耗子指了指大木木说，她想起了一个故人。服务员笑着说，人来人往的，每个人都有这样的时候。

我吃惊地看着服务员，这个世上每一个人似乎都有隐藏在心底的故事。

大木木哭了很久抬起头来，妆也花了，说他去非洲了，他们公司竟然把他派去非洲了！你们说说非洲多危险啊，再说他们公司那么多人为什么非要派他去？我知道了，他就是想躲着我，这个“东亚醋王”跑到非洲去，想变成“非洲老陈醋”啊。

我们三个像生吞了一个鹅蛋似的看着大木木。

我喜欢你是真的，我傻也是真的

▷ 你真傻啊，
要是真喜欢了，
什么类型都不重要，
你所有的样子都是她喜欢的类型。

你知道我为什么喜欢负数吗？不知道。因为我想我们之间的距离为负 18 厘米呀。

……

女孩把书往男孩的头上一扔：滚！！！

你知道为什么我会来这所破学校吗？不知道。笨蛋，因为我成绩不好呗。女孩对男孩翻了一个白眼：无聊。

有些人喜欢用玩笑试探，永远说不出真心话。

有些人喜欢与岁月捉迷藏，永远走不进台前。

我爱你，从青涩走到成熟，却是一首无解的诗。

我们标错了音符和注脚，变成了时光里惶惶的昨日。

老冀和我说，不见，我最喜欢的就是那两个故事。我一直想 CC 要是明白，这一辈子也就可以和她过了，第一个故事是想告诉她我爱她，第二个故事是想告诉她我会陪她一辈子。

我看着老冀严肃的表情笑起来说，第一个故事你不是想说你要上她，第二个故事不是你很傻的意思吗？你又傻又流氓，CC 怎么会和你过一辈子。

老冀拿起筷子要来敲我说，你给我滚，我要上她是因为我喜欢她，我不喜欢的才不上，第二个故事你以为我真傻啊，我告诉你，我当时是可以选好点的学校的，可是我不想离开她就和她一起了，我就是想陪着她。

我盯着老冀，然后点了点头说，你这路子写成狗血剧也就只能在三线电影院上映了。

老冀嚯地站起来说，你小子，这特么是我的人生啊。

和老冀贫嘴是我最喜欢的事情，我知道他对 CC 的感情，只是有些感情追不到就应该放弃。CC 去了智利，老冀讨厌智利，好像是智利把 CC 抢走的一样，我说，你牛你去把 CC 抢回来啊。老冀说，抢个屁啊，她都嫁老外了，找到了真正的 18 厘米。我说，那你还说个屁故事啊，主角都没了你说给谁听啊。老冀愣了会儿，然后一脸茫然地说，说给回忆听，可是听得到吗？

老冀和 CC 从小学开始就在一起上学，一起走过初中、高中，然后一起迈进大学。CC 一直觉得和老冀都是缘分，只有老冀知道所有的偶然缘分都是他花了多少心血的必然。一起走过城市无人的街头，一起看过大海初升的朝阳，一起逃过无聊的选修课，一起吃过最辣的麻辣烫，他们穿梭在彼此的生命里，参与了匆匆碌碌的悲喜。老冀说这样不应该就是一辈子的吗？我说两个人在一起是需要仪式的，就像宣誓主权一样，虽然你觉得没必要，但从幕后到台前那一层纸是要撕下来的，不然永远只是两颗心的漂泊。

老冀还是没有表白，以朋友的身份爱着一个人。朋友问他，是不是觉得很酷。他说是，没有得到就永远在得到的路上，得到了就永远在失去的路上，他不想在失去的路上，所以选择在得到的路上。朋友被他绕得无言以对，连连说老冀牛逼。

CC 是永远开心的 CC，老冀是 CC 开心他就开心的老冀。老冀为 CC 打过三次架，第一次是小学的时候几个大男孩说 CC 是瘌痢头，老冀摇晃着小身板就冲上去打那几个男孩，打不过就咬，咬也没咬过，就一个人坐在地上。等那些大男孩走了，CC 看着老冀。老冀拍了拍身上的泥土说，就算你是个瘌痢头，也是最好看的瘌痢头。本来 CC 没哭的，被老冀一说，瞬间淌下眼泪来。

第二次打架是高中的时候，几个女生去酒吧喝酒，玩到很晚，CC 不小心把一个男人的酒杯碰翻打在了衬衫上，男人要流氓要 CC 亲一口才肯罢休。老冀是去找 CC 的，到酒吧的时候看见 CC 和那群女生像受惊了的小猫一样缩在角落，他拿起一只空酒瓶冲进去，然后拉着 CC 就往外跑。那一次在酒吧门口的路上，老冀又被揍了一顿。CC 没事，CC 说，你傻啊，应该先报警的。老冀一拍脑袋说，是啊，先看着你被人亲几口。

第三次是大学的时候，CC和男朋友发生了关系，老冀找朋友们大喝了一场，然后冲到了CC男朋友的宿舍劈头盖脸和他打起来。CC男朋友宿舍是四个精壮的体育系男生，而老冀是一个颓废的计算机系男生，老冀又被揍了一顿。我问老冀为什么要打他呢？老冀说，要不揍他，要不被揍，不然怎么都不爽。

老冀为CC打过三次架没一次是赢的。后来CC分手，老冀从河北的实习单位跑回南昌，陪着CC在街头走了一夜。

我和老冀说，你傻啊，喜欢CC为什么不去追呢？老冀说，CC不喜欢我，她喜欢高高大大的，穿着干净的白衬衫，笑起来温暖像冬日里的阳光，而我不是她喜欢的类型。我又来了一句，你真傻啊，要是真喜欢了，什么类型都不重要，你所有的样子都是她喜欢的类型。

老冀看着我说，可是我不想勉强她来喜欢我。

我说，是真心话吗？

老冀想了会儿说，是怕连朋友也做不成。

2015年，老冀飞去智利，就因为CC的一条朋友圈。老冀知道CC过得不好，和智利男人离了婚。老冀请了半个月假跑到智利，在CC的智利前夫家门口蹲守了三天，终于逮着机会和他打了一架。这一次老冀没赢没输，两个人扭在一起像一根麻花，最后智利男人请老冀喝酒，说老冀是个爷们，老冀说智利男人是个孙子，对自己的女人不好就是孙子。智利男人说，是CC提出的离婚，她说她心里有一个人。

老冀愣在那里，突然笑起来，嘴巴里吧啦吧啦地说，没想到这娘

曾经掉过眼泪，如今善良依旧

▷ 当本来这个世界就对你不公平的时候，
他们不但不帮你，
还践踏你的尊严，
羞辱你的人生，
欺负你、揍你，
你没有体会过那种绝望，
要是你经历过就会知道，
那种恨是永远的，
就像心头的一块烙印，
你怎么把它绣成一朵花？

有段时间，网络上被岳云鹏年轻时候的遭遇刷了屏。说实话岳云鹏有机会讲出来，而且还是在央视这样的平台说出来，真是太幸运了。我之前没有看过他的相声，在《五环之歌》风靡的时候，在看《煎饼侠》时，都还是对他说不上有好感。

在央视《面对面》节目上他那段真性情的话，我却是很认同的。他年轻时候也是没少吃苦头，做保安、刷厕所、当服务员，每到一处都算不上顺心。做后厨的时候，因为厨师长的小舅子看中了他的职位，让他走是没有理由的。做保洁员的时候，因为老板酒后在男厕呕吐，他在刷女厕没有及时看到，让他走，他依然没有争辩的权利。后来做服务员有一次啤酒单写错了，因为6块钱的事，被客人羞辱了3个小时，免单都不行。

他说，我还是恨他。真的，“春晚”都上了，你是一个演员了，你挣的比原来多了，这么有深度的节目采访你，你应该说实话，你应该怎样怎样，你不应该恨他了，你应该感谢他。曾经怎么样，如果没有他，你不会被开除，没有他，你不会认识郭德纲。可我还是恨他，特别恨他，到现在也恨他。凭什么？我都给你道歉了，我什么好听的话都说了，你还这样？

岳云鹏的这段话引起了很多人的共鸣，在我们回顾自己走过的路时，总会有相似的经历，被人嘲笑，被人羞辱，在自己最软弱的时候面对无情的恶意。他们不是老师批评你的时候会教你方法，更不是爸妈看你摔倒的时候会在一旁，就算不会扶你，也会守护你直到自己站起来。

我很佩服一个朋友，他总是有他的年纪不该有的成熟，从小他看恶就比我要清晰很多。

初中的时候，我比他幸运，一来家境比他稍好些，二来我有一个哥们儿，没上学，早早就成了县城的混混，还有一些影响力，所以整个初中没人找我的碴儿。但是他就没这么幸运了，家境不好，个子又小，每到周末要帮家里干农活，晒得又黑，要命的是说话还有些结巴，学校的那些“小霸王”总喜欢找他的碴儿。每周带的零花钱总会被那几个“小霸王”全拿走，开始他死活不肯给，紧紧地拽在手里，结果除了多挨了一顿打外没有一点改变。

在那些“小霸王”里，有一个是我们班上的，外号叫瓜皮，是个狗腿子角色，别人不敢欺负，天天就跑来欺负他。后来他没办法，找到我说，不见，我把钱放你这里好吗？我说，丢了怎么办？他说，不会的，我相信你。

后来长大了，朋友有了自己的事业，在我们县城也算是小有名气，开了一家公司。瓜皮却失了当年的跋扈，以送液化气为生。有一次同学聚会，朋友众星拱月似的被人恭维来恭维去和每一个人笑脸相迎，独独酒杯到了瓜皮那里却跳了过去。

席散之后，朋友勾住我的肩膀说，谢谢你那些年没有落井下石。我愣了一下，晚风吹得有些大，清冷的路灯下面他说，不见，你不知道吧，瓜皮前些日子向我借钱了，我真的很开心。我说，你开心什么？他哈哈笑起来说，他终于遇到比我之前更大的挫折了，他向我借钱。我说那你把初中时候抢我的那些钱还给我。他就懵了，他说加起来也就 100 块钱不到。你猜我怎么说的？我对他吼，就是啊，就 100 块钱不到，你却让我知道这个世界的恶。

我觉得他有些过分，就说，毕竟是同学一场，以前小孩子时候的事没必要再计较了，再说你现在好歹也算个名人。

朋友突然用力拍了拍我的肩膀说，不见，你没有经历过你是不知道。当本来这个世界就对你不公平的时候，他们不但不帮你，还践踏你的尊严，羞辱你的人生，欺负你、揍你，你没有体会过那种绝望，要是你经历过就会知道，那种恨是永远的，就像心头的一块烙印，你怎么把它绣成一朵花？

我说，那这样你开心吗？

朋友看着我，风有些凉，他往路肩上一坐说，谈不上开心，但又不得不那样做，像是对曾经岁月里的眼泪的一个交代。我告诉自己要做一个爱憎分明的人，也相信这个世上恶总归是恶的，善总归是善的，就像瓜皮，如今只是他没有恶的机会，有的话他依然会是一个恶人，人性里有些东西是改变不了的。

朋友双手搭在膝盖上说了很多很多。

我撇过头来问他，你现在这样是算善还是恶呢？

他的话像被生硬地折断了一般。他抖出一根烟挂在嘴唇间，打了几次火都没有点燃，他站起来双手搓了搓脸庞，然后一个人往大路走去。

第二天早上，他来酒店接我，把10万块放在我身边。我说，干吗？无功不受禄。

他笑了一下说，谁给你啊。

我说，那赶快拿走，我对钱会把持不住的。

他说，以你的名义借给瓜皮。

我一愣。

他说，我原谅不了他，伤害就是伤害，一个月忘不掉，半年忘不掉，两年忘不掉，五年忘不掉，十年来都忘不掉，那就是一辈子的伤害了。

他把我送到瓜皮家的路口，我下了车，趴在车窗上和他说，你还算是善的。

他笑了笑，兀自摇了摇头。

我们遍体鳞伤，却又善良始终。

闭上眼，忍一忍就过去了

▷ 这个社会有疮，
你给它贴了一张米老鼠的创可贴，
就要我承认它很可爱？

昨天看了一篇公众号的文章，大致讲的是“拼爹有理，拼爹公平”，逻辑基本是这样的：他的爹比我们的爹更牛，他的爹受过苦，所以作为他爹精子的产物，也是他爹的一部分，他享受这些成果其实和他爹享受是一样一样的，结论就是这很公平。

我们可以看见飞鸟，但脚下的蝼蚁也是有生命的，不要践踏了它们。

这个社会本来就是不公平的，我厌恶去粉饰它，但我并不厌恶它本身，因为也正是这种不公平激励我们去努力，去改变现状，在努力寻求改变的过程中驱动整个社会的进步。我们都知道所有的辛酸过往只有站在舞台上站在聚光灯下述说才有意义，一个失败的人哪怕流过再多的眼泪也不会被人记住，这就是现实。

我希望你去为那万分之一的成功概率奋斗，但我不希望你去奢求公平。只有这样你才能在奋斗的道路上走得坦然，把成功看成意外之喜，把失败当作理所当然，就算你失败了，尽力了就好，千万别怪自己还不够努力，明白吗?

说到这里，我想起一个“枪手”朋友，曾经他的梦想也是个作家，后来却变成了“枪手”。

他叫路平，他的作品在地摊上有很多，但是没有在书店的。地摊上那些当红作家莫名其妙的书名很多就是他写的，像张嘉佳红的时候，他就写过一本《从你的全世界日过》，据说卖得还不错。

路平家里很穷，身子也弱，却打小想着给爸妈减轻负担。粗活重活他都干不了，那时候韩寒火了，他就想着写写画画也有出路，就天天看小说。路平是那种比较笨的人，就算天天挑灯夜读也不可能考上清华北大的那种，天赋不够。

我的大学算不上一所好大学，是所普通的二本学校，路平进我们学校也是花了好大的工夫，复读了两年，才算冲了进来。不过路平骨子里是乐观的，在人情世故上却多少和这个社会有些阻隔。

路平大四的时候交了个女朋友。那年平安夜，路平别出心裁地送了女朋友一个礼物，他送的礼物后来变成了全校的笑料。路平想着平安夜肯定是送苹果啊，他也送苹果，而且去买了一个很漂亮的盒子。

他打电话给女朋友说，亲爱的，我给你买了苹果 4，你快下来。他女朋友高兴啊，穿着睡衣拖鞋就跑下楼。然后路平把盒子递给女朋友的时候，女朋友花枝乱颤地笑，可是打开的时候立刻秋风肃杀。那天，当着那么多甜蜜情侣的面，他女朋友把四个苹果一个一个砸在路平的头上，一边砸一边说，iPhone4、iPhone4、iPhone4、iPhone4。

大三那年，路平写小说痴狂，一边在起点、晋江写网络玄幻小说，一边给《青年作家》《萌芽》投稿，各种风格切换，一会儿愁肠百转，一会儿豪情万丈，一会儿人鬼殊途，一会儿玄幻穿越。我们怕他会走火入魔，有时候出去小聚就叫上他。

路平喜欢吃猪腰子，那时候猪腰子贵，路平一点就是 10 串。

胖子说，你吃那么多猪腰子干吗？

路平说，现在精气先存着不行啊。

胖子说，你真是一点都不客气啊，一串猪腰子 4 块钱呢。

路平说，小气，以后写小说给你男二号。

胖子说，为什么是男二号？

路平说，男一号肯定是土豆啊，谁埋单谁是男一号。

土豆说，那男一号给胖子。

胖子说，土豆，别谦虚，你有主角光环。

路平写了那么多，在网站上的点击量还是少得可怜，投稿也是全军覆没，我们几个每天的任务就是打开他的小说增加点击率。

有次路平和我们说要去湖南一趟。

我们在撸 DOTA 正嗨，齐齐“哦”了一声。

路平又说，有出版商叫我去谈一下。

我们把耳机一摘像看外星人一样看着路平。

胖子说，哪个小说火了？

路平说，你没看过的。

土豆说，怎么可能，我们宿舍四个可是你的忠实粉丝，每天催更。

路平说，那本书你们肯定没看过，因为我没好意思和你们说。

胖子一拍大腿说，老子明白了，你小子一定还在写黄书。

路平没说话。

土豆往路平胸口擂了一拳说，你有干货都不给我们看，太不够兄弟了。快快，告诉我们怎么可以看到。

路平说，等出书了再和你们说。

耗子说，什么出版商啊，连黄书都敢出？

路平说，去看看就知道了。

胖子说，耗子，你扫兴，黄书怎么了？《金瓶梅》还是名著呢，路平，哥看好你，记得到时要给签名版哦。

土豆说，要拍成电视剧这个男一号一定要给胖子。

胖子踹了土豆一脚。

路平没有请假直接去了湖南，我们四个轮流帮他点到。

四天以后，我们打路平的电话没人接，发短信也没回，他仿佛人间蒸发了一般。

胖子说，不会出什么事吧？

土豆说，可能手机被偷了。

耗子说，现在这社会真是什么样的人都有，之前新闻还报道有人面试然后就被传销洗脑了。

胖子说，你别瞎说。完了，我们四个每天帮他点到算不算同谋啊？

土豆说，不会出了事把我们连带了吧？

耗子说，法律没这一条，顶多批评教育。

土豆说，你又不是学法律的你知道个屁。

耗子说，那怎么办，告诉老师还是报警？

然后谁也没有说话，过了半晌胖子说，不管了不管了，听天由命，来，哥几个继续杀两把。

路平回来的时候风尘仆仆的。

土豆请他吃了一顿鸡腿饭。

路平说，妈的，骗子，一去竟然扣了老子身份证，把我的钱都拿光了。

土豆说，然后呢？

路平说，幸好我也不是吃素的，半夜逃出来了。

土豆说，然后呢？

路平说，然后我就偷偷逃票回来了啊。

土豆说，没报警抓他们啊？

路平说，逃命要紧，人生地不熟的。再说我又不是牛哥，可没那么侠肝义胆。

胖子说，那小说不是出不了了？

路平说，我本来也没想出黄书，出那个书觉得丢了祖宗的脸，我决定把这次的经历写出来。

耗子说，对对，说不定能红，慕容雪村就是写传销红的。

路平真写了，花了一个星期写的，还用这篇参加了“新概念作文大赛”，特意买了信纸一笔一画写好，然后塞进信封投到邮箱里。

路平当然没红，连发表的机会都没有。

路平最开始是走武侠路线的，因为他是金庸迷，后来看天蚕土豆、唐家三少火了，就写起了玄幻，之后觉得自己可能还是更适合接地气一点的东西，就模仿苏童、余华写现实主义。大四交了个女朋友，风花雪月了几次，文风突然转变，走上了小清新这条不归路。

毕业那年我们各奔东西，路平去了上海，他说上海文化发达，总会有一席之地。

去年我去上海出差，去找了路平。他说他已经写了好几本书了，我说祝贺你啊，他说祝贺个屁啊，都是用别人名字写的，我说那在哪里可以买到？他说地摊上，然后从公文包里拿出一本说，送给你。

我拿起一看便知道是盗版书，纸张粗糙得不成样子，封面写着：《从你的全世界日过》，张嘉家著。

路平看了我一眼，然后把书拿回去掏了支笔出来，嚓嚓嚓签下“路不平”三个字，然后重新塞回我的手里，我知道那是他曾经用过的笔名。

我问路平，最近好吗？

路平说好，出版商说了，再写两本就试着推我，用我自己的笔名写作，你说“路不平”这个笔名到底好不好？

我说，笔名就一个符号，自己喜欢就可以。

路平说，可不能这样，我听说好多名人的笔名都是请人算过的，像苏童，用童忠贵的时候就红不了，一用苏童，立马红了。

我笑了笑。

路平说，不见，你别不信，我路平也算是笔耕不辍，这么多年来，平均每天不下 5000 字，也算是著作等身的人了，我不敢歇息，怕一歇绷紧的神经就断了，不过也算是拨云见日了，我相信下一本书会红的。

我看了一眼手里的《从你的全世界日过》，然后看着一本正经的路平，点了点头。

今年三月，我和土豆去上海玩，路平还是没火，他说，模仿大冰写的《乖，摸摸大》还没写完，写完了这一本就可以出自己的书了。

我还没有成功，但至少我一直在成功的路上。

少年们的桑塔纳

▷ 那些学员都不会开车，
一下子撞上了路肩，
一下子别到了墙角，
所以那辆桑塔纳千疮百孔。
开始的时候我们心疼，
后来也就麻木了。

胖子不胖，很帅，有点像王力宏，叫他胖子是因为他姓庞，这个名不副实的外号就这样莫名其妙坐实了。胖子是名副其实的“官二代”，爸爸是他们县城公安局的局长，一个武官；妈妈是县城文化局的局长，一个文官。文武结合生下的胖子照理说应该能文能武，可是胖子非常牛逼地回了现实一个响亮的字：屁。

胖子别说武了，连篮球都没有摸过，文呢，每次老师布置超过300字的作文他就请我吃一顿大餐，然后我帮他漂亮地完成。胖子也喜欢打游戏，我们宿舍四个人每天晚上组队DOTA，胖子是队长，戴着耳机呜里哇啦地指挥，惹得旁边宿舍的学霸气急败坏地把总端口拔掉。不但学霸受不了胖子，耗子也烦胖子，每次他啰唆的时候，耗子就不动，点根烟抽。胖子对输赢相当看重，耗子这样抗议，胖子就哭喊着说，耗子爷爷，有啥事儿杀完敌再说，现在两军交战，你别袖手旁观啊。

大二的时候，我们连自行车都没有，胖子竟然搞来了一辆桑塔纳。这让土豆这个“富二代”非常愤恨，但是没办法，土豆的爹说了，大学要以学习为主。有了这辆桑塔纳，我们宿舍的逼格迅速提升。我们学校的教学区和生活区隔得巨远，自从有了这辆桑塔纳后，早上可以安然睡到七点半，然后快速洗漱，接着胖子一脚油门让我们瞬间超越人群。

其实胖子和耗子差不多，都有点神经质。有天在宿舍，大家看着电视剧，耗子突然说，胖子，你看看人家的车，都是敞篷的，你丫的连个天窗都没有。胖子说，不就个天窗嘛，老子马上整一个给你看。说着就走出宿舍，一个小时后，他兴奋地打电话回来说，喂，哥几个，快出来，我的敞篷车改装好了。

我们三个狂奔出宿舍，看着停在宿舍楼外的那辆被削了脑袋的桑塔纳，胖子半截身子杵在外面，双手意气风发地搭在车顶。我们三个立马勾肩搭背笑作一团。胖子从车上跳下来踢我们，土豆站在离胖子一米远的地方说，你个蠢逼，你把顶削了下雨怎么办，晚上停哪儿不怕被人直接开走啊？

胖子悲痛地叫了一声，然后追着耗子打。耗子说，你打我干吗？胖子说，不是你嘲笑老子，老子会这么蠢吗？耗子说，你蠢是天生的，别怪我。胖子从宿舍的一楼追到七楼，然后又从七楼追到一楼。耗子瘫坐在宿舍楼前的台阶上，胖子坐在耗子身边。

我和土豆很奇怪地看着这两个神经病。

胖子说，累死老子了。

耗子说，其实割了顶挺酷的。

胖子说，那必须的，老子亲自看着他割的。

耗子说，你有钱租个停车位不?

胖子说，没钱，老爹只给了我油钱。

耗子说，没事，我有办法。

于是我们四个人就开始了创业。耗子把目光投向了与校园游览车的竞争。他将我们四个的课程表编排了一下，每次上课三个人上，帮其中一个点到，缺席的那个就开着胖子的桑塔纳在校园里载客，被削了顶的桑塔纳很快风靡了全校。

胖子天生就是个花花公子，开着桑塔纳总是停在音乐学院的门口，那地方美女出没频次高。有一次胖子惹事了，和美女调笑嗨了就一脚油门带着美女去学校外面兜风，回来的时候远远看见一排穿着机车服的摩托手单脚支在地上。

胖子：今晚学校有演出吗?

美女：那是我男朋友和他哥们儿。

胖子一个急刹车：你有男朋友?

美女：是呀。

胖子：你赶快下车。

美女对胖子妩媚地一笑然后拉开车门。胖子九死一生回到宿舍对我们说，太惊险了，我当时一个90度漂移，然后一脚油门直接往高速上跑，那帮孙子追了我整整40公里。我手心手背全是汗，心里想着，不能就这样死啊，那个美女我连手都没摸一下，这样死了真是要和窦娥做伴了。

耗子一脸严肃地说，别和窦娥比，你是作死。

胖子说，耗子，都吓死老子了，你就不能说点好话？

土豆从外面回来说，胖子，你车停外面？

胖子说，是啊，老子一下车就赶紧跑回来了，不敢去车库，怕有杀手在那儿等着。

土豆哈哈大笑起来，那你的桑塔纳英勇就义了。

耗子撒丫子冲出去，胖子坐在椅子上一动不动。我说，胖子，不出去看看？

胖子说，会死人的。

耗子出去的时候，那帮人已经撒完气了，车子像从枪林弹雨的战场上刚回来。

后来我们把挣的钱都用在了修车上，耗子说要给车子讨个公道，但我和土豆觉得错在胖子，带别人的女朋友去兜风不被打死已经算是幸运了。再说，那帮人也不是我们惹得起的，我们都不敢惹那些不要命的。

校园载客的事是不敢做了，也做不下去。我们四个算是在学校出了名，事情闹大了，学院领导脸上挂不住，一人给我们记了一个小过，这件事就算是过去了。耗子很久都没有搭理胖子，胖子玩游戏组不了四人战队天天对着电脑骂猪一样的队友。我和土豆有时候陪胖子玩，有时候就看电视，生活忽然平静了下来。

这样安静的生活只维持了半个月，这次是胖子找到了活干，那辆在车库停了很久的桑塔纳又可以重新上路了。

胖子决定把桑塔纳当陪驾车，给路考的人练车，费用半天 100 块钱，我们四个轮流当陪驾。

耗子还是不放心胖子，怕胖子陪驾陪到床上去。这次胖子发毒誓，并且保证只陪男学员练车，或者35岁以上的女学员。那些学员都不会开车，一下子撞上了路肩，一下子别到了墙角，所以那辆桑塔纳千疮百孔。开始的时候我们心疼，后来也就麻木了，随便他们怎么玩，这样一来我们的生意火爆得不得了，我们把价格翻了一倍，想练车还得预约。

土豆在练车的时候找到了女朋友，那是个漂亮的姑娘，他们在一起之后，我们三个在宿舍把土豆暴揍了一顿，说他再一次冒险差点又坏了兄弟们的生财之道。不过打闹归打闹，我们还是用挣来的钱去市里最好的酒吧欢聚了一场，那是土豆的初恋。

一直到我们毕业，那辆桑塔纳给我们挣足了毕业旅行的钱。我们四个加上土豆的女朋友开着敞篷桑塔纳去了一趟贵州。回来的时候车子坏在公路上，我们本想把车子随便找个修车铺卖了。但是土豆的女朋友怎么也不同意，她叫了一辆拖车把车子拖到修车铺。这款桑塔纳太老了，修车师傅说没法修，寿终正寝了。她固执地让拖车直接拖回了南昌，我们的大学在南昌，女孩是南昌本地人。

我、胖子和耗子一路上都没有说话。一到南昌，土豆付了2000块钱的车费。然后我们仨又围着土豆一顿胖揍。然后胖子说，你小子命怎么这么好？这车送给你们了，然后抹了一把眼泪。

耗子说，这姑娘连一辆车都不愿抛弃，你小子我也放心了，好好待人家姑娘，也抹了一把眼泪。

我说，这辆车子你们要保管好，这不仅是你们俩的回忆，也有我们四个的大学时光，说着也不禁掉下眼泪。

后来，土豆还是和女孩分手了，车子一直放在女孩家，我们四个再也没有见过那辆桑塔纳。

关于少爷的青春时光

▷ 少爷只是一直嘤嘤叫，
也没大闹或者咬人，
一到地上，
就咬着胖子的鞋子，
胖子抚摸着少爷的脑袋说，
少爷，
爸爸和叔叔也不想离开你啊，
可是那里太危险了，
你别怕，
我们会来看你的。

大学宿舍被盗之后，第二年开学的时候，胖子带来了一只瘦骨嶙峋的小黑狗。

胖子叫它少爷。

那就是一只土狗，毛色不纯，长相丑陋。

胖子抱着它走进宿舍的时候，土豆霍地把键盘一推从椅子上跳起来。

耗子放下手里的武侠小说说，你带只狗来干吗？

胖子说，防贼，泡妞。

土豆说，这么只小狗怎么防贼，这么只丑狗怎么泡妞？

耗子说，你带只狗来它住哪呀？

胖子说，我们去整个纸箱，把不要的毯子垫一垫就当它的窝了。

土豆说，宿舍有这么一只土狗，我们的脸往哪搁？

胖子鄙夷地瞪了一眼土豆，然后摸了摸少爷的脑袋说，土豆，它铁定比你帅。

土豆用指头弹了一下少爷的脑袋。

少爷“汪”地吼了一声。

土豆说，和你爸爸一样。

开始的几天少爷很认生，我们四个坐着打游戏的时候，它就一直蜷缩在胖子的脚边，我们打完一局摘掉耳机休息的片刻，它就噌地从地上站起来，抖抖身子。

土豆说，咿，这畜生还蛮聪明的。

胖子说，叫它少爷。

土豆说，叫你的头，让老子叫一只狗少爷。

少爷对着土豆汪汪吠叫。

土豆抓起耳机吓唬少爷。

少爷嘤嘤叫着蜷缩回胖子脚边。

土豆哈哈大笑，胆这么小，还防贼呢。

胖子说，少爷是看在我的面子上，不然早对你下嘴了。

后来，我们和少爷熟了，少爷不再认生，就是和土豆互相看不顺眼。

我们一下课，少爷就往胖子、耗子和我的小腿上蹭，唯独不搭理土豆。土豆生气，对着少爷说，你这畜生，狗眼看人低啊。

耗子走过去蹲下摸摸少爷的头，少爷眯着眼睛一副很舒服的样子。耗子说，少爷才不狗眼看人低，你这个土豪原来在狗眼里是这么让狗讨厌的。

我和胖子哈哈大笑。

少爷很讨人喜欢，晚上从不乱叫，隔壁宿舍的同学也都习惯了叫它少爷。少爷每天等我们下课的时候是最开心的。它学会了串门，晚上一个宿舍一个宿舍去要，很多时候回来嘴里都叼着零食。

不久，就可以听见隔壁几个宿舍哇哇大叫着。

谁拿了我的薯片？

老子的凤爪呢？

我的烟呢？

我们四个看着满脸无辜的少爷，笑得在地上打滚，然后马上把少爷弄来的赃物消灭。有一次少爷看着我们吃凤爪嘴馋，胖子就丢了一只给它尝尝鲜。少爷吃了之后，跑到厕所，那时候少爷已经知道怎么开厕所那个低矮的水龙头喝水了。土豆走过去看了一眼，对我们大笑，它也怕辣。

后来宿舍楼道安装了监控，少爷防贼的任务也就可有可无了。

胖子说，把少爷带去上课吧。

耗子说，老师发现了可不好玩。

土豆说，我看没什么问题，老师发现了就说不知道从哪儿窜进来的野狗。

我说，还是去问问其他同学的看法。

胖子就带着少爷去串宿舍，那些唯恐天下不乱的家伙对带少爷去上课这件事十分赞成，并保证要是出了事会一起承担。

少爷就这样成了我们大课堂的一员。少爷超听话，我们上课，它就趴在旁边睡觉。我们一下课，它就起来闹腾。

几个女生也喜欢少爷，课间的时候喜欢拿笔给少爷化妆，少爷刚开始的时候抵死不从。胖子就骂少爷说，老子泡妞，你配合点，不然把你扔掉。少爷呜呜了几声，然后就任凭几个女生摆布。

有次，土豆从外面跑回来对胖子说，胖子，车和少爷借我用下。

胖子说，干吗?

土豆说，有约。

胖子把车钥匙扔给土豆说，少爷去不去我管不着哦。

土豆去拉少爷的橡胶链子，少爷往桌底下钻，显然不愿意。

土豆说，少爷，叔叔带你去泡漂亮的小母狗。

耗子说，我去，口味太重了吧?

土豆扭过头来对耗子说，老子是去泡小学妹，她养了一只贵宾犬，她约我去遛狗。

胖子说，那你就遛我们家少爷啊?

土豆说，带少爷去见见贵宾犬长长见识，顺带看看狗是怎么泡妞的。

土豆蹲在桌底下和少爷说了好一会儿话。然后撑起腰说，嚓，这狗脾气。看来少爷也是敬酒不吃吃罚酒的主。

我说，得了，土豆，去买个牛骨来给少爷吃。别那么小气，少爷现在好歹也是只名狗，不能降了身份。

土豆想了一会儿，蹲下去拍了一下少爷的脑袋说，少爷，你牛，你亲叔都帮你讲话了，得了，我这就去买。

说着土豆跑出去，过了半晌又跑回来，把快餐盒往地上一放，一根巨大的牛骨摆在少爷面前，少爷吭哧吭哧叼着大快朵颐起来。

土豆蹲下去摸了摸少爷的脑袋说，少爷，等下给哥好好表现，别给我丢人。

少爷抬起脑袋对着土豆，汪汪。

那天土豆回来的时候把宿舍门一关，不让少爷进来。

少爷在门外汪汪叫，还用爪子挠门。

胖子说，你干吗不让我家少爷进来？

土豆说，谁都别开门，谁开我跟谁急。

耗子说，干吗呀，看你这副样子，少爷抢了你的风头了还是干吗了？

土豆说，胖子，真是什么样的主人什么样的狗啊，你家少爷和你一个德行，见到母的就往上蹭。

耗子说，嚓，少爷把好事办了碍你什么事了？

土豆说，你觉得呢？我和学妹压根没好好讲一句话，少爷这杂种一直追着人家贵宾犬，把人家小小的贵宾犬吓得一直汪汪乱叫。少爷这畜生一会儿要爬到贵宾犬身上，一会儿到处乱嗅，我一晚上的脸都被少爷丢尽了，搞得学妹看我的眼神都怪怪的。

我们哈哈大笑。

土豆说，你们还笑，你们知道有多丢人吗？我一直站在少爷和贵宾犬之间，生怕少爷和胖子一样下作，少爷想凑上去，我就踢它。

胖子说，你别扯我。

土豆说，你闭嘴，学妹问我这狗怎么了，我怎么说？难道你要我说少爷发情了？我都不知道怎么回答，只能说少爷没见过世面。学妹说，不是听说它还会和你们一起上课，可听话来着？我说，是啊。然后对着少爷说，少爷，和美女姐姐打个招呼。以前它不都是汪汪叫两句吗？刚才倒好，咬着我的裤脚就拖我，差点把我掀翻在地，我的脸算是丢尽了。今天谁都别放它进来，不然我跟谁急。

耗子说，这也不能全怪少爷，谁让你碍着少爷泡妞了？

土豆说，是我遛它泡妞，还是它遛我泡妞啊？

胖子说，你自己泡不到妞别打扰少爷泡妞啊，少爷也是堂堂男子汉，也有需求的好吗。说着胖子去开门，土豆挡在门口说，胖子，今天有我没它，有它没我。

我忍不住笑起来说，土豆，你还真和少爷杠上了，信不信你今晚不让少爷回宿舍，明天全校都知道你今晚的糗事？

土豆愣了一下，然后让胖子把门打开，少爷蹭地窜进来。

少爷对着土豆汪汪叫。

土豆扭过头来骂少爷，你还敢冲我叫，牛骨给你吃了，你就这样表现。

少爷：汪汪。

土豆说，你再叫，信不信我宰了你？

少爷：汪汪。

土豆说，看来不给你点颜色你是不知道我的厉害了。

胖子拍了一下少爷的头说，狗崽子，快去给土豆叔叔道歉，你土豆叔叔容易吗，一二十年没见过女孩了，你掺和什么？

少爷：汪汪。

胖子说，你去和土豆叔叔说。

少爷嘤嘤地蜷缩在自己的纸盒里。

少爷懂事，后来对土豆可好了。每次从别的宿舍偷来的零食都往土豆桌上放。土豆玩游戏的时候要抽烟，只要把烟往少爷面前晃一下，少爷就去帮他找打火机，然后叼着送到土豆手里。土豆喜欢玩，一赢游戏就高兴地说，少爷，走，带你去吃牛骨。

然后少爷就往土豆的裤脚蹭。

土豆真的在休息的空档带少爷去吃牛骨。土豆这个人有钱就乱花，他带少爷不是去吃剩骨，而是去买煮好的牛骨，土豆自己先吃两口，然后扔在地上给少爷。

后来，少爷变得和土豆最亲，胖子看不下去，就骂少爷，你这个没良心的，连自己亲爹都忘了。

土豆说，你是一个不合格的爹。

第二年四月份，学校禁止养狗，保安队的人见狗就打。

我们交代少爷不要乱跑，但少爷毕竟是只狗。

有一次少爷悲伤地呜叫着往宿舍跑，我们戴着耳机都听到了，赶紧摘掉耳机，就看见少爷瘸着一条腿跑过来，鲜血流了一地。少爷看来是吓坏了，耗子拿布给它包扎的时候它浑身不停地颤抖。土豆摸着少爷的头，眼泪掉了下来。

少爷跑到宿舍不久，保安队的人拿着长棍冲了进来。他们在楼道里大喊，有谁看见一只狗吗？晚上杀了一起下酒吃。

土豆骂了一句，然后抓起宿舍的铁衣叉就要冲出去。那是土豆最勇敢的一次，但是耗子拦住了他，土豆说，你看看少爷都被他们打成什么样了？

耗子说，现在他们有理，我们拗不过他们。

土豆说，老子不管，少爷咬谁了吗？

在土豆和耗子争吵的时候，保安队的人沿着血迹找到了我们宿舍。

一个保安说，好啊，原来是你们在偷偷养狗，你们交出来，我就不上报。

少爷显然害怕了，蜷缩着嘤嘤嘤叫个不停。

土豆说，交你大爷。

保安说，你们别不识好歹。

土豆霍地把铁衣叉的头对着保安说，你们要是再敢动我的狗，我和你们拼了。

保安说，你们几个别太嚣张。

胖子说，少爷，爸爸为你豁出去了，说着胖子操起寝室的凳子。

耗子说，得了，那就为少爷干一场，说着也拿起一张凳子。

哎，少爷，你牛，我也跟着拿着凳子堵在门口。

其实要真的打起来，我们肯定吃亏。他们人多，而且各个身强力壮，再说他们名正言顺。好在少爷人缘好，隔壁宿舍听到动静都冲了出来，然后嚷嚷成一片，整层楼认识少爷的同学一听都围了过来。

那几个保安一看，傻眼了。

保安说，你们干吗？

同学说，你们谁敢动少爷？

保安说，谁是少爷啊？

同学指了指少爷说，它就是。

保安说，你们厉害，我去告诉领导。

几日后，少爷腿好了。我们合计了一下还是得把少爷送走。虽然上次闹起来法不责众，校领导不了了之。但是那个保安和我们结下了梁子，一直在瞅着机会对少爷下手，我们也没有时间一天到晚守着少爷。最后土豆说，让我去把少爷送走吧。

那天晚上土豆开着桑塔纳和少爷说，走，带你去玩捉迷藏。

少爷已经很久没有离开宿舍了，听土豆一叫，特兴奋地瘸着腿上蹦下蹿，看得我们那个心酸啊。

胖子说，土豆，你行吗？不行让我来。

土豆抹了一把脸说，没事，我和少爷关系好，让我送它。

那天晚上我们都没玩游戏，谁也没那个心情，一直等着土豆回来，看看他到底把少爷扔哪去了。一直到九点土豆都没有回来，我们却听见了熟悉的汪汪声，少爷自己欢快地跑了回来。我们不知道为什么突然很高兴，三个人都抢着去抱少爷。可是马上胖子就发现了问题。

土豆呢？

耗子赶紧打土豆电话。耗子说，你小子死哪去了？少爷都回来了。

土豆就哭上了，它认识路回去，老子迷路了。

后来土豆说，我也不忍心啊，就和少爷说，你自己的路你自己选择，然后每到一个路口，我就拍一下少爷的头，少爷叫一声，我就往左转，叫两声我就往右转，一直到前面没路我就便把它放下去，它找地方撒尿。我一关车门掉头狂奔，然后就发现，迷路了。

我们哭笑不得。

关于少爷的归宿问题，我们争论了很久，最后谁也不忍心再将少爷丢弃。好在韩伟说可以给他爷爷，韩伟的爷爷年轻时候是个警察，训练过警犬，很喜欢狗。虽然我们舍不得，但想来想去这对少爷来说是最好的归宿。

我们找了一个周末，在韩伟的陪伴下一起开车去了他临县的爷爷家，那天少爷变得格外安静，也许是上一次土豆将它扔掉，它多少知道了一些。到韩伟爷爷家门口的时候，少爷说什么也不肯下车，一直躲着后座的角落里嘤嘤地叫。

土豆说，肯定是我上次伤了它的心，这次它知道我们要干吗了。

我们四个轮流和少爷说了很多话，少爷就是趴着不肯下来。来的时候，土豆特意去买了 100 块钱的牛骨，本来是想当作赔罪的，可是这会儿他拿出来想引诱少爷下来，少爷还是不肯下来。

土豆说，算了，带它回去吧，大不了每天上课带着。

耗子说，以前没事，现在学校禁止养狗，我们天天带着它多招摇，铁定会出事。

胖子说，实在不行，我们动手把它扯下来。

耗子说，也只能这样了。

说着耗子上车，胖子拉开车门，两个人半扯半推着把少爷弄下车。少爷只是一直嘤嘤叫，也没大闹或者咬人，一到地上，就咬着胖子的鞋子，胖子抚摸着少爷的脑袋说，少爷，爸爸和叔叔也不想离开你啊，可是那里太危险了，你别怕，我们会来看你的。

土豆把牛骨放在少爷面前说，少爷，上次是我不好，下次我们会来看你的。

少爷的眼睛像蒙了一层雾，它松开了胖子的鞋，然后嗅了嗅牛骨，却没有咬下去。

韩伟的爷爷说，放心吧，交给我，这是只好狗，我喜欢。

土豆拿了100块钱出来给韩伟的爷爷说，爷爷，你多给它买点牛骨吃，它喜欢吃。爷爷不要，说，我会好好养它的。

土豆硬要给。

胖子说，爷爷，你就收下吧，土豆是内疚，上次他开车把少爷丢了，可是没成功。

车子发动的时候，少爷汪汪汪地叫。然后胖子一脚油门踩到底，少爷挣脱爷爷手里的绳子，狂奔着追着我们的桑塔纳。

土豆说，算了，还是带它回去吧。

耗子说，你疯了，现在停下来，真是害了少爷。

胖子一咬牙，四挡一挂，油门到底，然后少爷就变成了一个越来越小的黑点。

少爷刚走的那段子日子，土豆玩游戏要点烟，还是习惯性地把香烟一晃说，少爷，给老子找个打火机来。然后一片巨大的安静袭来。土豆摘掉耳机，愣了一下说，不玩了，没劲。

大学毕业的那会儿，听韩伟说，少爷现在是一个爸爸了，它生了两个小少爷。

耗子拿胖子开玩笑说，胖子，你都做爷爷了。

土豆说，我也是爷字辈的。

我想，少爷一定会笑我们，它已经在岁月的浮沉里变成了老爷，我们却还在这条不知归途的道路上奔波。

曾经那么文艺的你，如今是否也在随波逐流

▷ 我举起酒杯，
本来心里的台词是，
以后我们终究会围着自己的事业和家庭转，
聚会的日子渐渐被剥离得越来越少。
可是一看土豆和耗子端着酒杯喝得面红耳赤，
觉得有些话总不该在觥筹交错之间说出口。

耗子从贵州出差回来，第二天就是土豆的生日，耗子说，我带了贵州的好酒回来，明天一起聚一下。我赶紧接话说，好好好。土豆白了我一眼说，你当然好，有吃的什么都好。我特别嫌弃地看着土豆说，你这个暴发户，不要总是用暴发户的思维看待周围人，别以为每个人都想占你便宜。

第二天，土豆开车接我去了酒店，耗子真的搞了两瓶茅台回来。土豆说，想吃什么随便点，一年就一次生日。说得我忽然有些伤感，我说，土豆，要是每个月都有一次生日就好了。土豆看着我说，是不是每个月都想打一次牙祭？我举起酒杯，本来心里的台词是，以后我们终究会围着自己的事业和家庭转，聚会的日子渐渐被剥离得越来越少。可是一看土豆和耗子端着酒杯喝得面红耳赤，觉得有些话总不该

在觥筹交错之间说出口。

我端着杯子和土豆重重碰了一下，杯子发出清脆的声响。我说，真想每个月蹭你几顿饭吃，你说你，凭什么一生下来就掉在金窝里？

土豆把杯里的酒晃了晃然后喝了一口说，不见，这辈子遇见你，我算是栽了，以后只要你没饭吃了尽管找我。

我推了他一把说，你才没饭吃呢。

喝到后面，我们喝掉了耗子带来的两瓶茅台。我和土豆直嚷嚷说耗子太小气了，酒根本不够喝。耗子就嗷嗷大叫说，你们两个小崽子，一顿喝掉了我一个月的工资。

我们喝得有些微醉地靠在椅子上，耗子把手搭在桌沿敲了敲说，你们知道我在贵州碰见了谁吗？

我和土豆没有说话，耗子顿了半晌很没劲地自己接过话说，我碰见了空格。

我和土豆都惊讶地叫起来。

耗子夸张地摇头说，干吗啊？

土豆懵逼地看看我，然后又看看耗子说，空格是谁？

耗子举着筷子伸过手来敲了一下土豆的脑袋。我和耗子说，空格还那么文艺吗？还会不会在大马路上读海子的诗？还会不会一到周末就去二手书摊找一些禁书来看？他最喜欢的书还是不是余杰的《火与冰》？他是不是拉着你又在说《金瓶梅》是本好书，历史上真的有《玉女心经》这本书？

说完我笑起来，土豆也在一旁笑，边笑边拍桌子说，我想起那个逗逼了，不知道他现在好不好。

耗子说，你们还记得那时候他喜欢一个女生，然后每天给她写诗，站在女生宿舍楼下，拿着一把永远弹不出调的吉他自弹自唱吗？真是没见过那么好笑的人，你们有没有看过他被宿舍管理员大妈拿着扫帚撵着满校园跑的样子？

土豆突然捂着嘴笑起来说，我跟你们说一件超搞笑的事。2010 年的时候，桂纶镁演的《第 36 个故事》刚上映的那会儿，空格知道女孩喜欢在书吧里喝咖啡，你猜他怎么着？

土豆停顿了一下，然后看着我们，没等我们接话，又哈哈笑了几声说，他真的去超市买了几块肥皂跑到书吧去和女孩换故事。

我一听，目瞪口呆地看着土豆说，那么大的肥皂吗？

土豆说，是啊，你说搞笑吧？我后来看见了就和他说，你有没有搞错，电影里面可是各个国家高档酒店的小皂，你买个舒肤佳清爽型？他抓了抓脑袋说，可是我走遍了超市也买不到小的啊。

耗子拿出一支烟点上，然后说，空格现在不文艺了，在家里做了点小生意，也算是富足，原来清清瘦瘦的一个小伙子，现在呢？大腹便便。我有些时候就很奇怪，你说时光怎么就可以让一个人变得面目全非呢？我敢打赌，你们要是见了，肯定认不出来了。他真的好胖，看上去差不多有 180 斤了，不到 1 米 7 的身高。

耗子把烟头丢在碟子里，然后叹了口气说，幸好我们三个都还没怎么变，在这条时光的跑道上，我们能一直跑到现在真不容易。

我把杯子里的最后一点酒喝掉，和耗子说，喂，和你们跑真是太慢了，我后面要加把劲了，把你们远远甩在身后。

耗子和土豆看着我，一副云里雾里的样子。

土豆突然哈哈笑起来说，不见，你这个穷逼一辈子也别想追上老子。

我说，凭什么呀？

土豆说，因为你有钱了，我们就远了，我知道你其实比谁都好强。

我们奔波着，蓬头垢面，彼此的记忆也面目全非。

没有结局的故事

▷ 你不觉得每天傍晚回来，
看着别人家的厨房灯火通明，
而你提着快餐盒回到房间吃完扔进垃圾桶很凄凉吗？

我的同事老洪，是一个大半夜虐“单身狗”的家伙。其实他只比我大一岁，只是人生的脚步比我迈得大。现在他是有妻有儿的人了，但是玩耍的习性不变，下班了就一头栽进游戏的世界里。

上周末，我本来是打算在家好好写写故事，老洪中午的时候就过来敲门问我，饿了不？我说饿了，要不一起出去吃点儿？老洪撑着鼻子闭上眼嗅了嗅，像条老狗。我说，你干吗？老洪睁开眼睛说，你没闻到一股炒菜的香味吗？我说，闻到了。他说，我们去吃家常菜吧。我说，去哪吃？他对着对门努了努嘴，这家。我说，你认识人家吗？

老洪说，我知道啊，是个漂亮的女孩，喜欢周末自己做做饭，反正我们也不是坏人。我说，神经病，不怕别人把你轰出去，或者报警把你抓起来？他说，我不管了，我已经吃了半年外卖了，没有吃过一顿家常饭，肚子里都装满了地沟油。我说，要玩你玩，老子可不和你疯。老洪说，不见，要不我去敲门，到时候她答应了我来叫你。我哈哈笑着拍着老洪的肩膀说，够兄弟，去吧。

过了会儿，老洪回来。我问他怎么样。老洪说，她男朋友在。我说，没事啊，反正只是吃顿饭。老洪说，可是我吃不下去。我说，为什么？老洪说，开门的时候那男的目光像刀一样要杀我似的。我说，那你怎么说的？老洪说，我还敢怎么说啊，我说大哥，你家没停电呀。

我被老洪笑晕了。

我说，老洪你想念媳妇做的菜了呀。

老洪说，倒也不是，只是吃了半年的快餐了，总让人感觉漂泊没有尽头，你不觉得每天傍晚回来，看着别人家的厨房灯火通明，而你提着快餐盒回到房间吃完扔进垃圾桶很凄凉吗？

我说，不会呀，我觉得挺好的，这么冷的天都不用洗碗。

老洪说，你注定就是个浪子。

我说，那你有本事去对面蹭饭呀。

老洪说，你别逼我。

我说，再去问下他们家有没有停水呀。

老洪起身回去，我以为他是回去玩游戏了，或者定外卖。

我就自己上网浏览网页，看看新闻。

过了半晌，老洪咚咚咚敲我的门。

我说，干吗？

老洪诡异地一笑，搞定。

我对老洪竖起拇指说，你牛。

老洪这家伙竟然花了200块钱去买了一瓶酒，然后去敲门说，自己有瓶好酒。在我们这些工薪阶层眼里200块钱的酒已经非常好了，土豪除外。老洪说，我和他讲自己一个人喝酒没味道，既然是街坊邻居就一起享用吧。

后来我问老洪，你怎么知道那男的喜欢喝酒？

老洪说就你傻，你看他家 WiFi 的名字：山东大汉谁敢蹭。

我说，那山东的人就一定好酒吗？

老洪说，说你傻你还真傻得吓到我智商，能起这么牛气哄哄名字的山东人，不是酒鬼就是娘炮。我之前敲过一次门呀，不像娘炮。

我说，洪哥，佩服。

我的酒量说来惭愧，但是老洪的酒量吓人，和那个山东哥们儿也算是棋逢对手，两人喝了一瓶觉得不够尽兴。山东哥们儿说，你要不嫌弃，我妹这还有一瓶二锅头，我们哥俩喝了。我看了一眼那女孩，那女孩长得确实标致，但是她没看我一眼，和山东哥们儿说，哥，你别喝了，嫂子知道要骂你了。

老洪对我挤了一下眼睛，然后和山东哥们儿说，既然这样，还是别惹嫂子生气好。

山东哥们不干了，自己起身去拿，女孩也劝不住。老洪瞅个间隙扑到我耳边说，不见，哥们儿也就帮你到这了。

我白了他一眼，然后吃菜。

最后老洪和山东哥们儿都喝趴下了，我扶老洪回去，然后赶紧跑回女孩家。

我说，要帮忙吗？

她说，不用。

然后她扶着她哥去卧室。

她出来后我说，要我收拾碗筷吗？

她说，不用。

然后自己收拾着往厨房走去。

我说，你做的饭菜真不错。

她扭过头来，面无表情地一字一句从嘴里蹦出两个字：呵！呵！

晚上，老洪酒醒，过来问我事情怎么样。

我说，什么怎么样？

老洪说，姑娘啊，没有好好聊聊，或者更进一步发展？

我说，没有。

老洪一巴掌拍在我脑袋上，活该你单身。

我委屈地和老洪说，她不鸟我。我问她要帮忙不，她总说不要。

老洪一副崩溃的表情，呆子，这个需要问吗？哎，要是我没媳妇，我寻思着应该半个月可以拿下，一副自鸣得意的样子。

我没搭理他，本来周末我可以好好写故事的，被老洪这么一搅，除了人生失败我还能写什么。

老洪嘿嘿一笑勾住我的肩膀说，不见，机会有的是，不过 200 块钱的酒钱报销一下。

我一把推开他，抓住自己放在桌上的钱包说，酒是你喝的干吗要我报销？

老洪说，妞是帮你泡的。

我说，你滚。

老洪说，我连饭菜都没吃两口，我亏大了，不行，你要报销。

我说，你滚。

老洪突然往我床上一坐说，不见，钱都打给我媳妇了，哥们儿想买一个装备。

我说，你活该。

老洪说，那你再给一次机会，我绝对帮你泡到她。

我突然想哭，我说，老洪，你放过我吧，我以后想好好找个媳妇。

老洪一惊说，不见，怎么了？下午霸王硬上弓被废了？

我说，去你大爷的，你看看她家 WiFi 改成什么了。

老洪打开一看，笑得在我床上打滚。

那姑娘把 WiFi 名称改成“对面的丑逼，姐姐不约”。

我说，老洪，是在说我吗?

老洪想了想，慎重地点头，应该是你。

我说，我是丑逼吗?

老洪想了想，再次点头，至少没我帅。

我一脚把他从床上踢到地下。

这两天回家总感觉有人在背后笑我，她家的 WiFi 名称还没改，难道是要上演狗血剧情，再次发生交集？我才不要呢，我女神比她好看。

你还记得你曾经的样子吗

▷ 我们谁也做不了世外高人，
到了年纪都会为柴米油盐折腰。

上周末和土豆、耗子一起吃了饭，吃饭的时候土豆和我说，不见，你现在写的故事我都不想看了，越写越短，越写越敷衍，最可恶的是竟然我和耗子不是主角了，连配角都没了，你这是不想给我们戏份呀。

我大口吃鱼，大口吃肉，在吃喝间隙瞥了他俩一眼说，我以前写故事是想有一天能成为作家，后来写着写着越写越落魄，就在想这么做对不对呢？都这么大的人了，还能为梦想执着吗？就像你一样。我指了指土豆说，你曾经不是想开一家自己的咖啡书屋吗？前面是咖啡屋，后面是书吧，你没事的时候就调调琴，弹弹吉他。现在呢，也不是朝九晚五？还有耗子，你想着做江湖浪子，这两年不也渐渐安定下来了吗？我们谁也做不了世外高人，到了年纪都会为柴米油盐折腰。

土豆端起酒杯和我碰了一下，餐厅的落地空调对着我吹得有些寒意。土豆说，好现实啊，好像不应该这样，却又不得不这样。

耗子没有碰杯，自己喝了一个说，你们还记得曾经的样子吗？

土豆说，记得啊，大学里你、我、不见，还有胖子，有钱了就吃吃喝喝，没钱的时候就窝在宿舍打游戏，胖子的桑塔纳我们用来当黑车载客。那时候总觉得时间很慢，岁月很长，我们还有大把的时间可以挥霍，我们可以对着漂亮女生吹着口哨，我们都想娶学校的女神。

我苦苦笑了笑说，我曾经想写一个故事，很红很红，拍成电影，先让自己流泪，然后挣一笔钱去很多很多地方，去很远很远的地方，一边写遇到的人经历的故事一边流浪，就像个行吟诗人，一点也不想过囿于厨房的日子。

后来我们聊了很多，内容大多是以前的岁月，耗子和我讲如果有一天有钱了，请一定把自己的故事写下去。土豆说如果没人看，他买1000本，逢人就送。我笑了笑说，如果实在没人看，我就打印四本，一人一本，你们、我，还有胖子，一人一本。

土豆哈哈笑起来说，不至于不至于，起码可以卖个几百本。

我不知道怎么回答他，低头把酒杯里剩下的酒喝了。

你一定要努力，不要把眼泪挂脸上

▷ 我越来越害怕看见有些人那么努力却还是被现实打败，
就好像是一条铁轨，
自己绕不到过去一样。

我习惯晚睡，有时候写文章会写到凌晨，饿了就跑到楼下二十四小时营业的便利店去买些吃的。

最近这几个月每天晚上看见的都是同一个小哥，有次我付款的时候装作漫不经心地问他，嘿，怎么一直都是你上夜班？

他抬头看了我一眼，熟练地扫完码，报了一下金额，然后说，我对班的那家伙交女朋友了，所以我就顶着夜班。

我点点头问他，那你一直上夜班不累吗？

他笑了笑说，其实我喜欢上夜班，夜里清净，我可以看书。说着他从柜台下面拿出了一本高数，我吓了一跳，那简直是我的噩梦啊。

我吃惊地看着他说，你看这个？

他说，是呀，我想拿个文凭。你知道没有文凭找不到好工作，挣不到什么钱，我想回老家买个房子，然后和女朋友结婚，现在我得努力。

我付了钱对他笑了笑，走的时候和他说，喂，注意身体，天天熬夜可不好。

他比了一个 OK 的手势。

后来每次路过我总喜欢和他打个招呼，他看见了也习惯叫我一声哥。他知道我是大学毕业生，有回晚上我憋了很久写不出稿子，就想下去转转，路过便利店的时候，他叫住了我。

他从柜台前跑出来，站在玻璃门前冲着我招手喊，哥，哥，你过来一下。

我看了看他，他点了点头，我摇了摇脑袋过去，他从柜台后面拿出一本练习册摆在柜台上，然后指着一个题目和我说，哥，我一直不明白这个为什么这样做，你教教我。

我有一种当场晕过去的冲动，我宁可他让我做托马斯全旋，如果我会的话。

我和他说，我是学文的，这个我不会。其实我是铁铮铮的理科生，学的是化学，怎奈我大学功课不用心，高数挂了两次，一毕业更是忘得精光。

他笑了一下说，哥，那我自己再想想。

上个月我去买吃的，看见他一个人坐在柜台前抽烟。我笑着拍了一下柜台，他显然吓了一跳，烟掉在大腿上，赶紧一激灵站起来抖在地上。

我看他的样子像是哭过，书在旁边的架子上没有打开。

我很好奇问他，怎么啦？

他说，我不想考了。

我说，为什么呀，太累了吗？

他说，不是，我怕来不及了。

我说，怎么会来不及呢，你才多大呀，来得及。我一边说着一边和他讲那个八十多岁才开始学画的老奶奶的故事。

他说，哥，不是我来不及，是我女朋友等不起了。

我一愣，就不知道说什么了，他说，我想回去，不读了，回去再努力一次，她也许就不会那么决绝说分手了。

我拍了拍他的肩膀说，什么时候回去呢？请你吃个饭。

他摇了摇头说，还不知道，我把工作交接好。

我买好了一筒薯片，两瓶酸奶，还有一些啤酒。埋好单的时候我和他说，走的时候记得跟我说下。

他点点头。

过了几天，我再去的时候却发现是另外一个人坐在柜台前玩游戏。

我问他，之前那个人呢？

他说，回家了。

我说，不是过几天才回家吗？

他抬头看了我一眼，拿起我买的东西一边扫码一边说，他女朋友要嫁人了，他听到消息当天就走了。

我赶紧问，那还会回来吗？

他笑了一下，谁知道呢。

我有些落寞地提着袋子走出便利店，觉得夜晚的风总是带着一些苍凉的味道，我知道这座城市不会关心任何一个人内心深处的无奈和疼痛。从便利店到家的那段路，我一直在心里默默地祈祷，一定要挽回啊，一定要挽回啊。我越来越害怕看见有些人那么努力却还是被现实打败，就好像是一条铁轨，自己绕不到过去一样。

无奈的时候就奔跑吧，眼泪会在风中干涸。

我们都需要再等等

▷ 没有遇见想要的爱情，
我们就再等等，
像等一个有些漫长的红灯，
像等一道精致美味的佳肴，
就算时间久一点也不将就，
就算再孤独也不喝别人的酒，
不牵别人的手，
把最好的自己留给要一起走一生的人。
热闹会散去，
多孤独也不买醉，
只要最后是你，
再等等，再等等。

我们每天都在等待，等一场红灯，等一趟公交车，等一次旅行，等一回相逢，等春夏秋冬的罅隙，等山川湖泊的晨暮，等花开花落，等岁月更迭，等所有的回忆覆盖一路颠簸的脚印，也等你披星戴月载着岁月的晨光而来。

我们都不喜欢等，希望开车的时候一路绿灯，希望刚到站台的时候公交车也刚好进站，希望约人见面的时候可以一起出现。可是有些事情总是要在等待之后才有最好的，五星级饭店的各式菜肴是现做的，你需要等，不用等的是路边打包好的快餐；精致的油画是画家灵感来了的豪迈涂抹，你需要等，不用等的是印刷店里的复制品；好的爱情也是一样，你需要用最好的自己等最合适的人，不用等的那是酒吧夜场的一夜情。

每个人的朋友里面，都会有那么一个人，是大家公认的情场浪子，他从来不缺女朋友，一生都在走桃花运。大学的时候老凯仗着自己帅，又学了一身油嘴滑舌的功夫，在女生圈子里是个大红人，总有姑娘向他投怀送抱。他本着多一个不多少一个不少的心态来者不拒，喜欢去酒吧，喜欢打游戏，看见了漂亮的女生也喜欢凑上去揩油。

有些时候在一起开玩笑他就会和我说，不见，年轻的时候不玩就等于是荒废青春，别成天看那些小说，喜欢看小说的人都闷骚，什么时候哥带你去夜场玩玩。

说实话我特别佩服老凯，他是那种自来熟类型的男生，在一个陌生的环境下，总有办法让自己成为圈子里的中心，或者是一个三俗的笑话，或者是一个漏洞百出的魔术，即便这样，每个人依然愿意听他说话。这样的人真的是天生自带主角光环，那时候的我是怎么也做不到的，只会一个人坐在角落里看手机、刷微博。每一次老凯笑着说，喂，不见，说说话啊。我就特别尴尬地涨红脸，半天也不晓得应该说什么，所以我一直以来都觉得自己是个无趣的人，对于陌生人有着天生的排斥。

后来有一天老凯和我说，不见，我忽然间觉得自己像一张被涂满了乱七八糟色彩的纸。真是羡慕你，可以有很长的时间去想自己想要的是什么样的图案，然后执笔轻描慢画。

我说，你疯啦？你这种现实主义，怎么今天说起话来变成了婉约派？

他说，不见，我喜欢上了一个像白纸一样单纯的姑娘，可是我劣迹斑斑情场浪子的过往让她感到震惊，她说不可能会和我这样的人在一起的。

我看着他失落的样子不知道该如何安慰他，其实每一个人都需要为自己犯的错付出代价，有些人因为爱你选择原谅，有些人却觉得那是一根刺无法面对。不管如何，当初选择的路，自己酿下的苦果，没有人会为你埋单，你只能自己照单全收。

有些人总觉得年轻就可以一直犯错，总有一个人会把自己好的不好的全部收下，等到哪一天遇见了真爱，就可以把曾经的过往掩盖了，好好生活，或者用曾经不懂事轻描淡写地带过。可是现实哪有这般随意。有些姑娘因为傻被人花言巧语欺骗了，过去有一道泪痕，会有一个男生拥抱你的伤痕；有些姑娘不是因为不懂事，是因为想堕落而糟践了自己，有一天玩累了想找个靠谱的男生过日子，哪有男生会傻着说，来吧，玩累了没事，我在等你。

曾经和一个做情感分析的朋友聊天，我问他是不是真的有人会对另一半的过往不闻不问，而不顾一切地爱她。

他笑了笑说，你去超市买个罐头都要看下生产日期，哪有什么毫不在乎，人都是自私的，除非那人并不真心喜欢你，那么他不仅不关心你的过去，也不会关心你的现在，更别说未来了，因为他也没想过未来。不在乎就是不爱，不在乎或者只是热恋期的不在乎，等时间久了，热情退了，有些留在心里的伤疤就会渐渐显现出来。

没有遇见想要的爱情，我们就再等等，像等一个有些漫长的红灯，像等一道精致美味的佳肴，就算时间久一点也不将就，就算再孤独也不喝别人的酒，不牵别人的手，把最好的自己留给要一起走一生的人。热闹会散去，多孤独也不买醉，只要最后是你，再等等，再等等。

想要热闹很容易，酒吧、大街都可以，但要一生陪伴却很难，那要只在一个人心里。